Naslov originala
Jennifer Bohnet
Rendez-vous in Cannes

Za izdavača
Tea Jovanović
Nenad Mladenović

Glavni i odgovorni urednik
Tea Jovanović

Lektura / Korektura
Agencija Tekstogradnja / Agencija TEA BOOKS

Prelom
Agencija TEA BOOKS

Dizajn korica / Crteži za korice
Debbie Clement Design / Shutterstock

Izdavač
TEA BOOKS d.o.o.
Por. Spasića i Mašere 94
11134 Beograd
Tel. 069 4001965
info@teabooks.rs
www.teabooks.rs

ISBN 978-86-6142-179-2

DŽENIFER BONET

RANDEVU U KANU

Sa engleskog preveo
Aleksandar Petrović

Mom suprugu Ričardu, s ljubavlju

1.

DOBRO DOŠLI U KAN MAJA 2010. GODINE

Dan pre nego što je trebalo da otputuje na jug Francuske, na Kanski filmski festival, Ana Karson je bila u Somersetu u potrazi za mogućom lokacijom za najnoviji film na kojem je radila kao dizajnerka produkcije.

Maršland haus se nalazio na kraju dugačkog puta okruženog belim žbunovima rascvetalog rododendrona. Spolja gledano, viktorijanska vila izgrađena od cigle izgledala je savršeno i bila baš ono što je tražila. Agent za lokaciju joj je rekao kako je od devetnaestog veka veći deo kuće netaknut i, što je važno za film, kuhinja u suterenu i dalje je imala prvobitne elemente i opremu.

Ana je parkirala auto i pogledala na sat. Petnaest minuta do dogovorenog sastanka. Imaće taman dovoljno vremena da pre dolaska agenta za nekretnine na brzinu osmotri okolinu i napravi nekoliko fotografija. Osim što će biti potrebne dizajneru seta, znala je da će Leo želeti da vidi fotografije kuće i njenog okruženja. Razmišljanje o Leu joj je izmamilo osmeh.

Pre samo nešto više od četiri meseca, mislila je da je dostigla vrhunac sreće. Nije ni sanjala da će se zaljubiti u pedeset sedmoj godini. Nikada joj to nije ni bilo u planu. Još od užasnih tinejdžerskih godina vodila se izrekom – *Bolje je voleti i izgubiti nego ne voleti uopšte*. Tako da je, umesto muža i porodice, imala uspešnu karijeru u kojoj je uživala, dom i novac u banci. Kada bi osetila kako joj nešto nedostaje u životu, zdušno bi potisnula tu pomisao. Svi žale zbog nečega, zar ne? Naučiš da živiš s tim.

A onda su je, na otmenoj novogodišnjoj zabavi u Londonu, zajednički prijatelji upoznali sa udovcem Leom Hanterom. Odmah su se povezali i sprijateljili, što se inače retko dešavalo. Leo je radio u jednoj od pet najvećih izdavačkih kuća i zanimalo ga je kako izgleda Anin posao u filmskoj industriji. Jedva da su čuli galamu koja ih je okruživala dok su razgovarali i otkrivali zajedničke sličnosti. Dva sata kasnije, kada je na Big Benu otkucala ponoć, kao dobrodošlica novoj godini, a vatromet obasjao nebo, Leo ju je uhvatio za ruku i privukao k sebi. Prineo je njenu ruku svojim usnama, nežno je poljubio, i ne skidajući pogled s njenog lica, rekao: – Srećna Nova godina, Ana. Mislim da ćemo je lepo provesti zajedno.

Nespremna za osećanja koja je uskomešao u njoj, Ana je bila oprezna kada ju je sutradan pozvao telefonom da idu u pozorište, ali je u roku od nekoliko dana znala da se nesumnjivo zaljubila u njega. Spoznaja tokom te sledeće nedelje da Leo oseća isto prema njoj bila je, i još je, neodoljiva.

Ana se nasmešila prisećajući se njihovog prvog susreta i kako su se istog trenutka povezali. U roku od samo nekoliko dana ponašali su se kao zaljubljeni tinejdžeri.

Takođe nije očekivala da bude tako prihvaćena kao deo porodice kada ju je Leo upoznao sa svoje dvoje odrasle dece, Lukom i Alison, koji su novu ženu u očevom životu prihvatili raširenih ruku, zadovoljni što ga ponovo vide srećnog. S obzirom na to da su njoj roditelji umrli godinama ranije, prošlo je mnogo vremena kako u Aninom životu nije bilo ničeg nalik porodičnoj zajednici. Leo i njegova deca bili su porodica u pravom smislu te reči. Voleli su se, bili bliski i, što je najvažnije, međusobno su se podržavali. Prava porodica puna ljubavi, nalik onoj koju je odavno prestala da priželjkuje, znajući da je to nedostižan san.

Lutajući po zemljištu *Maršland hausa*, zastajkivala je da pomiriše i divi se prelepim žbunovima rododendrona različitih boja, kojih je bilo svuda unaokolo, pokušavajući da potisne misli o Leu i umesto toga se usredsredi na film na kojem je radila, *U senci gospođe*

Biton. Kostimirana drama čiji je scenario zasnovan na životu malo poznate viktorijanske kuvarice, gospođe Agnes Maršal. Već u fazi pretprodukcije izazivala je veliko zanimanje. Jednostavno je bila predodređena za uspeh na blagajnama jer je scenario napisao poznati pisac, a za tumačenje glavnih uloga pregovara se s nekoliko velikih glumačkih zvezda.

Ani je zazvonio mobilni dok je stajala i gledala preko jezera koje je bilo deo uređenih vrtova iza kuće. Leo.

Duboko udahnuvši, Ana se javila na telefon nastojeći da zvuči prirodno, ali koliko god da se trudila, još nije uspevala da obuzda lupanje srca ili drhtanje ruku svaki put kada bi čula ili videla Lea. I sada je bilo tako. To što oseća prema njemu nije osećala ni prema kome još od onih davnih uzbudljivih dana prve ljubavi.

– Ćao, kako si, draga? Jesam li ti rekao koliko mi nedostaješ kad nismo zajedno?

– I ti meni nedostaješ.

– Da li kuća izgleda onako kako ju je agent nahvalio? – upitao je Leo, znajući koliko je Ani bilo važno da pronađe pravu lokaciju.

– Ako je unutrašnjost kuće jednako dobra kao spoljašnjost i imanje, biće savršena – rekla mu je Ana. – Drago mi je što sam se potrudila da dođem danas. To će biti jedna briga manje dok sam u Kanu.

– Ah, Kan – rekao je Leo. Kratko je zastao pre nego što je nastavio: – Iskreno se nadam da znaš šta radiš, Ana dušo. Povratak tamo i čeprkanje po prošlosti nije uvek dobra zamisao.

Čak i na udaljenosti od trista dvadeset kilometara, Ana je čula da zvuči zabrinuto.

– Leo, ne nameravam da „čeprkam po prošlosti", kako si rekao. Jednostavno idem na filmski festival. Četrdeset godina sam to uspešno izbegavala, ali sada je vreme da prošlost ostavim iza sebe. Osim toga, kako sam mogla da odbijem da idem ove godine? Znam da sam veoma dugo u ovom poslu, ali otkako sam pre pet godina osnovala sopstvenu firmu prvi put je film na kojem sam radila kao dizajnerka produkcije u zvaničnoj selekciji u Kanu. Ove godine moram da prisustvujem premijeri *Budućih obećanja*. Nijedan izgovor neće biti prihvatljiv. – Ana je oklevala. – I moram da se razračunam sa određenim duhovima iz prošlosti zbog nas oboje, Leo.

Čula ga je kako tiho uzdiše. – Samo se brinem da prošlost ne prizoveš u sadašnjost. Ne želim da budeš povređena.

Ana se nasmešila. Zamišljajući Lea i žudeći da mu bude u zagrljaju, tiho je prozborila: – Znam. I dalje važi dogovor da ćeš mi se pridružiti, zar ne? – dodala je zabrinuto. – Mnogo se radujem našem prvom zajedničkom odmoru, i jedva čekam da na crvenom tepihu pokažem zgodnog muškarca koji igra glavnu ulogu u mom životu.

– Naravno da dolazim. Stižem čim budem mogao da se izvučem – obećao je Leo. – Ali sad moram da idem. Pozvaću te sutra da proverim jesi li bezbedno doputovala. Volim te.

– I ja tebe volim – nasmešila se Ana radosno i drhtavim rukama isključila telefon.

Posmatrajući krajolik, Ana je uzdahnula, prstima se poigravajući lancem zlatnog medaljona koji je retko skidala. Da li je Leo bio u pravu kada je nagovestio da povratkom u Kan nakon svih ovih godina izaziva sudbinu? Njen suparnik je svakako dovoljno moćan da joj se suprotstavi i suoči je s greškama iz prošlosti – možda čak i da joj uništi budućnost s Leom. Reskiraće da bi osigurala drugu priliku za sreću. Sigurno će, posle četrdeset godina, stavljanje tačke na tu priču biti samo formalnost?

Leo još nije neposredno pominjao brak, ali Ana je pretpostavljala – nadala se – da će to uskoro učiniti.

Stojeći na imanju *Maršland haus*, Ana je odlučila da s Leom ponovo razgovara o svojoj prošlosti. Do najsitnijih pojedinosti. Zaslužio je da zna istinu. A ima li boljeg mesta da mu je ispriča nego tamo gde je sve počelo? Ono što mu je dosad rekla bio je samo ogoljen kostur priče. Dok ga nije bolje upoznala, plašila se da mu izloži tu tužnu pripovest, ali sada, uverena u snagu njihove ljubavi, želela je da mu ispriča sve. Rešena je bila da bude potpuno iskrena prema Leu. Jedino su tako mogli da nastave dalje.

Začuvši škripu guma na šljunčanom prilazu, Ana se vratila do prednjeg dela kuće, gde je agent za nekretnine parkirao automobil pored njenog.

Sat kasnije, dok je agent odlazio na drugi sastanak, Ana je uključila radio u kolima i nekoliko trenutaka sedela pišući beleške i s pola uva slušala najnovije vesti.

Unutrašnjost kuće ispunila je sva njena očekivanja i rekla je agentu da sastavi ugovor koji će im omogućiti da na jesen započnu snimanje i pošalje ga u njenu kancelariju. Sada je slobodno mogla da ode u grad i završi neophodne poslove pre nego što počne da uživa u festivalu i Leovom društvu.

U sledećem trenutku, nakon vesti koju je voditelj saopštio, pokušavala je da dođe do daha od zaprepašćenja.

– Upravo su stigle najnovije vesti. Ugledni francuski filmski stvaralac Filip Kambon preminuo je u Americi. Režirao je neke od najvećih blokbastera dvadesetog veka, a nedavno je dobio nagradu BAFTA za životno delo, koja je trebalo da mu bude uručena ove nedelje na Kanskom filmskom festivalu.

Ana je mahinalno ispružila ruku i isključila radio. Zatvorila je oči i naslonila se na sedište dok su joj telo preplavljivale obamrlost i neočekivani osećaj praznine.

Kako je Filip mogao da bude mrtav kada se zaklela da će se ove godine suočiti s demonima i ostaviti prošlost iza sebe.

2.

Dejzi Haris je vukla kofer kroz prepunu salu za dolaske terminala broj dva na aerodromu u Nici, a onda i po prilazu aerodromske zgrade, gde je zastala da duboko udahne, pogleda u azurnoplavo nebo i oseti toplinu sunca. Nakon nekoliko stresnih dana, bilo je pravo osveženje udisati vazduh Francuske rivijere, njenog omiljenog mesta.

Avion iz Bristola bio je krcat novinarskim ekipama koje su se uputile na Kanski filmski festival i turistima s malom decom. To svakako nije bio miran let. Uplakane bebe, mališani koji ne mogu da se svrte i muškarci koji glasno vode važne razgovore dok preteruju s džin-tonikom iz kolica s pićem. Srećom, Dejzi nije poznavala nijednog novinara u avionu, pa nije morala nikome da objašnjava da je i ona novinarka koja će izveštavati s festivala, mada prvi put.

Videvši dužinu reda za taksi, Dejzi je na trenutak pomislila da ode do Nice aerodromskim autobusom i odande uzme taksi, ali je shvatila, pošto je Nica bila u smeru suprotnom od Kana, kako bi joj to samo produžilo vreme putovanja i odložilo dolazak kod sestre.

Taksiji su neprekidno dolazili i odlazili, i naposletku je Dejzi čekala samo petnaest minuta pre nego što je otvorila vrata otmenog mercedesa i rekla vozaču sestrinu adresu. – Do vile *Flora* u Kanu, molim vas.

Taksi je prilično brzo jurio prometnim Auto-putem A7, menjajući trake takvom brzinom da se Dejzi povremeno vrtelo u glavi, kao da su na rolerkosteru. Nakon dvadeset minuta vozač je prešao u desnu traku i uputio se ka izlaznom putu za Kan, a Dejzi mu je rekla naziv bulevara u kojem se vila nalazi.

Pet minuta kasnije, Dejzi, srećna što je živa, zgrabi kofer i izađe iz taksija. Platila je vozaču i gledala kako se mercedes udaljava, dok mu je šljunak prštao pod točkovima.

– Pa, to je bila zanimljiva vožnja – promrmljala je Dejzi kad ju je Popi, njena sestra, obujmila rukama i čvrsto zagrlila. – Mislim da je vežbao za Gran pri Monaka. Ili ima želju da umre.

– Bilo je toliko grozno? Nije važno, bitno je da si stigla. Kakav ti je bio let?

– Bilo je i boljih – rekla je Dejzi, uzvraćajući zagrljaj. – Oh, tako je dobar osećaj vratiti se ovde kod tebe. Nedostaje mi starija sestra koja voli da naređuje.

– Ja naređujem? Ja? Nikada – odgovorila je Popi kroz smeh. – Hajde da te smestimo.

– Žao mi je što sam te ovako u poslednjem trenutku saterala u ćošak – rekla je Dejzi. – Ali stvarno ne mogu da se suočavam s deljenjem stančića s Markusom i njegovim pajtašima, a nije bilo šanse da ove nedelje pronađem hotelsku sobu u Kanu. Osim toga, radije bih bila ovde s tobom.

– Znaš da si u svakom trenutku više nego dobrodošla – odgovorila je Popi. – Pod uslovom da ti ne smeta da sa mnom i Tomom kampuješ u staroj kućici.

U tom trenutku Tom je istrčao iz vile i zaleteo se iz sve snage pre nego što se bacio Dejzi u naručje.

– Zdravo, Tome. Kako si? – Dejzi je podigla svog malog sestrića, zavrtela ga ukrug pa ga nežno spustila nazad na zemlju. – Ti, mladiću, postaješ prevelik i pretežak za ove naše vrteške. Misliš li da si dovoljno jak da mi odneseš kofer do kuće? – Držeći ga za ruku, sagnula se i šapnula mu na uvo. – Možda je u njemu pakovanje lego kockica koje čeka da ga neko otvori.

Ona i Popi su, smeškajući se, gledale kako šestogodišnji Tom vuče kofer duž staze.

– Dakle, kome ste iznajmili vilu za vreme festivala? Molim te, reci mi da će Ejdan Tarner i njegova porodica odsesti ovde – upitala je Dejzi, okrećući se Popi dok su pratili Toma puteljkom.

– Žao mi je što ću te razočarati, ali vilu je zakupila Ana Karson. Nikada nisam čula za nju, ali to ništa ne znači – odgovorila je Popi. – Znaš ti mene, nemam tri blage o poznatim ličnostima.

– Ana Karson – reče Dejzi zamišljeno. – Ne, to ime ni meni nije poznato. Očigledno nije tema trač rubrika. Uzgred, gde je Den?

– U Americi na baš zgodnom poslovnom putu. Znaš kako mrzi tu festivalsku scenu. Kada su me zamolili da iznajmim vilu za iznos koji će nam dobro doći nakon svih renoviranja, rekao mi je da prihvatim ponudu, ali da on neće biti ovde!

– Pošteno, pretpostavljam – rekla je Dejzi, znajući zetove stavove o filmskim zvezdama i takozvanim istaknutim ličnostima. – Tako je i tebi olakšao život. A kada stiže ta Ana Karson u vilu?

– Prvog dana festivala u popodnevnim satima – odgovorila je Popi. – Zamolila me je da joj obezbedim prevoz sa aerodroma.

– Dakle, dotad je vila samo naša – rekla je Dejzi. – Onda možemo barem da se bućnemo u bazen kad se vratim iz grada. Moram da odem i pokupim novinarsku propusnicu i propratni materijal. Sutra će biti mahnito. Rekla sam Markusu, fotografu, da ćemo se naći tamo danas oko četiri popodne.

– Hajde onda da te smestimo u kućicu – reče Popi. – Tom i ja delimo spavaću sobu – za tebe sam na međuspratu spremila krevet na rasklapanje. Nadam se da ti to odgovara? – Popi je zabrinuto pogledala sestru.

– Savršeno – uverila ju je Dejzi i pratila Popi duž skrivene uske staze iza živice pored bazena prema uglu vrta gde je kućica bila skrivena od pogleda živicom ruža čiji je miris ispunjavao vazduh kasnog popodneva dok su Dejzi i Popi tuda prolazile.

Smeštaj za nekadašnju domaćicu vile i baštovana koji su se brinuli o kući, kućica je s vremenom propadala i kada su pre dve godine Popi i Den kupili vilu *Flora*, obema kućama je bilo preko potrebno da se neko s ljubavlju i pažnjom pobrine za njih. Kada je pre sedam meseci Dejzi poslednji put bila u poseti, vila je bila završena, ali kućica je i dalje bila zapuštena.

– Ohoo, kakva promena – rekla je, razgledajući dnevnu sobu dok su ulazili. – Prvo vila, a sada ovo mesto. Trebalo je da budeš dizajnerka enterijera – imaš tako istančano oko. Sviđa mi se što si ovde odabrala provansalski kolorit – dodala je posmatrajući dnevnu sobu s podnim pločicama od terakote, žutim i plavim nameštajem. S francuskim vratima i prozorima na dve strane, soba je izgledala prostrano, a Popin izbor boja i nameštaj u stilu *otrcanog šika* doprinosili su ugodnom, domaćinskom osećaju. – Da li i dalje planirate da je iznajmite kao *gîte*[1]?

Popi je klimnula glavom. – To nam je zamisao. Iznajmljivanje vile za ovu godinu je jednokratno. – Dejzi se okrenula ka Tomu.

– Odneću kofer gore, Tome.

Popi ju je povela uz drvene stepenice u najudaljenijem uglu do međusprata čija se ograda protezala poput minstrelskog balkona celom širinom prostorije. Dejzi je stavila torbu za laptop na komodu s fiokama koja je stajala između dvoja lakiranih vrata i njenog kofera. Tom ju je, cupkajući s noge na nogu, nestrpljivo posmatrao dok je otvarala kofer i napokon izvukla kutiju.

– Izvoli, Tome – dodaj ovo u svoju zbirku.

Tom je oduševljeno povikao. – Hvala ti, hvala ti – i otrčao niza stepenice da se igra dobijenim poklonom.

– Nadam se da ćeš ovde imati dovoljno privatnosti – rekla je Popi, šireći ukrasnu pregradu od pruća koja skriva od pogleda razmešteni krevet smešten na kraju međusprata. – Tamo je kupatilo, a ovde Tom i ja spavamo – nastavila je Popi otvarajući jedna od vrata. – Ostavila sam ti neke vešalice u ormanu da možeš bar da se raspakuješ. Ove fioke su prazne – rekla je pokazujući na komodu. – Spremila sam ti peškire i stvarčice u kupatilu i...

– Popi, prestani da dižeš frku. Sve više zvučiš kao mama – rekla je Dejzi. – Sve je u redu. Uzgred, da li si se skoro čula s njom?

Popi je klimnula glavom. – Ona i tata se nadaju da će doći krajem meseca. Izgleda da je tata osvojio neke karte za Gran pri Monaka. Nemam pojma gde ću ih smestiti prve noći – odmahnula je Popi glavom i pogledala Dejzi. – Ana Karson odlazi tek sutradan. Jesi li gladna? Hoćeš sendvič?

– Ako ti nije teško, a onda da vidim šta ću s tom šetnjom do grada.

Dole, u kuhinji koju je Popi napravila od nekadašnjeg staklenika u produžetku kuće, Dejzi je uzela u naručje Oskara, Popinog debelog riđe-belog mačora, i odsutno ga milovala dok je gledala preko vrta.

– Da li će Ana Karson odsesti sama?

---

[1] Fr.: Iznajmljena seoska kuća ili apartman za odmor. (Prim. prev.)

Popi je slegnula ramenima usredsređena na pravljenje sendviča. – Jedan deo vremena. Zamolila me je da namestim krevet u glavnoj spavaćoj sobi i jednoj od gostinskih, ali da u preostale dve sobe samo ostavim posteljinu u slučaju da bude imala goste. Očekuje da će njen partner stići u narednih nekoliko dana. Iznajmiće auto na aerodromu, tako da barem ne moram da brinem o organizovanju prevoza za njega.

– Da li je zvučala okej kada ste razgovarale? Ili ima onaj nadobudni stav ljudi iz šou-biznisa? – Dejzi je prevrnula očima glumeći užasnutost.

Popi se nasmejala. – Ne, zvučala je zaista fino – prijateljski i skromno. Odnesimo ove sendviče u vrt – rekla je Popi vodeći ih do vrtne ljuljaške u senci lipe. – Pa, kakav je taj fotograf Markus? Zamena za Bena? – pitala je Popi s nadom.

Dejzi se nasmeja. – Sumnjam. Srela sam ga samo nekoliko puta kad su ga pozvali u redakciju da se vidi s Bilom, našim urednikom, oni su po svemu sudeći stari prijatelji, i kao slobodnjak dobija mnogo posla od Bila. Važi za ženskaroša i zaista ne želim da mu budem još jedna recka na zidu. Sledećih deset dana strogo ćemo se baviti poslom.

– Prošli su meseci otkako se Ben spakovao i otišao da uživa u Australiji. Život ide dalje. Krajnje je vreme da nađeš nekog drugog – rekla je Popi. – Jedino što želim je da vidim da se moja mlađa sestra srećno skrasila.

– Da budem iskrena, uživam sama sa sobom. U svakom slučaju, ne mislim da je Markus moj tip. Previše je nametljiv. – Dejzi je oklevala, pitajući se da li da kaže Popi za pismo koje je strpala u torbu i odlučila da to ipak ostavi za kasnije, kada budu imale više vremena da razgovaraju o tome. – Kad smo kod Markusa, bolje da krenem.

– Možeš da ga dovedeš na večeru ako želiš – ponudila je Popi. – Volela bih da ga upoznam. Da ga podrobno ispitam i proverim ima li potencijala da bude dečko mojoj maloj sestri – dodala je.

– Nema šanse – rekla je Dejzi. – Osim toga, ti i ja ćemo imati devojačko veče pre nego što mi u narednih deset dana filmski festival preotme život. Dobro, bolje da požurim. Vidimo se kasnije. Zdravo, Tome. Budi dobar.

3.

U Kanu su odbrojavali vreme do početka festivala kad je Dejzi išla duž morske obale u pravcu stare luke i *Palate festivala i kongresa*. Proteklih nekoliko dana događaji su se tako brzo odvijali da prosto ne može da veruje kako je zvanično ovde kao novinarka na jednom od najvećih godišnjih događaja u svetskom šoubiznisu.

Pre samo dva dana, urednik ju je kasno popodne pozvao u svoje unutrašnje svetilište. Uznemirila se i zapitala da li će dobiti otkaz zbog neke greške koju je nenamerno napravila. Međutim, kada je ušla Bil ju je samo rasejano pogledao prolazeći rukama kroz proređenu kosu.

– Dve stvari. Prvo: imaš li nešto isplanirano u naredne dve nedelje? – Ne čekajući da mu odgovori, nastavio je: – Ako imaš, otkaži.

– Zašto? – Dejzi ga je pogledala, zaprepašćena, pitajući se šta sledi.

– Dejmijan, prokleta budala, polomio je nogu. Trebaš mi u Kanu da pokrivaš filmski festival zajedno s Markusom. On je već mnogo puta bio tamo, pa će te uputiti u pojedinosti.

– Želite da izveštavam s Kanskog filmskog festivala? – Dejzi nije mogla da prikrije iznenađenje u glasu.

– Imaš li neki problem s tim?

Dejzi je odmahnula glavom. – Ne. Samo sam iznenađena što me šaljete na takav zadatak.

– Nemam izbora. Aleks ima porodične obaveze i ne može da ide. Ti si slobodna i bez obaveza – nadam se?

Aha, znači nije bila prvi izbor, ali šta je briga. Izveštavanje s Kanskog filmskog festivala biće pravi napredak u odnosu na jednolično pisanje nevažnih članaka ili onih o ženskim temama – koje su joj obično dodeljivali. Bila je oduševljena kada se pre nekoliko godina pridružila redakciji malih dnevnih novina na Južnoj obali, ali uzbuđenje zbog izveštavanja o lokalnim dešavanjima i presudama koje je tokom nedelje doneo Sud za prekršaje nije moglo večno da traje.

– Zasigurno bez obaveza – odgovorila je Dejzi.

– Markus kaže da je stan koji je iznajmio mali, ali možeš da se uguraš negde tamo s njim i ostalima. Verovatno će to biti dušek na naduvavanje na podu, ali... – Bil je slegnuo ramenima.

– Nema problema – rekla je Dejzi, znajući da ni pod razno neće spavati na podu. Popi će joj sigurno pronaći udobniji krevet od toga.

– Tamo mi živi sestra. Mogu da budem kod nje. Koja je druga stvar?

Bil je uzeo kovertu sa stola. – Sigurno si čula glasine da će biti promena ovde – ovo je tvoje zvanično obaveštenje o mogućnosti da si tehnološki višak. Uživaj u Kanu. – Pošto je saopštio loše vesti na svoj uobičajeno grub način, Bil se usredsredio na ekran računara i mahnuo joj da izađe.

Dejzi je napustila urednikovu kancelariju pomešanih osećanja – ushićena što je dobila priliku da izveštava s Kanskog filmskog festivala i zabrinuta za svoju budućnost nakon toga. Međutim, kasnije tog dana, dok se pakovala za put, otvorila je kovertu i videla ponudu za sporazumni raskid radnog odnosa, i u glavi su ponovo počele da joj se roje misli o tome da postane slobodnjak.

A sada je u Kanu. Mora da se seti da Dejmijanu pošalje razglednicu u kojoj će ga zadirkivati što je slomivši nogu i pružio njoj priliku da izveštava iz Kana.

U ulicama s drvoredima palmi vladala je veća pometnja nego inače, a gust saobraćaj je sporo napredovao oko kombija i kamiona koji su zauzimali po dva parking mesta, a iz kojih su se u poslednjem trenutku istovarivale zalihe raznim izložbenim prostorima i trgovcima. Raskošni automobili – poršei, bugatiji i aston martini – zaglavljeni u gužvi, privlačili su zavidne poglede pešaka. Nestrpljivi policajci s pištoljima, koji su stajali ispred znakova na kojima je pisalo *route barre*[2] usmeravali su ogorčene vozače ka uskim ulicama znajući da će ih one odvesti u pravcu suprotnom od željenog.

---

[2] Fr.: zatvoren put. (Prim. prev.)

Dok se približavala *Palati festivala i kongresa*, Dejzi je videla ljude zauzete čišćenjem i proverom stanja crvenog tepiha, koji je sada prekrivao dvadeset četiri stepenika najpoznatijeg stepeništa na svetu. Izbegavajući svetinu koja se besciljno muvala unaokolo u nadi da će videti neku od filmskih zvezda koje su već u gradu, Dejzi se uputila ka zadnjem delu palate. Odmah je prepoznala Markusa, naslonjenog na ogradu kako posmatra gužvu na plaži, zvanična fotografska propusnica već mu je visila oko vrata, a foto-aparat je bio spreman.

– Jesi li se lepo smestila kod sestre? – upitao je Markus nakon što su se pozdravili.

Dejzi je klimnula glavom. – Jesam, hvala. Gde treba da se prijavim?

Markus pokaza na vrata u palati. – Prođeš tuda. Bićeš tamo sto godina – francuska papirologija i haotična birokratija u svom punom sjaju. Čekaću te u Paviljonu britanskog Filmskog centra tamo u Međunarodnom selu – rekao je, pokazujući u pravcu velike šatre i drugih šatora postavljenih duž nasipa. – Posle ćemo otići na kafu i pokušati da napravimo plan aktivnosti.

– Plan aktivnosti?

– Pored dnevnog izveštaja i fotografija, Bil želi da pokušamo da iščeprkamo neobične priče – kaže po mogućstvu neki skandal, to bi bilo dobro – slegnuo je ramenima Markus. – Znaš kakvi su urednici – uvek žele ekskluzivne vesti.

Dejzi je zamišljena krenula da se prijavi u kancelariju u palati.

Nadala se da će dobro obaviti posao i da će njeni članci u novinama biti zapaženi. Ako bude proglašena viškom, buduća karijera slobodnog strelca mogla bi da joj zavisi od dobre novinarske biografije.

Markus je bio u pravu. Tek nakon skoro dva sata Dejzi je uspela da se iskobelja iz Centra za akreditaciju, novinarska propusnica konačno joj je visila oko vrata, a u rukama je držala pregršt brošura i drugog raznovrsnog festivalskog informativnog materijala. Kada je naposletku pronašla Markusa u šatri Filmskog centra, bio je s grupom muškaraca – svi fotografi, zaključila je Dejzi zbog mnogobrojne fotografske opreme koja ih je okruživala.

– Zdravo momci, ovo je Dejzi, moja nova saradnica na festivalu. Vidimo se kasnije. Dejzi i ja moramo da razgovaramo.

Markus je podigao veliku platnenu torbu, a Dejzi ga je pratila preko puta do kafea sa stolovima na trotoaru ispred Trga Brum, gde su uspeli da ugrabe prazan sto u uglu.

– *Deux café au lait, s'il vous plaît*[3] – naručio je Markus, podižući glas kako bi nadglasao graju družine bučnih Italijana za susednim stolom, neke Ruse koji su očigledno već neko vreme tu sedeli i degustirali domaći roze i obližnju grupu Amerikanaca koji kao da su nameravali da preuzmu lokal. Japanski turista je bio zauzet snimanjem tog prizora.

– Nadam se da je uključio zvuk – rekla je Dejzi. – Nikada nisam istovremeno čula toliko jezika.

– Jesi li čula vesti o Filipu Kambonu? – pitao je Markus dok je konobar stavljao na sto šoljice s kafom.

Dejzi je odmahnula glavom. – Poznati filmski režiser? Šta se desilo?

– Umro je od srčanog udara u Los Anđelesu. Odaće mu neku vrstu počasti krajem nedelje – čelnici festivala još nisu odlučili na koji način. Da li znaš bilo šta o njemu?

– Samo da je Francuz, jedan od najboljih režisera, neoženjen... – pogledala je Markusa. – Nije bio gej, zar ne?

Markus slegnu ramenima. – Ako jeste, to je bila dobro čuvana tajna. Bio ga je glas da voli žene, ali nije hteo da se obaveže nijednoj. U svakom slučaju, verujem da u redakciji imaju sve potrebne podatke, ali možda bi mogla da napišeš nekoliko šlajfni o tome kako je ta vest primljena ovde? Rođen je u Kanu. Možda da razgovaraš s nekim ljudima koji su ga poznavali? Znaš kako to ide – pronaći ljudsku stranu priče: škola u koju je išao, ime prve ljubavi i tako dalje. – Markus je iskapio kafu i odgurnuo šoljicu i tanjirić pre nego što ju je upitao: – Imaš li sutra konferenciju za novinare?

---

[3] Fr.: Dve kafe s mlekom, molim vas. (Prim. prev.)

– Sutra nemam. Nadam se da ću otići na jutarnju projekciju, a onda na ručak s Popinom prijateljicom koja radi za *Šanel*. Obećala je da će mi podrobno ispričati o modnih dodacima i odeći koju će pozajmiti filmskim zvezdama. Dakle, trebalo bi da ujutru imam slobodnih sat vremena tokom kojih bih pokušala da nađem nekoga za razgovor o Filipu Kambonu. Onda ću popodne napisati prvi dnevni izveštaj.

– Ne zaboravi da načuljiš uši za bilo kakve sočne tračeve. Ovo mesto je savršeno za to – i, kao što sam rekao, Bil bi rado želeo da čuje neke od njih.

– Pošto imaš bogato iskustvo u ovome, na koje mesto je najbolje otići u lov na tračeve? Da sretnem ljude – upitala je Dejzi. Markusa je možda bio glas kako je pomalo nestašan momak previše naklonjen kožnim pantalonama, ali bio je izvanredan fotograf i već nekoliko godina je fotografisao festivalska dešavanja.

– Bilo koji od gradskih kafića i barova. Ovo mesto je dobro – rekao je Markus, osvrćući se oko sebe. – Ponekad neke od zvezda u usponu vole da dođu ovde i druže se s meštanima koji se tamo boćaju. Nažalost, previše je frke oko obezbeđenja ako bi neko slavan hteo to da uradi. Međutim, kada je Džek Nikolson u gradu, on voli rano ujutru da sâm prošeta Kroazetom.

Markus je ustao. – Dobro, odoh ja. Hoćeš li da dođeš na zabavu sutra uveče? Bernar Odiber, koji je ovde krupna zverka i poznaje sve i svakoga, pravi uobičajenu zabavu povodom otvaranja festivala, a ja imam dve propusnice. To je dobro polazište za pronalaženje tračeva. Naći ćemo se nakon večernje projekcije i otići zajedno. U pola jedanaest ispred palate. Zabava se održava u Ulici Viktora Kuzena.

– Zvuči zabavno.

– I Bernar je bio Kambonov prijatelj, tako da bi to moglo da bude korisno za tvoj članak – dodao je Markus.

– Onda ću se svakako potruditi da budem tamo. – Dejzi je oklevala. Stvarno je želela da provede veče s Popi i lepo se ispriča s njom, ali smatrala je da bi trebalo barem da ponudi Markusu da im se pridruži. – Šta radiš večeras? Popi i ja planiramo devojačko veče, ali ako želiš mogao bi da dođeš na večeru? Upozoravam te, verovatno će te moja starija sestra podrobno ispitati o svemu.

Markus odmahnu glavom. – Hvala ti, ali dogovorio sam se s momcima da izađemo na piće s nogu, a onda da u neko srazmerno razumno vreme odem na spavanje. Sumnjam da ću većinu festivalskih dana videti krevet pre tri-četiri ujutru. Očekuj da će se to i tebi dogoditi kad se uhodaš s poslom. – Neočekivano se nagnuo napred i poljubio je u obraz. – Kad si već u Francuskoj, ponašaj se kao Francuz i tako to – rekao je. Uzeo je opremu za foto-aparat. – Ako ti hitno zatrebam, imaš moj broj mobilnog, a uvek me možeš naći u gomili paparaca uz crveni tepih. Obavezno ćemo otići na večeru neko veče pre kraja festivala, na terasu hotela *Karlton* ili u *Palm bič*. Ti odaberi. Bil će da plati! Vidimo se sutra uveče. Ćao – i odšetao je u pravcu hotela *Palm bič*.

Dejzi ga je zamišljeno gledala kako odlazi. Pa, to je zasigurno bio najneromantičniji poziv na večeru koji je ikada dobila, ali večera u *Karltonu* će svakako biti doživljaj.

Dejzi je pokupila stvari i krenula u smeru suprotnom od Markusa. Prolazeći pored picerije pune gostiju na uglu prisetila se kad je poslednji put tu jela pre sedam meseci. Njih četvoro – Popi, Den, Ben i ona – izašli su uveče pošto se odmor bližio kraju. Bila je tako srećna te noći. Ona i Ben su čak razgovarali o mogućnosti da se presele u Francusku, ili pronađu kućicu koju bi sredili i koristili za odmor. Prvi korak u zajedničkom posedovanju nekretnina. Dejzi se to činilo kao logičan sledeći korak u njihovoj vezi. Bili su par više od godinu dana – zapravo skoro osamnaest meseci, iako su i dalje živeli oboje u iznajmljenim stanovima, uprkos tome što je Ben provodio sve više vremena s njom. Kada je Dejzi predložila da se useli kod nje jer je njen stan veći od njegovog, a mogli su tako i da uštede novac za kupovinu sopstvenog stana, rekao je da će razmisliti o tome.

Nedelju dana nakon što su se s tog odmora vratili u Englesku njen svet se raspao. Razgovor koji su te večeri vodili o stambenom kreditu, zajedničkom životu i svijanju gnezda u paru navodno je prestravio Bena, i rekao joj je da je među njima gotovo. „Nisam spreman za takvu vrstu obavezivanja, Dejzi. Potrebno mi je malo prostora." Nekoliko nedelja kasnije ispostavilo se kako je prostor za kojim je žudeo bio u Australiji – tačnije u Sidneju – što je, činilo se, naglašavalo koliko je očajnički želeo da pobegne od nje.

Posebna je ironija što je prvo pismo koje je od tada dobila od njega stiglo baš kad je pošla na aerodrom kako bi otputovala u Kan, u kojem su proveli taj bezbrižni odmor. Ne znajući kako da odgovori na njega, Dejzi je ugurala kovertu u torbu. Daće kasnije Popi pismo da ga pročita i čuće šta misli o Benovom najnovijem predlogu.

Stojeći s nekoliko ljudi na trotoaru ispred prometne raskrsnice i čekajući da se crveno svetlo za pešake promeni u zeleno, Dejzi se nasmešila devojčici koja je čekala s visokim muškarcem.

– Net, misliš li da će tata biti kod kuće kad se vratimo? – Dejzi je načula devojčicino pitanje ispunjeno nadom, koje je postavila pogleda uprtog naviše ka pratiocu.

– Možda, Sindi. Njegov avion je trebalo da sleti pre sat vremena, a auto ga čeka da ga doveze pravo u Kan.

– Dobro. Sutra onda može da me odvede u park.

– Žao mi je, Sindi, mislim da ćeš sledećih nekoliko dana morati mene da istrpiš. Tata i mama će ove nedelje biti veoma zauzeti na festivalu. Zato su me zamolili da pazim na tebe.

Dejzi se saosećajno nasmešila kada je muškarac podigao pogled i video kako ih posmatra. Uzvratio joj je osmeh, ali nije rekao ništa. Upravo tada su se svetla promenila i grupica ljudi je pohrlila napred. Kada je prešla na drugu stranu, Dejzi je zastala, pretvarajući se da traži nešto u torbi, i pustila muškarca i devojčicu da prođu pored nje, radoznala da vide kuda idu.

Nakon nekoliko stotina metara zaustavili su se ispred velike kapije od kovanog gvožđa, gde je muškarac pritisnuo sigurnosno dugme visoko u zidu i rekao nešto u interfon. Jedna od tamnozelenih kapija sa zlatnim šiljcima na vrhu polako se otvarala, omogućavajući pristup pešacima i njih dvoje su nestali u privatnom vrtu. Dejzi je nazrela besprekoran teren i u daljini lepu vilu u bel epok stilu prekrivenu bugenvilijom pre nego što se kapija zatvorila za njima.

Dejzi je prošla pored poseda i deset minuta kasnije, ona i Popi su sedele za stolom na prostranoj terasi kućice, s čašom vina u ruci, prelistavajući filmske časopise i stručne kataloge koje je Dejzi pokupila u Kanu.

– Znači, još uživaš da budeš novinarka?

Dejzi je dovoljno dugo oklevala da bi joj sestra uputila ljubopitljiv pogled, pre nego što je staloženo odgovorila. – Jurnjava za novinskim pričama gubi privlačnost. U svakom slučaju, možda neću još dugo imati posao. Bil mi je ove nedelje dao zvanično pismo najave o tehnološkom višku, koje sadrži ponudu o sporazumnom raskidu radnog odnosa ako želim da je prihvatim. Na poslu kolaju glasine da se novine zapravo gase, pa sam ozbiljno razmišljala o tome da pređem u slobodnjake i postanem stručnjak za određenu oblast. – Slegnula je ramenima. – Mogla bih čak i da se preselim ovamo. Obožavam da budem ovde. Da živim s tobom dok ne pronađem nešto. I dalje mi se sviđa zamisao o renoviranju, iako Ben nije mogao da se nosi s tim.

– Možeš da budeš ovde u kućici ako želiš da imaš svoj mir. Znam da bi Denu bilo drago da mi budeš u blizini kad je odsutan – čini se da njegova poslovna putovanja postaju sve češća. Ja bih, naravno, volela da imam dadilju koja živi s nama. – Natočila je još vina. – Imaš li ideju za šta bi se specijalizovala?

– Životni stil? Kuće poznatih? Prilično mi se dopada zamisao o razgledanju otmenih kuća. Ispod vas se nalazi predivna vila u bel epok stilu. Tamnozelena kapija sa zlatnim šiljcima. Jel' znaš na koju mislim? Videla sam devojčicu i njenog pratioca kako malopre ulaze tamo.

– Ako mislimo na istu vilu, tamo odseda ili neki bogataš, ili neko s dobrim vezama ili oboje. To je jedna od prvobitnih velikih vila iz devetnaestog veka koje su izgrađene duž tog puta. Kupio ju je prošle godine neki Rus, koji je potrošio bogatstvo na renoviranje. Navodno, sad predstavlja poslednju reč raskoši dvadeset prvog veka. Dostupno isključivo onima koji mogu da ga priušte.

– Pa, „tata" je očigledno neka veoma važna festivalska ličnost kojoj je obezbeđen službeni automobil. Mislim da ću sutra malo pronjuškati unaokolo – rekla je Dejzi. – Devojčica se zove Sindi – što nije uobičajeno ime. Neko sigurno zna ko je njen poznati otac. Možda ima i slavnu majku.

– Zar ni u jednoj od tvojih zvaničnih brošura i papira nema sažetih biografija važnih ljudi koji prisustvuju festivalu? Potraži ih dok odem da proverim da li Tom spava i donesem još jednu bocu rozea.

Kada se vratila, Dejzi joj je mahnula brošurom. – Nisam imala sreće s tajanstvenim važnim gospodinom, ali sam pronašla tvoju Anu Karson. Ona je ugledna dizajnerka produkcije, tokom godina je radila na mnogo filmova. Pre nekog vremena je osnovala sopstvenu firmu. Navodno je ovo njena prva poseta Kanu.

Kasnije, sedeći na ivici kreveta na razvlačenje, balansirajući laptop na kolenima, Dejzi je dopunjavala spisak obaveza. Sutra mora da: a) ode na projekciju, b) pronađe nekog za razgovor o Filipu Kambonu, c) razgovara s devojkom iz *Šanela*, d) napiše prvi izveštaj, e) ode na Bernarovu zabavu, f) pokuša da otkrije neki sočan trač za Bila.

Žalostivo se osmehnula za sebe dok je pisala „otkriti sočan trač“. Nije sumnjala da će biti nekoliko tajnih skandala o kojima će se sledeće nedelje šuškati na mestu kao što je Kan, ali hoće li ona biti sposobna da iskopa neki od njih bilo je već drugo pitanje.

4.

*Sreda je ujutru i sedim u kafeu na morskoj obali, uz kroa-
san i kafu, i gledam kako Kan oživljava prvog dana festivala.
Jutarnje nebo je te blistavoplave boje koja daje ovom potezu
Francuske rivijere njeno drugo ime – Azurna obala, a vre-
menska prognoza predviđa sunčan dan.*

*Svuda oko mene su ogromni reklamni bilbordi za filmove
koji će ovde biti prikazani u narednih nekoliko dana. Iako je
tek 7.35 ujutru, svuda vlada vreva. Ispred pekara se već stva-
raju redovi, aparati za espreso bude se uz šištanje, izbacujući
u male šoljice mlaz tamne, jake tečnosti koju Francuzi nazi-
vaju kafom.*

*Ljudi se vraćaju, mamurnih pogleda, u hotele i apartma-
ne nadajući se da uhvate nekoliko sati sna nakon noćnog pro-
voda. Drugi pak bistrog oka i poletnog koraka, krenuli su na
svoj prvi festivalski poslovni doručak.*

Dejzi je otpila gutljaj kafe i pojela parče kroasana pre nego što je
nastavila na laptopu da kuca svoj prvi dnevni izveštaj.

*Snabdela sam se svim dnevnim časopisima na filmske
teme, prijavila se za sutrašnju jutarnju konferenciju za štam-
pu s poznatom zvezdom – više o tome kasnije tokom nedelje
– i sada idem pravo na svoju prvu ranojutarnju projekciju.
Uz preko sto dvadeset filmova koji će biti prikazani tokom
festivala, ovdašnja dešavanja počinju ranom zorom.*

Dejzi je sačuvala dokument i isključila računar. Dovršiće čla-
nak nakon ručka s modnom asistentkinjom koja je obećala da će joj

objasniti kako uz njenu pomoć filmske zvezde zasijaju na filmskim premijerama.

Nakon što je popila ostatak kafe, krenula je u bioskopsku salu *Bazen* na trećem spratu *Palate festivala i kongresa*, gde će se tokom festivala održati mnogobrojne novinarske projekcije – daleko od glamura crvenog tepiha.

Dok je išla ka velelepnom zdanju, slušala je oko sebe zanimljive isečke razgovora.

– Šeron je bila stvarno uznemirena kada joj je Majkl dao ulogu...

– Bože moj, da, ubila bih samo da uđem na zabavu *Veniti fera*. Postoji li bilo kakva šansa da...

– Ne. Ne možemo da se nađemo tamo. Reskirali bi previše. Šta ako nas vide?

Markus je bio u pravu, tračeva je bilo svuda.

Ono tamo je sigurno Tom Henks koji razgovara s Brusom Vilisom? A ova... glamurozna glumica koja ulazi u limuzinu neverovatno liči na Meril Strip.

Probijajući se kroz gužvu, Dejzi se ponovo zapitala kako da se dočepa ekskluzivne vesti za novine. Jednostavno nije bila toliko zainteresovana za istraživačko novinarstvo. Kao što je rekla i Popi, mnogo više je volela da piše oplemenjujuće priče o ljudima, nego one u kojima će ih opanjkavati.

Zastavši u blizini vrteške ugledala je Sindi kako zadovoljno jaše živopisno ukrašenog drvenog konjića, dok je visoki muškarac stajao sa strane i pažljivo posmatrao devojčicu. Kada je video Dejzi ljubazno joj se osmehnuo, pre nego što se okrenuo ka vrtešci koja se polako zaustavila i pomagao Sindi da siđe.

– Hajde, idemo na te pice. Mama je rekla da ćemo se naći tamo, a možda dođe i tata.

Dakle, tata je stigao, pomislila je Dejzi, želeći da može da ih prati i barem vidi kako mama i tata izgledaju. Međutim, bilo je vreme da nauči poslovne tajne o tome kako filmske zvezde uspevaju da blistaju na crvenom tepihu u kreacijama visoke mode, pa je prešla Kroazetu i krenula u suprotnom smeru, prema raskošnim prodavnicama poznatih modnih kreatora.

* * *

Prošlo je bilo tri sata kada se vratila u vilu, s namerom da napravi beleške, dovrši izveštaj i malo pročeprka po internetu o Filipu Kambonu. Pošto nije uspela da pronađe nikoga ko poznaje režisera, i voljan je da porazgovara s njom, internet joj je izgleda bio jedina mogućnost.

Uz malo sreće, mogla bi malo i da odrema pre nego što se vrati u grad na prvu večernju svečanu projekciju sa zvezdama na crvenom tepihu, a zatim ode na zabavu s Markusom.

Popi je razgovarala na mobilni kad je Dejzi ušla u kuću.

– Pa, drago mi je da vam je *très desolé*,[4] ali meni to danas popodne ne pomaže, zar ne? – Popi je zalupila poklopac navlake za mobilni pre nego što se okrenula ka sestri.

– Jel' možeš da veruješ? Ljudi iz šoferske službe su dvaput rezervisali isti termin i „veoma im je žao“, ali danas popodne ne mogu da sačekaju Anu Karson. – Popi je rastreseno provlačila ruke kroz kosu. – Šta kog đavola sad da radim? Nema šanse da pronađem nekog drugog u tako kratkom roku.

– Nemoj da brineš. Sigurno će uzeti taksi – rekla je Dejzi. – Samo se nadam da to neće biti moj Brzi Gonzales!

– Ona očekuje da je neko pokupi. Nemam načina da joj javim da uzme taksi. Moja prva rezervacija za vilu, i evo šta se događa.

– U koliko sati joj sleće avion? – upitala je Dejzi.

– Ako stiže na vreme, za jedan sat – rekla je Popi, gledajući na ručni časovnik.

– Mogu ja da pričuvam Toma – on je u školi? Znam gde je to, peške ću da odem po njega. A ti pokupi Anu svojim kolima.

– Hoćeš stvarno? Ah, ne, to neće moći – uzdahnu Popi. – Ne poznaju te, pa mu neće dozvoliti da pođe s tobom dok te zvanično ne predstavim. U poslednje vreme su pooštrili pravila u vezi s nepoznatim osobama u blizini školske kapije. – Pogledala je Dejzi. – Pretpostavljam da ti ne bi...

---

[4] Fr.: mnogo žao. (Prim. prev.)

– Popi, znaš koliko mrzim da vozim ovde – rekla je Dejzi, ali pogledala je sestru i uzdahnula.

– U redu. Kaži mi detalje leta, daj mi ključeve od kola i odoh da dočekam tvoju Anu Karson.

Ani je laknulo kada je avion napokon sleteo na aerodrom u Nici s pedeset minuta zakašnjenja. Let je bio neudoban i jedva je čekala da pokupi prtljag i ode do kola koja je naručila da je odvezu do vile *Flora*.

Prolazila je kroz prepunu salu za dolaske. Na sve strane je bilo vozača zvaničnog izgleda koji su držali natpise sa imenima, od kojih nijedno nije bila njeno. Da li to što je let kasnio znači da je vozač neće čekati? Dok su upućivali ljude do njihovog prevoza, a gužva onih koji čekaju se malo proredila, Ana je stajala ne znajući šta da radi.

– Izvinite, da niste vi kojim slučajem Ana Karson? – upitao ju je neodlučan ženski glas.

– Jesam – rekla je, okrenuvši se ka mladoj ženi koja je držala papirić na kojem je pisalo – Ana Karson.

– Zdravo, ja sam Dejzi – Popina sestra. Došlo je do nesporazuma sa šoferskom službom koja je trebalo da dođe po vas, pa me je Popi zamolila da vas sačekam.

– Oh, hvala bogu. Zabrinula sam se da bih mogla ostati zaglavljena ovde pošto je let toliko kasnio – rekla je Ana, uz osmeh.

Prateći Dejzi, koja ih je vodila kroz parking, Ana je slušala dok joj je ona objašnjavala šta se dogodilo.

– Dakle, umesto pravog šofera i limuzine, dobili ste mene i gradski auto moje sestre – izvinila se Dejzi dok je otvarala prtljažnik i stavljala unutra Anina dva kofera.

– Zahvalna sam što je neko došao po mene – rekla je Ana. – Ionako baš i nisam neka ljubiteljka limuzina. Volim da sedim na suvozačkom sedištu, a zvanični šoferi na to ne gledaju baš blagonaklono.

Dok je Dejzi usredsređeno tražila izlaz s parkinga i kako da se vrati na auto-put, Ana je mirno sedela i gledala kroz prozor.

Kada je Dejzi opsovala u pola glasa, Ana je pitala: – Da li je sve u redu?

– Propustila sam uključenje na auto-put. Da li bi vam smetalo da se umesto toga vratimo duž obale? Nije tako brzo, ali bar poznajem put.

– Uživaću u živopisnom krajoliku. Da li živite ovde sa sestrom?

– Ne. Odsela sam kod nje za vreme festivala. Ja sam novinarka. Prvi put izveštavam s festivala. – Čekajući u koloni da se promeni svetlo na semaforu, Dejzi je pogledala Anu. – Pretpostavljam da je i vama ovo prvi festival?

– Zašto to mislite? – reče Ana iznenađeno.

– U vašoj biografiji u jednoj od zvaničnih brošura piše da, iako već neko vreme radite u filmskoj industriji, nikada ranije niste bili u Kanu.

– Nikada ranije mi film nije ovde imao premijeru – odgovorila je Ana.

– Vaš film *Buduća obećanja* biće prikazan tokom vikenda, zar ne? Pretpostavljam da se radujete što ćete se popeti čuvenim stepenicama?

– Verovatno. Nisam navikla da budem pod svetlima reflektora. Radije bih sve to prepustila glumcima. Da budem iskrena, smatram da je cela ta situacija prilično zastrašujuća. Radije bih da budem u pozadini dešavanja. – Nasmejala se. – Samo da moj partner Leo uspe da stigne na vreme i biću dobro.

– Što se mene tiče, zapanjila me je veličina festivala. Toliko mnogo promotivnih štandova, i svi mahnito rade na umrežavanju.

– Moj omiljeni festival je u Dovilu. Manje trgovine, mnogo više priče o filmovima. Isto je i s Venecijom, ali ovaj u Kanu je baš veliki, sigurna sam da ste toga svesni. Značajan u filmskoj industriji.

– Javnost dolazi da vidi zvezde, ali filmadžije jednostavno žele da sklapaju ugovore. Bar mi tako kaže Markus, fotograf s kojim radim. Da li će se i vaša firma predstaviti ovde?

– Hoće. Moram da se pojavim na nekoliko sastanaka s mogućim američkim klijentima. I verovatno da odem na nekoliko zabava. – Ana je zastala dok je upijala prizor Sredozemnog mora koje je blistalo obasjano suncem.

– Gde smo sada?

– Prolazimo pored Antiba. Još nekoliko minuta i proći ćemo pored proslavljenog hotela *Eden rok*, u kojem, kako mi je rečeno, odsedaju oni najveći i organizuju se fenomenalne zabave. A desetak minuta kasnije bićemo na periferiji Kana.

– Veličanstven prizor – rekla je Ana, gledajući preko zaliva dok su se spuštale niz brdo.

Dejzi se usredsredila na uski vijugavi obalni put dok su zaobilazili oko rta Antib i dalje kroz Žuan le Pen, a Ana je uživala u raznovrsnom pejzažu.

Iznenada je pored njih prozujao TGV voz, čija je pruga pratila put koji je vodio ka zalivu Žuan, i Ana je poskočila. Kako su se približavali Kanu gužva je postajala sve veća i ubrzo su mileli.

Ana je videla kako Dejzi baca pogled na sat na komandnoj tabli pre nego što je uzdahnula i rekla: – Ako ovako nastavimo biće nam potrebna čitava večnost da stignemo do vile.

– Da li imate večeras neke obaveze? – upitala je Ana s grižom savesti, svesna da je kašnjenje njenog aviona verovatno poremetilo Dejzine planove.

Dejzi je klimnula glavom. – Moram da završim i pošaljem prvi izveštaj za novine, istražim po internetu o ovom poznatom režiseru koji je upravo umro, propratim ko je večeras od filmskih zvezda prošetao crvenim tepihom, a onda kasnije odem na zabavu – pogledala je Anu. – Da niste poznavali tog Filipa Kambona? Ili možda radili s njim? Bila bih veoma zahvalna za bilo kakav podatak – zanimljivu dogodovštinu ili bilo šta.

– Ne, nikada nisam sarađivala s njim, pa vam, nažalost, ne mogu reći ništa novo mimo onoga što možete pronaći na internetu. – Ana se okrenula i pogledala kroz prozor i time okončala razgovor.

– Baš šteta – rekla je Dejzi razočarano. – Nema mnogo podataka o njemu. Izgleda da je gospodin Kambon bio vrlo povučena osoba. Ah dobro, raščišćava se gužva, ponovo smo u pokretu.

– Idemo li preko Kroazete? – upitala je Ana.

– Za sada. Policija je verovatno preprečila put pre *Bunkera*, koji je spreman za večerašnju projekciju.

– Bunker?

– Lokalni naziv za *Palatu festivala i kongresa* – objasnila je Dejzi. – Moraćemo da skrenemo desno i idemo naokolo sporednim ulicama. Nadam se da nam to neće previše produžiti putovanje.

Uz ćutljivu Anu pored sebe, Dejzi se usredsredila na vožnju i deset minuta kasnije skrenula ka ulazu u vilu. Popi ih je, čuvši otvaranje električne kapije, sačekala ispred ulaznih vrata u znak dobrodošlice.

Dejzi se okrenula Ani. – Popi će se sada postarati za vas. Nadam se da nećete pomisliti da sam užasno nepristojna, ali moram da požurim i pokušam da dovršim neke stvari pre nego što se prošetam do grada. Pretpostavljam da ćemo naleteti jedna na drugu u narednih nekoliko dana, bilo ovde ili u gradu. Uživajte u festivalu.

– Hvala vam što ste me dočekali, Dejzi. Svratite s Popi na čašu vina kad prođe gužva.

– Volela bih to. Hvala vam. Doviđenja – rekla je Dejzi i otrčala niza stazu do kućice, ostavivši Anu s Popi.

– Ovuda – rekla je Popi, uzela Anine kofere i krenula ka vili *Flora*. – Nikada ranije nisam iznajmljivala vilu – nastavila je Popi. – Nadam se da će vam se svideti – dodala je uznemireno pokazujući Ani okolinu i objašnjavajući sve što je trebalo da zna, uključujući i šifru za kapiju. – Ako postoji nešto što sam zaboravila da vam kažem, reći ćete mi, zar ne?

– Molim vas, ne brinite – rekla je Ana. – Sigurna sam da ste na sve mislili. Vila je savršena.

Duge žute zavese s ljutićima visile su sa obe strane francuskih vrata i prozora. Polica za knjige bila je postavljena uza zid pored kamina, a stakleni stočić s nekoliko časopisa i sveća između dva kauča krem boje sa udobnim perjanim jastucima. U velikoj saksiji od terakote smeštenoj u kaminu bila je lavanda čiji se miris širio vilom.

– U kuhinji vas očekuje korpa za dobrodošlicu s nekoliko osnovnih potrepština – sirom, jajima, bagetom, paradajzom, mlekom i puterom – a u frižideru je flaša rozea. Nadam se da će vam to biti dovoljno dok ne odete do samoposluge – rekla je Popi, ulazeći u kuhinju s pogledom na natkriljenu terasu okrenutu ka bazenu.

Upravo tada je Tom utrčao u kuhinju. – Mama, mogu li još jednom da se bućnem pre nego što stigne gospođica Karson? Oh, već ste ovde – dodao je, ugledavši Anu.

– Tome, molim te, lepo se pozdravi s gospođicom Karson i vrati se u kuću. Dolazim brzo da ti donesem večeru.

Ana je pružila ruku da se rukuje s Tomom. – Zdravo, Tome. Ja sam Ana.

– Zdravo, Ana – reče Tom ozbiljno. – Volite li da plivate?

– Mnogo volim, a pretpostavljam i ti.

Tom je klimnuo glavom. – Samo što sada ne mogu. Mama kaže da je bazen vaš dok ste ovde i da niko drugi ne može da ga koristi jer ga vi plaćate.

– Tome – uzviknula je Popi.

Ana se sagnula da porazgovara s Tomom. – Oh. Pa, očekujem da će moji prijatelji dolaziti na kupanje, tako da ako si mi prijatelj mogu da te pozovem, i mama onda neće imati ništa protiv.

– Sada? – upita Tom s nadom.

– Ne – odgovorila je Popi pre nego što je Ana mogla bilo šta da kaže. – Večeras Ana mora da se smesti. Osim toga, vreme ti je da uskoro ideš na spavanje. Pravac kuća – rekla je Popi držeći otvorena kuhinjska vrata Tomu, koji je oklevao da izađe. – Žao mi je – rekla je Popi posramljeno. – Držaću ga podalje od vas dok ste ovde. Odvešću ga na plažu, pa neka pliva.

– Popi, stvarno nije problem. Molim vas, pustite ga da dođe na kupanje. Volim da mi deca budu u blizini. Osim toga, očekujem da ćemo, kada Leo stigne, ionako veći deo dana biti van kuće.

– U redu, ako ste tako sigurni. Sada mislim da je najbolje da vas ostavim kako biste se na miru smestili. Ako vam nešto treba, samo svratite do naše kuće. Doviđenja, za sada.

5.

Zatvarajući vrata iza Popi, Ana je otišla na sprat i izvukla kupaći kostim iz kofera. Bazen je bio previše primamljiv da bi odolela. Raspakivanje može da sačeka.

Voda je bila topla i privlačna, i Ana je isplivala deset dužina pre nego što se okrenula na leđa i opušteno plutala, dok su joj misli bludele nad predstojećim danima.

Za sada je po rasporedu imala samo četiri izvesne obaveze: svečanu projekciju *Budućih obećanja* tokom vikenda, sastanak s francuskim predstavnikom njene firme i večeru sa američkim producentom koji je želeo da se pridruži ekipi filma o Agnes Maršal. Četvrti, nepotvrđen termin bio je za zabavu koju je planirala da organizuje u ime svoje firme tokom trajanja festivala, ovde u vili. Datum će morati veoma brzo da bude potvrđen kako bi se izbeglo preklapanje s nekom od velikih zabava za veoma važne ličnosti. Takođe, moraće da razgovara s Popi o posluženju za zabavu. Peta beleška u rokovniku „Pozvati Filipa" sada se neće dogoditi. Ana uguši uzdah. To što je rekla Dejzi kako nikada nije radila s Filipom bila je istina, ali možda je trebalo da kaže da ga je nekada davno poznavala? Ako njegovo ime ponovo iskrsne u razgovoru s njom, zasigurno će se izviniti Dejzi što je škrtarila sa istinom.

Sunce je nestalo iza gustih oblaka baš kada je ušla da se istušira i raspakuje. Dok je u prostrani orman kačila večernju haljinu koju je nameravala da obuče za premijeru, pažnju joj je privukla serija fotografija veličine razglednica grupisanih na zidu spavaće sobe.

Približavajući se, videla je da su neke urađene u smeđoj sepija tehnici i prikazuju plažu i luku pre nego što je sagrađena Kroazeta. Na drugima je bio stari kazino na obodu luke ispred kojeg stoje prilike obučene u odeću po edvardijanskoj modi i uštogljeno poziraju.

Ona koja je Ani privukla pažnju bila je novijeg datuma: crno-
-bela fotografija velike zgrade s četvrtastim ravnim stubovima i
kratkim širokim stepenicama koje vode do ulaza. Dok se saginjala
da pročita izbledela slova na dnu fotografije Ana je već prepoznala
da je u pitanju staro zdanje *Palate festivala i kongresa*. Bila je to div-
na zgrada, pomislila je razneženo. Šteta što je sada premala da bi se
u njoj održavao festival koji je svake godine bivao sve veći, što pod-
stiče organizovanje sve brojnijih filmskih projekcija i konferencija.
Izgleda potpuno drugačije od betonskog *Bunkera* koji je videla pre
nego što se Dejzi isključila iz saobraćaja na Kroazeti.

Mobilni joj je zazvonio dok je završavala raspoređivanje odeće
u orman.

Drhtavim prstima je pritisnula zelenu slušalicu na ekranu i re-
kla: – Zdravo, Leo – spuštajući se niza stepenice ka kuhinji.

– Ana, dušo moja. Kakav je bio let?

– Kasnio je i neugodno smo se istumbali, ali sada sam ovde.
Vila *Flora* je predivna – vredna svakog evra koji firma plaća. Pravo
otkriće. Svideće ti se.

– Izlaziš li večeras na večeru?

– Ne. Upravo sam plivala u bazenu i sad ću da uživam u bage-
tu, siru i čaši rozea, koje mi je Popi tako ljubazno pripremila, pa
idem ranije na spavanje. Sutra ću da se spustim do grada i odem u
kancelariju. Oni će obaviti najveći deo posla – samo moram da se
pojavim nekoliko puta i uradim ono što mi se kaže.

– Jesi li išla u razgledanje?

Ana se nasmeja. – Leo, tek sam stigla. Verovatno ću sutra malo
da procunjam, ako ne bude prevelika gužva. Ionako moram da ku-
pim hranu. Šta se dešava kod tebe? – upitala je, znajući da Leo pro-
vodi nekoliko dana s ćerkom i njenim mužem. – Kako je Alison?

– Prosto cveta – nasmejao se Leo. – Bukvalno. Večeras mi je
rekla da ću pre Božića postati deda!

– To je predivno. Mora da si oduševljen. Obavezno joj prenesi moje
pozdrave i čestitke. A šta je s Lukom? Da li si uspeo da razgovaraš s njim?

Luk, Leov sin, bio je neka vrsta posrednika u jednoj od velikih
međunarodnih banaka i stalno je bio na putu. Ana ga je videla samo
jednom, i bila zadivljena njegovom poslovnom pronicljivošću.

– I on je dobro. Trenutno rešava neku krizu u Dubaiju. Alison nas je upravo pozvala da večeramo, pa je bolje da krenem. Čujemo se sutra. Laku noć, draga.

– Laku noć. Uživaj u ostatku večeri – Ana je isključila telefon.

Pažljivo je pripremila poslužavnik s đakonijama iz korpe za dobrodošlicu, natočila čašu vina i sve to iznela na stočić pored bazena. Mesec se uzdizao na mračnom nebu, a solarna vrtna svetla nasumično postavljena unaokolo osvetljavala su terasu i vrt.

Dok je sedela i prstom se odsutno poigravala zlatnim medaljonom koji je uvek nosila, Anu su preplavila sećanja na prošlost. Pažljivo je skinula lanac s medaljonom i pritisnula kopčicu. Unutra su se ugnezdile dve fotografije i nekoliko pramenova kose umetnutih ispod unutrašnjeg oboda.

Gledajući fotografije, Ana je obrisala suze. Godinama ih je čuvala kao drage uspomene. Ne samo da su bile spona s prošlošću i životom koji nikada nije proživljen već su joj nudile i slabašnu utehu, prevarivši je da veruje da će se jednog dana situacija preokrenuti. Da se nekadašnje nepravde mogu ispraviti. Ali da bi ostvarila taj san, morala je da skupi hrabrost i kaže istinu, da „postidi đavola“, kako je govorila stara izreka. Njeni roditelji su joj, međutim, duboko u dušu usadili drugi stari kliše: „Mi ne peremo prljavo rublje u javnosti“, što ju je onemogućilo da ikada pomisli da posrami đavola.

Poslednjih godina, svaki put kada otvori medaljon ponadala bi se da će se možda jednog dana njen tajni san ostvariti sâm od sebe, bez njenog učešća. A onda će tu fotografiju zameniti novom, savremenijom, verzijom u boji.

Večeras je pak Ana znala da mora da prihvati činjenice. Stare fotografije u medaljonu nikada neće biti zamenjene onima u boji. Predugo je odlagala i prošlo je previše vremena. Nostalgija i žaljenje bili su sasvim u redu, ali sada je bila važna budućnost. Njena budućnost s Leom.

Leo. Sama pomisao na njega izmamila joj je osmeh i Ana se prepustila sanjarenju o njima dvoma. Nikada ranije nije ni pomišljala na udaju, ali otkako je upoznala Lea maštala je kako bi joj život izgledao kao gospođi Hanter. Kakav bi joj život bio kao udatoj ženi

– imati već stvorenu porodicu s kojom bi provodila vreme? Alison i Luk su isuviše odrasli da bi im bila potrebna maćeha, umesto toga se nadala da će još više učvrstiti prijateljstva koja su počeli da stvaraju, posebno ono između nje i Alison. Ako je Leo zaprosi, osim što će joj biti maćeha postaće i baka njenom detetu. Uloga koju nikada nije očekivala da će joj život nameniti.

Ana je pažljivo stavila lanac i medaljon oko vrata pre nego što je uzela čašu i sa uživanjem otpila gutljaj vina. Bila je sigurna da Leo prema njoj oseća isto što i ona prema njemu, ali možda je zadovoljan ovakvim odnosom? Možda ne želi da se ponovo oženi? Zasigurno je trčala pred rudu s maštarijama. Izaziva sudbinu. Ne, to neće upaliti. Život ju je i ranije obarao kada je bila najsrećnija. Najbolje je da trenutnu sreću ne uzima zdravo za gotovo.

Nakon što je dovezla Anu, Dejzi je imala vremena samo da pošalje prvi izveštaj Bilu pre nego što se bacila na brzinsku internet pretragu o životu Filipa Kambona – što nije dalo očekivane rezultate. Uglavnom su to bili naslovi značajnih filmova koje je režirao. Ni traga bilo kakvom skandalu, čemu se Dejzi potajno nadala.

Kao što je Markus rekao, očigledno su mu se dopadale dame jer je bilo mnogo fotografija s raznih festivala i filmskih premijera snimljenih tokom godina, ali retko ga je dvaput ista pratilja držala pod ruku.

Nigde nije bilo pravog trača o njegovom ličnom životu, osim da je bio strastven moreplovac i da mu je brodić ukotvljen u luci rodnog grada. Možda bi mogla da ga pronađe i nagovori Markusa da fotografiše plovilo. Uzdahnula je dok je isključivala laptop. Sutra će pokušati ponovo, mora da postoji neka pikanterija u vezi s njim.

Pošto se istuširala na brzinu Dejzi se premišljala šta da obuče što će biti zgodno za prvi deo večeri, ali i izgledati dovoljno elegantno za zabavu kasnije. Na zabavi će sigurno biti mnogo mršavica obučenih tako da zadive prisutne. Njene uobičajene farmerke i majica zasigurno ne bi odgovarale. Naposletku se odlučila za svoje odelo od crnog somota sa svetlucavosrebrnom bluzu s tankim bretelama ispod sakoa. Ovde nakon zalaska sunca ume da zahladi, tako da će joj barem biti toplo.

– Izgledaš sjajno – uveravala ju je Popi. – Lepo se provedi.

– Ne znam kada ću se vratiti. Obećavam da ću se ušunjati što tiše mogu.

Dejzi je pošla prečicom kroz kvart Le Suke, nadajući se da će izbeći gužvu. To je upalilo dok nije stigla do vrha Ulice Sent Antoan. Odatle je sve vrvelo od ljudi koji su tu bili s namerom da uživaju. Iako je još bilo rano, restorani su polako počeli da se pune prvim gostima za večeru, a Dejzi je prolazeći pored njih udisala primamljive mirise hrane koju su pripremali.

Grlati muškarci sa zvaničnim festivalskim propusnicama oko vrata, kojima je Dejzi dala nadimak „odela“, razmileli su se unaokolo, zauzeti umrežavanjem preko mobilnih telefona i laptopova, ugovarajući poslove koji će biti sklopljeni kasnije tokom nedelje.

Policajaca i pripadnika obezbeđenja takođe je bilo svuda. Opušteno su posmatrali dešavanja, spremni da reaguju na probleme koji bi mogli da iskrsnu. Paparaci, raspoređeni u krugu oko stepeništa *Palate festivala i kongresa*, bili su zauzeti fotografisanjem filmskih zvezda koje su pristizale na večernje projekcije.

Dejzi se ugurala u prostor s merdevinama koje fotografi postavljaju kako bi imali bolji ugao snimanja ispred *Palate festivala i kongresa*, nalik ostrvcu koje odvaja široku Kroazetu od morske obale. Žena koja je sedela na vrhu merdevina pogledala je naniže i rekla:

– Možete stajati na donjoj prečki kako biste bolje videli.

– Sjajno, hvala vam. Neverovatno koliko ima ljudi.

– Da li vam je ovo prvi festival? Ja dolazim poslednjih deset godina – nastavila je žena, ne čekajući odgovor. – Ne mogu da se držim podalje. Ponesem merdevine i dođem ranije kako bih imala najbolji pogled. Ooh, vidite, moj miljenik, Džordž Kluni. Jesi li za kafu, Džordže? – i šaljivo je pružila termos u njegovom pravcu.

Dok su sve zvezde stigle i prošetale crvenim tepihom, spustio se sumrak i upalila su se svetla. Dejzi je ljubazno odbila ponudu nove prijateljice da odu na piće, i umesto toga odlučila da dok čeka Markusa procunja između šatora Međunarodnog sela Kanskog filmskog festivala.

To se baš odužilo. Večernja projekcija je kasnila, a onda je Markus želeo da snimi nekoliko fotografija poznatih ličnosti koje su odjurile na privatnu jahtu na zabavu uz šampanjac. Prošlo je jedanaest sati kada su krenuli da se probijaju kroz more ljudi koji su se još tiskali po Kroazeti, do zabave na koju ju je Markus pozvao.

Kada su iz Ulice Antib skrenuli u usku uličicu nije bilo sumnje da su na pravom mestu na kojem se održava zabava: jaka svetla, glasna muzika i najezda ljudi koji čekaju u redu da uđu u zgradu.

– Nisam sigurna da mogu ovo da izdržim – rekla je Dejzi, prigušeno zevnuvši kada su stali na kraj reda. – Imala sam naporan dan. Možda bolje da pozovem taksi i odem kući.

– Hajde, Dejzi, ne budi kilavica, tek je prvi dan festivala. Upozorio sam te na kasno leganje. Bernar je dobar kontakt za tebe, on poznaje sve koje vredi poznavati – nikad se ne zna ko bi mogao da bude unutra.

– U redu. Ako zaspim, ti si kriv.

– Nema šanse sa ovom galamom – rekao je Markus, uhvatio je za ruku i uveo u zgradu, pružajući pozivnice obezbeđenju. – Hajde sada da se provrtimo unaokolo i vidimo možemo li da pronađemo domaćina.

Bernar se, kad su ga naposletku pronašli kako drži banku na balkonu na prvom spratu, oduševljeno pozdravio s Markusom i poljubio Dejzi u obraz kada ih je Markus upoznao.

– Bernare, dobro si poznavao Filipa Kambona, zar ne? – upitao je Markus. – Dejzi o njemu piše članak za novine.

Bernar je kratko klimnuo glavom. – Stari smo prijatelji. Bio mi je kum na venčanju. Krstio mi je sina. Još sam u šoku. – Bernar se ujede za usnu, očigledno uznemiren. – Trebalo je da bude ovde večeras i pomogne mi oko zabave. Umesto toga, ja moram da pomognem oko organizacije pomena, ali njegova porodica je teška.

– Kako to? – upitala je Dejzi.

– Kažu da je to lična stvar i kako Filip ne bi želeo da se oko toga diže frka – uzdahnuo je Bernar. – Ono što izgleda ne shvataju jeste koliko je značajan – bio značajan – u filmskoj industriji. Ne možemo naprosto prenebregnuti njegovu smrt. *C'est pas possible.*[5]

---

[5] Fr.: To nije moguće. (Prim. prev.)

– Bernar je otpio gutljaj šampanjca iz čaše koju je držao. – Njegov brat Žak kaže da je sve to zamršeno. Da postoje i drugi ljudi koje treba uzeti u obzir – verovatno misli na Agnes, njihovu majku. Bliži se stotoj, i vest o Filipovoj smrti je pogoršala njeno stanje. Dakle, sve mora da bude diskretno kako se ona ne bi dodatno uznemirila. Žak mi je jedino rekao da će telo do kraja nedelje stići u Francusku i tada će biti izdato saopštenje o komemoraciji.

– Mislite li da bi neko od članova porodice bio voljan da o Filipu govori za novine? – Dejzi se ponadala, ali dobila je očekivani odgovor.

Bernar je odmahnuo glavom. – Čisto sumnjam. Čini se da je porodica Kambon zbila redove. Ne razgovaraju čak ni s francuskim novinarima.

– Popodne se u *Palati* govorkalo o tome da je na pomolu nekakav skandal. Da taj fini gospodin Kambon nije baš bio toliko fin – rekao je Markus.

Bernar ga je oštro pogledao. – Filip je bio pravi gospodin dobrica, uveravam te. – Uzdahnuo je. – Naravno da je imao tu reputaciju plejboja jer je voleo žene – na kraju krajeva ipak je bio Francuz. – Bernar je slegnuo ramenima. – Žene su ga obožavale. Ostao je prijatelj sa svim bivšim ljubavnicama. – Bernar je zamišljeno zurio u čašu sa šampanjcem. – Još ne mogu da verujem da ga nema.

Glasan prasak muzike ugušio je njegovu sledeću primedbu i on joj se nasmešio u znak izvinjenja. Kako se buka stišala, uručio joj je vizitkartu.

– Drago mi je što smo se upoznali. Pozovite me ako želite da još popričamo o Filipu. Učiniću sve što mogu da pomognem – a onda se okrenuo da pozdravi sledećeg gosta.

Dejzi je pogledala po prepunoj prostoriji, pokušavajući da uoči nekog od poznatih. Za razliku od Popi, ona je tračerske časopise čitala isključivo u istraživačke svrhe, naravno, i znala je kako izgleda većina najpopularnijih zvezda. Trenutno, međutim, nikoga nije prepoznavala.

– Upravo sam video starog ortaka pored bara – vikao joj je Markus na uvo. – Nisam očekivao da ću ga videti ovde ove godine, imao je nekih problema. Dođi da ga upoznaš – uhvatio ju je za ruku i poveo na drugi kraj sobe.

Markus je potapšao visokog muškarca po ramenu. – Nete, kako si? Upoznaj se s Dejzi, ona prvi put izveštava sa festivala.

Dejzi je odmah prepoznala Sindinog pratioca. Videla je, takođe, da je i on nju prepoznao.

Osmehnuli su se jedno drugom. – TI! – rekli su istovremeno.

– Da li se vas dvoje poznajete?

– Viđali smo se samo u prolazu – reče Net. – Konačno da se propisno upoznamo.

– Jesi li rešio problem? – upitao je Markus.

Net je odmahnuo glavom. – Nisam još. Nadam se da ću ga rešiti tokom festivala. – Markus se okrenu Dejzi. – Ovaj tip je sjajan pisac, ali i dalje uporno radi kao dadilja.

– Mora od nečeg da se živi – pobunio je Net, smešeći se Dejzi. – Pogotovo kada prevaranti uporno nastoje da mi kradu zamisli – slegnuo je ramenima. – Makar imam krov nad glavom. Osim toga, volim decu. Sada me izvinite, nadam se da me dole čeka taksi. Vidimo se.

– Mislim da idemo u istom pravcu – mogu li s tobom taksijem? – reče Dejzi iznebuha.

– Naravno – odgovorio je Net opušteno.

Dejzi je pogledala Markusa kao da se izvinjava. – Žao mi je, ali srušiću se od umora.

Markus ju je poljubio u obraz. – Idi kući. Zvaću te sutra.

Dejzi ga je pogledala. E sad, zašto je to uradio? I dalje pokušava da izigrava Francuza radije nego da bude drski Severnjak odeven u kožu, što i jeste? Ili pokušava iz nekog razloga da „obeleži teritoriju" pred Netom?

– Postaraću se da bezbedno stigne kući, Markuse – reče Net.

Dejzi se ugrizla za usnu. Net je zbog poljupca očigledno pomislio da su ona i Markus zajedno. Da li je Markus to namerno uradio?

Taksi ih je već čekao kada su sišli niza stepenice i Net je pridržao vrata Dejzi pre nego što je i sâm ušao.

– Gde si odsela?

– Imam sreće što mi sestra živi ovde. – Dejzi mu je rekla adresu, izvadila novčanicu od deset evra iz torbe i ponudila je Netu, koji je odmahnuo glavom.

– Nema potrebe za tim. To mi je skoro ispred vrata.

– Hvala – rekla je Dejzi. – Devojčica o kojoj se brineš, Sindi. Da li su njeni roditelji slavni?

– Veriti Rejmond i režiser Tedi Vikam.

– Mama joj je glumica Veriti Rejmond?

Net klimnu glavom. – Sindi je divno dete. Trenutno je malčice usamljena. Nedostaju joj prijatelji. Barem joj je sad otac tu. Obožava ga. Mada će ga slabo viđati tokom festivala. On je predsednik žirija ove godine.

– Šta misliš, da li bi volela da se upozna s Tomom, mojim sestrićem? Ima šest godina. Možda bi mogao da joj bude novi prijatelj.

– To je sjajna zamisao. Sindi samo što nije napunila šest – biće to važan dan sledeće nedelje! Ti i ja bismo onda mogli da popijemo kafu? Evo ti moj broj, pozovi me. Pretpostavljam da će meni biti lakše da se uklopim u tvoj raspored jer ti si ta koja izveštava s festivala.

Dejzi je ubacila Netovu vizitkartu u torbu. – Saznaću šta Tom namerava da radi narednih nekoliko dana, pa ću ti se javiti – obećala je. – Hvala ti puno što si me dovezao do kuće.

Dok je prala zube pre nego što će se strovaliti u postelju Dejzi je razmišljala o Bernarovim opaskama u vezi s Filipom Kambonom. Ako je bio takav dobrica, zašto su počele da kruže glasine o njemu? I čega su se ticale?

Pre nego što se ušuškala ispod jorgana, Dejzi je otvorila laptop i dopunila „listu obaveza“: ići sutra na još jednu projekciju, napisati članak o oblačenju filmskih zvezda za festival, pronaći više podataka o Filipu Kambonu.

I naravno, tu je još jedna sitnica: otkriti neku ekskluzivnu vest za Bila.

6.

U četvrtak, Ana je ustala rano želeći da se bućne u bazen pre nego što doručkuje i spremi se da ode do privremene kancelarije svoje firme u jednom od hotela na Kroazeti. Jutro je bilo predivno i dok je sedela u vrtu i uživala u hrani, odlučila je da prošeta do grada umesto da pozove taksi. Ionako nije morala da stigne u neko određeno vreme.

Ana nije znala da je pošla istim putem kao i Dejzi prethodne večeri kada je skrenula u Ulicu Sent Antoan i spuštala se nizbrdicom. S obzirom na to da je još bilo prilično rano, mnoge prodavnice su bile zabravljene, ali u kafićima je već bila gužva i posluživali su doručak neispavanim posetiocima festivala. Dok je Ana stigla do kraja ulice, otvorile su se prodavnice suvenira, čiji su izlozi i štandovi na trotoaru bili prepuni drangulija za uspomenu sa Kanskog filmskog festivala, a primamljiv miris pržene kafe lebdeo je u vazduhu.

Skrenuvši levo, Ana je ugledala čudesan veliki *tromp l'oeil*[6] na jednoj od zgrada prekoputa. Omaž Holivudu i važnoj ulozi koju je bioskop imao u razvoju Kana, i Ana se nasmešila prepoznajući poznata glumačka lica briljantno dočarana u filmskim scenama na tom zidu.

Rik, njen poslovni partner i menadžer kancelarije, i Fren, njihova menadžerka za odnose s javnošću i lična asistentkinja, već su bili u kancelariji kad je Ana stigla u hotelsku sobu koju su redovno rezervisali tokom festivala. Odmah ju je zaokupila pedantna detaljna organizacija događaja kakvu festival zahteva.

– Kao što znaš premijera *Budućih obećanja* je u nedelju uveče, pa sam uspela da ti za ujutru zakažem frizera ovde u hotelskom salonu

---

[6] Fr.: tromplej. (Prim. prev.)

– rekla je Fren, pružajući Ani reljefnu vizitkartu. – Imaš haljinu i ostalo spremljeno? – pogledala je Anu koja je klimnula glavom. – Limuzina će doći po tebe i Lea u sedam sati i odvešće vas do *Palate festivala i kongresa* i nakon projekcije do *Palm Biča* na zabavu. Ovde ti je i nekoliko pozivnica za druge zabave – Fren je pogledala Anu. – Znam da si rekla da ne želiš sama da ideš po ovdašnjim zabavama, ali ova zvuči posebno zabavno. Održava se sutra uveče u jednoj od onih raskošnih vila u predgrađu Super Kaliforni.

Ana je oklevala i pogledala Rika. Kao i uvek, on je bio zadužen za organizaciju dešavanja za tu nedelju u Kanu. Znala je da se iznenadio kada mu je rekla da ove godine dolazi na festival. Dogovor je uvek bio: Ana ne ide u Kan. Na nekoliko drugih festivala išla je s njim, ali u Kan je Rik uvek odlazio sâm. Nikada nije pitao zašto, samo je to prihvatio kao povlasticu da svake godine provede skoro dve nedelje na jugu Francuske. Uspevao je da se uspešno poveže s kolegama iz filmske industrije, što je bilo od neprocenjive važnosti za posao, i Ana nije imala nameru da mu u tom pogledu narušava način rada.

– Obično to bude dobro veče – rekao je sada. – Amerikanci prisustvuju u punom sastavu. Doći će nekoliko ljudi koji bi voleli da te upoznaju, uključujući i ekscentričnu Rozu Kraft.

– Zar ona nije na spisku gostiju za našu zabavu? Mogu tada da je upoznam – rekla je Ana.

Rik je klimnuo glavom. – Jeste. Međutim, nema garancije da će doći. Možemo da idemo zajedno ako želiš. Doći ću po tebe u devet – ponudio se.

– U redu i hvala ti – reče Ana, gledajući ga. – Rik, da li si nekad ovde naleteo na Filipa Kambona?

Rik je odmahnuo glavom. – Popili smo zajedno pokoji koktel na zabavama tokom godina, ali to je sve. Bili smo na različitim stranama filmskog posla, tako da nikada nismo bili u redovnom kontaktu. Čini mi se da je bio dobar tip. Priča se da je hteo da malo olabavi s poslom. Želeo je da ovde provodi više vremena s porodicom i na brodiću. Šteta što nije uspeo. A zašto me pitaš?

– Onako, devojka u vili koju sam iznajmila pitala me je jesam li ikada radila s njim i da li bih mogla da joj ispričam neku dogodovštinu za članak koji piše. Mislila sam da se raspitam i vidim može li neko da joj pomogne.

Rik je slegnuo ramenima. – Žao mi je, ali ne mogu ti pomoći. Dobro, idem sad u *Dž. V. Meriot* na sastanak.

– Krenuću s tobom. Mislila sam da malo procunjam po gradu pre nego što se vratim u vilu. A moram takođe i da pronađem *supermarché*. Treba se snabdeti namirnicama.

Na izlazu iz hotela otišli su svako na svoju stranu.

– Vidimo se sutra uveče – rekao je Rik, pre nego što je nestao u gomili, ostavivši Anu da pređe ulicu i prošeta Kroazetom u pravcu *Palate festivala i kongresa*, upijajući atmosferu.

Zastave lepršaju na povetarcu, ogromni bilbordi i fotografije poznatih zvezda su na sve strane, policijski psi i njihovi vodiči na trenutak prave prolaz kroz usporenu reku ljudi koja se razmiče pred njima pre nego što se ponovo zatvori odmah iza njih. Ulični umetnici, klovnovi, starlete koje se nadaju da će biti otkrivene, meštani koji posmatraju ljude i dadilje koje sladoledom podmićuju decu dok same zure u tu preteranu raskoš po glamuroznim buticima poznatih kreatora načičkanim duž Kroazete. Ana je sve to posmatrala i divila se.

Turistički vozić, još s nekoliko slobodnih mesta, samo što nije krenuo u uobičajeni obilazak grada, a Ana se nakratko premišljala da li da se pridruži ostalim turistima. Dok je stajala tamo, neodlučna, mašinovođa je odlučio umesto nje, zazvonio je i voz je krenuo polako da se probija kroz gužvu i saobraćaj.

Grupica ljudi se okupila oko sredovečne žene neobične tamnoriđe kose ofarbane kanom koja se spremala da svira harmoniku. Ana, koja je htela da pođe dalje, ukopala se u mestu kada je žena počela da peva „Jezebel" u stilu Edit Pijaf.

Glasom koji je sablasno nalikovao onom tragične šansonjerke, ta pevačica iz ovog vremena izazvala je u Ani snažan *déjà vu* osećaj, koji joj je prošao čitavim telom. Nekada joj je to bila omiljena pesma, kupila je ploču i puštala ju je iznova i iznova sve dok nije, u naletu slepog besa onog leta kad joj se svet srušio, skočila na nju i gazila je dok se nije izlomila na stotine komada. Čuti tu, za nju posebnu pesmu tako iznenada, na mestu gde su te reči nekada bile intimno šaputane njoj, bilo je neizrecivo teško.

Ana se okrenula i naslepo krenula za grupicom tinejdžerki koje sanjaju da postanu starlete i s njima prešla ulicu. Dok su devojke išle svojim putem probijajući se kroz užurbanu glavnu ulicu prema centru grada, Ana se okrenula i pošla u suprotnom smeru užom, mirnijom ulicom, daleko od galame i gužve.

Prolazeći kroz parkić i lavirint uličica bez saobraćaja, Ana je polako povratila pribranost. Skrenula je levo i ušla u prometniju ulicu, u kojoj su se nalazile cvećara, butik, nekoliko kafića i restorana, neizbežna apoteka i duvandžinica.

Ana je sela za sto ispred jednog manjeg kafića i naručila kafu. Čekajući da joj stigne porudžbina, posmatrala je ulicu s visokim i uskim zgradama, žardinjerama prepunim skerletnocrvenih geranijuma i plavim šalonima na pročeljima. U vazduhu se osećao vekovni spokoj.

Ova uobičajena francuska ulica podsećala je Anu na bezbrojne druge koje je viđala u gradovima širom zemlje, ali nešto baš u vezi sa ovom ulicom bilo joj je poznato, a nije mogla da se seti šta i to ju je kopkalo.

– *Merci* – rekla je dok je konobar stavljao šoljicu s kafom na sto.

Otpila je gutljaj, posmatrajući nekoliko žena, pretpostavila je meštanki zbog velikih slamnatih korpi za kupovinu, koje su živahno razgovarale dok su izlazile iz apoteke.

Nekoliko ulaza dalje, dobro obučena žena ozbiljno je razgovarala s cvećarom, pre nego što je kupila veliki buket belih ljiljana. Dok je žena, pažljivo držeći cveće, žustro prolazila pored nje, Ana se pitala kome li je namenjeno cveće. Prešla je ulicu nekoliko metara dalje i zaustavila se ispred zatvorenog restorana s velikim natpisom *Fermé*[7] zalepljenim na vrata.

Stolovi i stolice ispred restorana bili su nasumično poslagani, a na ulazu su se već nalazili brojni buketi. Trgnuvši se, Ana je shvatila gde se nalazi, zašto joj se ulica činila poznatom. Dok je nepoznata

---

[7] Fr.: zatvoreno. (Prim. prev.)

žena spuštala ljiljane ispred senovitog ulaza, Ana nije ni morala da pročita zlatno reljefno *Še Kambon* ispisano iznad vrata kako bi znala da je u pitanju restoran Filipove porodice, a cvećem mu sugrađani odaju poštu.

Ruka su joj drhtala dok je uzimala šoljicu kako bi popila umirujući napitak. Dva podsetnika na njenu prošlost već tokom prvog dana boravka u Kanu. Da li će svaki sledeći biti ovakav? Prošlost je primorava da je se priseti i zapita se „a šta ako"?

7.

– Jel' večeras ostaješ kod kuće? – zapitala je Popi kasno popodne Dejzi koja je u kuhinji uzimala čašu vode. – Ili opet ideš na zabavu?

Dejzi je odmahnula glavom. – Večeras ne. Moram da završim pisanje dnevnog izveštaja i pošaljem ga, da malo više poradim na članku o Filipu Kambonu – što me podseti. Trebalo bi da zovnem Markusa i proverim da li je fotografisao bukete koje ljudi ostavljaju ispred vrata porodičnog restorana u znak sećanja, kako bi ih poslala uz članak. – Popila je još malo vode pre nego što je upitala: – Gde je Tom? Mislila sam da se malo poigramo.

– Ana ga je pozvala na plivanje – odgovorila je Popi. – Brzo će se vratiti.

– Stvarno je fina, zar ne? – rekla je Dejzi. – Ljubazna i pristupačna.

– Učinilo mi se da je nešto neraspoložena kada sam je videla danas popodne. Skoro tužna. Pozvala sam je da nam se pridruži večeras.

– Izgleda da nije baš mnogo zainteresovana za odlaske na zabave tokom festivala – rekla je Dejzi zamišljeno. – Sigurno poznaje ljude iz filmske industrije koji su došli ovamo, ali rekla mi je da ne voli da bude u centru pažnje.

– Sutra uveče se organizuje velika zabava za koju se premišlja da li da ide. U svakom slučaju, pozvala sam je da nam se kasnije pridruži na večeri u vrtu – rekla je Popi. – Skrenula sam joj pažnju da će atmosfera biti opuštena. I molim te, bez novinarskog rešetanja – dodala je, oštro pogledavši sestru.

Dejzi se nasmešila. – Obećavam. E sad, šta ćemo sa ovim druženjem koje sam rekla da ću pokušati da sredim za Sindi? Kazala sam Netu da ću dogovoriti vreme i pozvati ga.

– Šta kažeš na sladoled u parku sutra popodne, da vidimo kako
će se slagati. Pošto je ćerka glumice, Sindi je možda suviše napredna
za Toma – odgovorila je Popi. – Ako se uklope, možeš ih dovesti
ovde na čajanku. I Neta takođe.

– Sjajno. Pozvaću ga – rekla je Dejzi. – Hoćeš li da ti pomognem
oko večere?

– Ne, hvala – reče Popi. – Obrok je jednostavan, uobičajeni kiš i
salata, sir i bageti. Pozvaću Toma da mi pomogne da sve to odnesem
do lođe i postavim sto. – Pogledala je na kuhinjski sat. – Idem sad
po njega. Sigurna sam da je Ani dosad već dosta njegovog brbljanja.

– Važi. Odoh da napišem izveštaj i pošaljem ga imejlom. Možda
čak nađem vremena da još malo nešto istražim o Filipu Kambonu.
Vidimo se brzo.

Ana je isplivala još šest krugova u bazenu nakon što je Popi po-
kupila Toma, a onda je izašla iz vode i ušla da se istušira. Peškirom
je sušila kosu kada ju je Leo pozvao.

Kao i uvek, srce joj je poskočilo kad mu je čula glas.

– Leo, dragi. Kako si proveo dan? Meni je bilo... – oklevala je –
zanimljivo.

– Da li ja to čujem prisenak uznemirenosti? – upitao je Leo za-
brinuto. – Jel' se nešto desilo? Jesi li dobro? Znam da te je Filipova
smrt zatekla.

Ana uzdahnu. – Ne, ništa mi se nije dogodilo osim slučajnog
oživljavanja nekoliko uspomena o kojima ću ti pričati kada dođeš.

– Što će biti u subotu – rekao je Leo. – Jedan od mojih poslovnih
sastanaka je otkazan, pa sam se prebacio na raniji let.

– Oh, Leo, to je divno.

– Hoćeš li da nam negde rezervišeš sto za večeru? Čujem da je
Le mulen de mužin odličan.

– Daću sve od sebe – obećala je Ana. – Večeraću s Popi večeras,
pitaću je ima li neko posebno mesto koje može da mi preporuči.

– Ana, ljubavi, moram da idem. Alison želi moje mišljenje o ko-
levci koju hoće da kupi – iako nemam blage veze o tome. Zvaću te
sutra. Volim te.

Ana se s nežnošću nasmešila pomislivši na Alison i bebu koju očekuje. Bilo je očigledno da Leo već uživa u budućoj ulozi dede.

Pola sata kasnije, izvadivši bocu rozea iz frižidera, Ana se uputila preko vrta do lođe u produžetku kućice gde je Popi rekla da će večerati.

Tom je bio zauzet postavljanjem pribora za jelo i čaša na provansalski stolnjak sa živopisnim šarama, pre nego što je presavio odgovarajuće salvete i pažljivo ih stavio na tanjire. Oskar se sklupčao na jednoj od stolica s jastucima na terasi, a Dejzi je kucala na laptopu u uglu stola. Podigla je ruku i pozdravila Anu bezglasnim „Zdravo".

Popi je izašla iz kuhinje noseći činije sa salatom i kišom i stavila ih na sto. – Zdravo – oh, hvala, ali zaista nije trebalo – rekla je kad joj je Ana pružila bocu. – Dejzi će uskoro završiti i onda ćemo jesti. Moram samo da upalim nekoliko sveća pre najezde mušica. Sedite. Odmah ću vam sipati piće. – Popi je uzela šibicu i upalila nekoliko mirišljavih sveća sa uljem citronele koje su bile raštrkane po terasi.

Dejzi je razdragano zatvorila laptop. – Završila sam za danas. Poslala sam izveštaj, a mom kratkom članku o Filipu Kambonu nedostaje još samo fotografija buketa cveća ostavljenih u znak odavanja pošte ispred restorana *Še Kambon*, a koju je Markus obećao da će snimiti.

– Da li ste uspeli da otkrijete mnogo toga? – upitala je Ana radoznalo.

– Ne previše. Našla sam sajt s filmskim biografijama koji pominje njegovu ljubav prema jedrenju, pa sam to uvrstila, i činjenicu da njegov brat blizanac i dalje vodi porodični restoran ovde u Kanu – mada sigurno neće razgovarati sa mnom. Odlučila sam da ne pominjem glasine koje kruže okolo. Taj deo mogu da zadržim za drugi članak ako moj urednik bude tražio još materijala.

– A koje su to glasine? – pitala je Ana, ali pre nego što je Dejzi odgovorila Popi se vratila i pitanje je zaboravljeno.

– Hajde da jedemo – rekla je Popi, stavljajući činiju sa šparglama na puteru i mladim krompirićima na sto. – *Bon appétit.*

– Kako vam se dopada festival? – upitala je Dejzi, gledajući Anu.

– Mene iscrpi i sama brzina nizanja događaja. Bog sveti zna kako vi filmadžije uopšte izlazite na kraj s tim mahnitim umrežavanjem i neprestanim zabavama.

– Malo toga sam dosad videla. Svakako je drugačije nego kada sam prvi put bila ovde – odgovorila je Ana.

Dejzi ju je iznenađeno pogledala. – Mislila sam...

Ana je pogleda. – Dejzi, dugujem vam izvinjenje. Moja biografija u brošuri koju ste pročitala nije baš potpuno tačna. Imajte na umu da je u to vreme ovo bio potpuno drugačiji festival, tako da se zaista osećam kao da sam došla prvi put. – Ana je zamišljeno zavrtela čašu s vinom pre nego što je podigla pogled. – Bila sam ovde 1968. godine, kada je festival ranije završen. Bila sam sedamnaestogodišnjakinja, na prvoj godini Art koledža, i tokom trajanja festivala radila kao slabo plaćena kurirka za malu filmsku kompaniju iz Engleske. – Ana se nasmešila Dejzi. – Nažalost, iskustvo nije ispalo onako kako sam planirala. Tada sam shvatila da to važi i za život uopšte.

– To je tačno – reče Popi. – Ja nikada nisam mislila da ću živeti u Francuskoj, ali evo me. Hoćete li još malo kiša, Ana?

Ana je ispružila tanjir. – Da, hvala. A vi, Dejzi? Da li se vaš život odvija onako kako ste ga zamislili?

Dejzi je razmotrila pitanje. – Pa, moj ljubavni život nije ispunio očekivanja, to je sigurno. Pretpostavljam da sam imala sreće što mi se nakon završetka fakulteta karijera razvijala manje-više onako kako sam želela. Međutim, trenutno se mnogo toga menja u novinama za koje radim, a ja se poigravam idejom da konačno odem u slobodnjake, a da li će to sve pokvariti ostaje da se vidi.

– A koju oblast biste pokrivali kao slobodnjak? – upitala je Ana.

– Životni stil. Kuće poznatih. Bilo šta osim istraživačkog novinarstva. Teško mi je da opravdam tu vrstu nametljivog novinarstva koje danas kao da je postalo normalno. Pretpostavljam da nemam taj poriv u sebi. Mislim da ljudi imaju pravo na privatnost – osim ako nisu počinili neko kriminalno delo, naravno, kad ih treba razotkriti „u interesu javnosti", kako kažu. – Dejzi je pogledala Anu. – Koliko vam je trebalo vremena da osnujete firmu? Da li ste imali mnogo kontakata pre nego što ste postali nezavisni?

– Oh, prošle su godine dok nisam skupila hrabrost da se osamostalim. Susret s Rikom, mojim poslovnim partnerom, ubrzao je celu priču. Gledano unazad, ima mnogo toga što bih uradila drugačije, ali uopšte uzevši, pretpostavljam da sam naposletku imala dobru karijeru. – Okrenula se Popi. – Kad smo već kod posla, moram da u ime firme organizujem malu zabavu tokom festivala. Možete li mi pomoći da to uradimo ovde sledeće nedelje? Ili mi recite ko može da mi pomogne? Sada znam da će Leo zasigurno biti ovde, i mislim da bi utorak uveče najviše odgovaralo.

– Nema problema. Biće mi drago da vam pomognem. Naći ćemo se u narednih nekoliko dana i dogovoriti se o svemu. Tome, nema deserta dok ne pojedeš salatu.

– I još nešto, Leo je predložio da za subotu rezervišem sto za večeru, on stiže tog dana, imate li neku preporuku? Pomenuo je restoran *Le mulen de mužin*.

Popi je napravila grimasu. – Čisto sumnjam. Pretpostavljam da je u tom restoranu sve popunjeno. Skupo je i omiljeno mesto među poznatima. Svuda je gužva ove dve nedelje. Možda ćete morati da odete u Antib ili čak u Kanju na Moru.

– Uvek mogu i ovde nešto da spremim. Jutros sam u prodavnici videla nekoliko đakonija uz hranu da ti voda pođe na usta. Zapravo mislim da ću to i da uradim. Vrt vile je tako lep, i sigurna sam da će Leo uživati u večeri na otvorenom svoje prve večeri ovde, u subotu. A ja svakako uživam što večeras jedem ovde, hvala vam na pozivu.

Njih četvoro su nekoliko trenutaka jeli u prijatnoj tišini pre nego što je Popi ustala. – Hajde, Tome. Vreme je za video-poziv koji ti je tata obećao, i posle toga pravo u krevet. Reci laku noć Dejzi i Ani. Dejzi, posluži Anu s još malo deserta i vina.

– Koliko ljudi ćete pozvati na zabavu sledeće nedelje? – pitala je Dejzi nudeći Ani činiju s voćnom salatom i puslice.

– Trideset pet, možda četrdeset. Sumnjam da će svi doći. Zavisi od toga šta će se još dešavati te večeri. Ove puslice su izvrsne.

Glasno kreketanje žabe negde u vrtu ih je nasmejalo.

– E toga se sećam iz moje prve posete Kanu – rekla je Ana. – Bilo je mnogo kreketuša. Odsela sam bila u oronulom pansionu s jezercetom ustajale vode u zarasloj bašti i buka je bila nepodnošljiva.

– Ponekad je i u ovom vrtu prilično bučno – reče Dejzi odsutno. – Ana, mogu li nešto da vas zamolim? Naravno, možete odbiti ako vam se zamisao ne dopada. Da li biste mi ispričali o razlikama koje uočavate na festivalu sada? Način na koji se razvio od tih svojih početaka? Možda bismo mogle zajedno da prošetamo gradom – nostalgična šetnja za vas, lekcija iz istorije za mene.

– Oh, Dejzi, ne znam. Nisam sigurna da... – Ana je odmahnula glavom, razmišljajući o današnjim događajima koji su je vratili u prošlost.

– Mora da se toliko toga promenilo u proteklih četrdeset godina – ne samo zgrade, koje su rušene i ponovo izgrađene, nego se i svakodnevni život ljudi promenio. Ako želite, možete da ostanete anonimni, ali mislim da bi to poređenje nekad i sad zanimalo mnoge čitaoce. – Dejzi je s nadom pogledala Anu.

– Nisam sigurna da se dovoljno toga sećam da bih naglasila razlike – reče Ana polako. – Tek sam bila napunila sedamnaest godina. Naravno da se sećam atmosfere, studenata i stare *Palate festivala i kongresa*, ali... – Ana je odmahnula glavom. – Ne. Radije ne bih.

– Nema problema – rekla je Dejzi brzo. – To je bila samo zamisao. Verovatno sam prenaglila što sam vas pitala. Izvinite.

Ana je odmahnula rukom uz osmeh baš u trenutku kada se Popi vratila s bokalom kafe. Ana je zahvalno prihvatila šoljicu, srećna što može da promeni temu. – Htela sam i malopre da kažem, ali obe ćete doći na zabavu, zar ne?

– Rado – rekla je Dejzi, uzimajući mobilni sa stola. – Izvinite, stigla mi je poruka od Markusa... oh, u redu je. Samo da mi kaže da je poslao fotografiju koja će ići uz članak, i da mi je prosledio kopiju.

Kada je solarna vrtna rasveta zatreperila, Ana je ustala da pođe.

– Hvala obema za divno veče. Popodne nisam baš bila sva svoja, ali stvarno ste me oraspoložile. Mogu li da vam pomognem da raščistite sto? Ne? Jeste li sigurni? – pitala je Ana dok je Popi odmahivala glavom. – Onda se vidimo sutra. Laku noć. – Ana se preko vrta uputila ka vili.

– Popi, vidi ovo – rekla je Dejzi, držeći mobilni tako da Popi može da vidi sliku. – Da li je ova osoba koja samo što nije spustila ružu među ostale bukete ispred ulaza u porodični restoran Filipa Kambona ona koja mislim da jeste?

– Rekla bih da jeste – kazala je Popi, pažljivo gledajući u ekran. – Meki fokus na fotografiji daje joj pomalo tajanstven izgled, ali da, to je Ana.

Obe su pogledale preko vrta, i videle kako im Ana poslednji put maše za laku noć pre nego što će ući u vilu. Uzvratile su joj.

– Pitam se zašto je ostavljala cveće nekome za koga kaže da ga nije poznavala? – reče Dejzi radoznalo gledajući Popi. – Da sam barem videla ovo pre nego što je otišla.

Popi uzdahnu. – Verovatno je to samo poslednji pozdrav kolegi filmadžiji. Nekome ko se bavi istim poslom. Znaš, kao ono što ljudi rade kada umre neko slavan – odaju mu poštu čak i ako ga nisu poznavali.

8.

U petak ujutru Popi je u kuhinji požurivala Toma da se spremi i doručkuje kada im se pridružila Dejzi.

– Zakasnićeš u školu ako ovako nastaviš – rekla je Popi, pre nego što se okrenula sestri. – Hoćeš li kroasan? Kafu?

Dejzi je odmahnula glavom. – Ne, hvala. Kasnim na projekciju. Prezalogajiću nešto u gradu kad se završi film. Vidimo se kasnije. – Prolazeći pored Toma, Dejzi je zastala i razbarušila mu kosu.

Tek nekoliko sati kasnije sela je u jedan od mnogobrojnih kafića na trgu preko puta *Palate festivala i kongresa*, i uz kafu, koja joj je sad bila preko potrebna, naručila nekoliko kroasana.

Sedela je tu i prisluškivala okolne razgovore pokušavajući da sabere misli i otkuca na laptopu nešto o filmu koji je upravo odgledala kad ju je Markus kratko poljubio u obraz i seo pored nje. Stvarno će morati da porazgovara s njim o tom ljubakanju. Ipak je Englez, a ne Francuz.

– Zdravo. Kako ti ide?

– Dobro. Tebi? Jesi li uhvatio nekog poznatog na delu?

Markus odmahnu glavom. – Ne još, ali živim u nadi. Jesi li ti otkrila neke zanimljive pikanterije za Bila?

– Ne još. Usput, hvala na fotografiji. Da li je... – zaustila je da kaže Ana, ali je na vreme shvatila da Markus ne zna njeno ime – žena koju si uslikao bila sama? Da li si pričao s njom?

– Nisam video nikoga osim nje. I ne, nismo razgovarali – rekao je Markus polako. – Zašto? Znaš je?

Dejzi je klimnula glavom. – Da. To je... žena koja je iznajmila vilu moje sestre.

– Čudi me da si je prepoznala. Namerno sam fotografisao malo van fokusa jer sam želeo da istaknem potresnost prizora kada ožalošćena odaje poslednju poštu, ali bez njenog jasnog lika. Ko je ona uopšte?

– Ana vodi produkcijsku firmu i stvarno je fina, ali... – Dejzi je oklevala. – Veoma je uzdržana – rekla je naposletku, pitajući se kako bi Ana reagovala kad bi videla fotografiju.

– Razgovarala si s njom o Kambonu?

– Pokušala sam. Nerado priča o njemu. Rekla je da nisu radili zajedno.

Markus zevnu. – Izvini. Zaspao sam tek u tri jutros. Pokušaj da je nagovoriš da ti se malo više poveri. Bez obzira na to šta priča Bernar, nešto se krije iza ćutanja porodice Kambon. Sumnjivo je to što neće ni sa kim da razgovaraju.

– Možda samo žele da ih ostave na miru dok su u žalosti? – iznela je Dejzi oprezno.

Markus slegnu ramenima. – U filmskom poslu privatnosti skoro i da nema. Da li si bila jutros na konferenciji za štampu?

Dejzi je odmahnula glavom. – Ne, projekcija se odužila pa nisam stigla.

– Šuškalo se o tome kako je američki glumac Šon Hamil na neki način povezan s Kambonom. Niko još ne govori na koji način. Dobro, odoh da fotkam poznate na plaži. Hoćeš sa mnom?

– Ne, hvala. Idem da se malo promuvam unaokolo, i oslušnem ima li u tržnom centru nekih tračeva pre nego što ručam s PR menadžerkom jedne od filmskih agencija. A mislila sam i da bacim pogled na bukete ožalošćenih obožavatelja.

Izlozi tržnog centra koji je povezivao Kroazetu sa Ulicom Antib bili su ispunjeni skupom odećom, nakitom i tašnama koje se ove sezone neizostavno moraju imati. Dok je šetala unaokolo Dejzi su svaki čas tutkali u ruke promotivne letke mladići i devojke željni da prikažu svoje talente i privuku pažnju bilo koga ko će ih učiniti zvezdama i ispuniti im snove, ili ih bar na petnaest minuta učiniti poznatim. Dejzi ih je trpala u torbu. Pogledaće ih kasnije – možda se među njima krije neka zanimljiva priča.

Jedan par je zabavljao publiku žongliranjem. U blizini izlaza iz tržnog centra violinista se spremao da zasvira dok su policajci pomerali nekoliko prosjaka i njihove pse. Izvan tržnog centra, ulice u centru grada vrvele su od sokolara, uličnih svirača i ljudi statua. Sve je bilo veoma živopisno i bučno.

Nakon što je napustila tržni centar trebalo joj je skoro deset minuta da stigne do restorana *Še Kambon*. Iako je i dalje bio zatvoren za goste, videla je da je cveće premešteno na jednu stranu, kako bi se omogućio pristup vratima restorana.

Dejzi je polako čitala posvete tražeći ružu kojom je Ana odala počast preminulom reditelju.

Tragičan gubitak.
Bili ste jedan od najvećih.
Nedostajaćete.

Bile su to dve pojedinačne ruže – obe crvene i obe s priloženom porukom.

Au revoir.[8] *Bog vas blagoslovio. Dugogodišnji obožavalac*

Druga je bila nepotpisana.

Jedan život. Jedna ljubav. Poslednje zbogom.

Posle ispisa sledila su tri poljupca. Dejzi je pažljivo proučila tu poruku. Po poljubac za svaku izjavu?

Dok je Dejzi stajala držeći ruže, pitajući se koja je Anina i koju je poruku napisala, otvorila su se vrata restorana. Izašao je Bernar Odiber u pratnji čoveka za kojeg je Dejzi pretpostavila da je Filipov brat blizanac, Žak Kambon. Na fotografijama koje je videla pretražujući po internetu uočila je sličnost.

Muškarci su se rukovali, a Žak se vratio unutra, čvrsto zatvorivši vrata za sobom, i ne pogledavši u Dejzinom pravcu.

---

[8] Fr.: Zbogom. (Prim. prev.)

Dejzi se nasmeši Bernaru. – Dobar dan. Sećate li me se? Markus nas je upoznao na vašoj zabavi.

– *Bien sûr*, kako da se ne sećam – Dejzi beše, jel' tako? – Bernar se nagne i poljubi je u obraz. – Pitali ste me za Filipa i porodicu Kambon. – Pokazao je prema zatvorenim vratima restorana. – *Désolé*,[9] mislim da Žak nije raspoložen za upoznavanje.

– Nema veze. Načula sam nešto o tome da američkog glumca Šona Hamila povezuju sa skandalom u koji je umešan i Filip Kambon. Ima li istine u tome, šta mislite? – reče Dejzi, očekujući Bernarovu reakciju.

Slegnuo je ramenima. – Sumnjam. Mislim da je u pitanju samo neumesan reklamni trik. Kambonovi su već angažovali policiju da ispita taj slučaj. Ali, i ovo je strogo neslužbeno, jasno? – Bernar je zastao pre nego što nastavio. – Među Filipovim stvarima pronađena su dva pisma od nekoga ko pokušava da otkrije svoje porodično poreklo.

– Da li su zato Kambonovi zbili redove?

Bernar je klimnuo glavom.

– Znate li ko je napisao pisma? – upitala je Dejzi.

– Ne. – Bernar slegnu ramenima. – Nisam uspeo da vidim ili pročitam pisma, a Žak nije bio baš voljan da mi otkrije njihov sadržaj. Naravno, nije mi rekao ko ih je pisao, ali jasno je da je Filip odgovorio na prvo pismo. Drugo je stiglo kao odgovor na to, onog dana kada je Filip umro. – Duboko je udahnuo. – U svakom slučaju, Žak mi je napokon rekao kada će biti sahrana i komemoracija. Pogreb će biti u ponedeljak – u užem krugu, porodica i bliski prijatelji. Nikakve pojedinosti neće biti objavljene u javnosti.

– Da li ćete ići?

Bernar klimnu glavom. – Naravno. Čitaću odlomak. Nadam se da će i moj sin stići na vreme.

– A kada je komemoracija?

– Sledećeg ponedeljka ujutru nakon zatvaranja festivala, i biće otvorena za javnost.

---

[9] Fr.: Žao mi je. (Prim. prev.)

Bernar je pogledao cveće koje je Dejzi i dalje držala u rukama.
– Od vas?

– Oh, ne. Samo sam čitala ove dve poruke. Obe zvuče ožalošćeno i brižno. – Pročitala je prvu poruku Bernaru. – Druga je nekako ličnija: *Jedan život. Jedna ljubav. Poslednje zbogom.*

– Pokaži mi – zatražio joj je Bernar i ispružio ruku.

Dejzi mu je pružila dve ruže i poruke. Posmatrala mu je izraz lica dok je pažljivo proučavao poruke, mrmljajući sebi u bradu dok je to radio i vrteo glavom.

Dejzi je jedino čula rečenicu *C'est pas possible*, kada se Bernar okrenuo ka njoj.

– Izvinite, moram da idem. Kasnim na sastanak. – Nagnuo se i poljubio je u obraz. – Bićemo u kontaktu i javljam vam ako bude bilo kakvih novosti. *Au revoir.* – Pažljivo je spustio cveće na stepenik i otišao.

Dejzi je zbunjeno zurila za njim, pitajući se šta to nije moguće. I koja od poruka ga je navela na taj komentar?

S mesta na kojem je sedela u restoranu *Plaža*, Ana je imala savršen pogled na brojne raskošne jahte usidrene u zalivu. Buka helikoptera, koji su užurbano prevozili ugledne goste do kompleksa *Palm Bič* na krajnjem istočnom kraju Kroazete, pojačavala je okolnu galamu. U daljini su se videla ostrva Sveta Margareta i Sveti Onore, spokojna na podnevnom suncu. Ana je okrenula glavu kako bi promenila vidik, odlučna u nameri da joj određena sećanja na ostrvo Sveta Margareta u ovom trenutku ne preplave um.

Posegnula je za čašom vode. Ručak je bio ukusan – salata od tunjevine *nisoaz*, a za desert ukusan sladoled s letnjim voćem i maskarponeom.

Rene Porteus, Parižanka, predstavnica firme u Francuskoj, bila je ushićena zbog planova za predstojeću godinu. Upravo je otišla na sledeći sastanak, i ostavila Anu i Rika da sede i razmišljaju o onome o čemu su se razgovarali, upijajući okolnu atmosferu.

Svuda oko njih vrvelo je od života, kao da je u pitanju veliki događaj društvenog umrežavanja: ljudi koji živahno razgovaraju mobilnim telefonima, muškarci u *armani* odelima, zavodnički odevene glumice šalju poljupce, sveže isfrizirane gospođe ručaju u društvu svojih neizbežnih psetanaca nalik igračkama, trudeći se da što više toga vide i da budu viđene. Dva policajca ozbiljnih izraza lica i prekrštenih ruku, stajala su naspram gostiju restorana.

– Pitam se koga ili šta traže – rekao je Rik, dok je jedan od policajaca, s pištoljem koji mu je upadljivo virio iz futrole oko struka, krenuo da se probija između stolova prema velikoj grupi gostiju. Sudeći po galami koju su pravili i broju praznih boca na stolu, grupa ljudi se očigledno malo više raspojasala za vreme ručka.

Kada je okrenula glavu u tom pravcu, Ani je snažno zaigralo srce u grudima. Tri stola dalje sedeo je Žak Kambon. Na trenutak, Ana je pomislila da je to Filip – sličnost je bila zapanjujuća. Žak i muškarac s kojim je ručao usredsređeno su posmatrali policiju. Ana se kao kroz izmaglicu prisetila da je postojalo nešto poznato i u vezi s tim drugim muškarcem, ali nije mogla do kraja da odgonetne šta je u pitanju.

Bučni gosti su utihnuli dok se policajac približavao stolu. Svetlokosi muškarac, koji je očigledno privukao pažnju policajca, odgurnuo je stolicu i ustao.

– Da. Jeste. Ja sam Šon Hamil – čula ga je Ana kako pijano oteže. – U čemu je problem?

Policajčev odgovor nije se čuo od sveopšteg žamora dok je posezao za parom lisica u džepu, i stavljao ih Šonu Hamilu, a zatim pokretom glave i trzajem ruke nagovestio da pođe s njim.

– Hej, opusti se čoveče. U pitanju je samo marketinška fora. Štos.

– Neprimerena šala, gospodine – odgovorio je jedan od policajaca.

Dok su Šon i policajci prolazili pored njihovog stola, Ana i Rik su ga dobro osmotrili. Pozne tridesete, visok, s naočarama za sunce uglavljenim u kosu moderne dužine, u skupim mokasinama, belim farmerkama i polo majici. Izgledalo je kao da ga hapšenje nije uzrujalo.

– Zanimljivo – rekao je Rik. – To je glumac koji tvrdi da je u srodstvu s Filipom Kambonom.

Zapanjena, Ana ga je pogledala pre nego što se polako osvrnula i videla da Žak gleda u svog pratioca i mrmlja: – *Bien*. Nadam se da će ovo okončati glasine.

– Dobro – rekao je Rik, odgurnuo stolicu i ustao. – Odoh. Vidimo se večeras. Na zabavi – dodao je dok ga je Ana zbunjeno gledala. – U predgrađu Super Kaliforni?

– Izvini, potpuno sam zaboravila. Vidimo se onda kasnije.

Ana je sedela nekoliko trenutaka nakon Rikovog odlaska, izgubljena u mislima. Okrenula se da pogleda Žaka i njegovog pratioca. Iz dokolice se zapitala kako bi Žak reagovao ako bi mu prišla i izjavila saučešće. Da li bi je prepoznao – verovatno ne bi, upoznali su se tako davno – ili bi jednostavno saslušao otrcane pohvale o svom bratu koje mu upućuje nekadašnja koleginica? Da li bi je upoznao sa svojim pratiocem?

Prišao joj je jedan od zvaničnih afričkih prodavaca na plaži, nudeći izbor satova i naočara za sunce, kaftana i raznih drugih stvari. Ana je odmahnula glavom, prenuvši se iz razmišljanja. – *Non, merci* – rekla je, a muškarac je pun nade nastavio da obilazi stolove restorana na plaži.

Zamišljeno je gledala preko zaliva prema ostrvima – i ovoga puta je u mislima izdvojila malo mesta za davnu uspomenu. Da li je život tamo i dalje tako jednostavan i idiličan kao što joj se činio onda, pre četrdeset godina? Ako budu imali vremena, predložiće Leu da mesnim trajektom odu do tamo i provedu nekoliko sati u lutanju Svetim Onoreom i posete staru opatiju. Znala je da će Lea zainteresovati priča o Čoveku s gvozdenom maskom, koji je decenijama bio zatočen u drevnoj tvrđavi na ostrvu Sveta Margareta, ali još nije bila spremna da se suoči sa sopstvenim sećanjima o boravku na tom ostrvu.

Žak Kambon i njegov prijatelj su ustali i krenuli prema njenom stolu idući ka izlazu na plažu. Videvši lice Žakovog pratioca, Ana ga je istog trenutka prepoznala. Nije mogla da se seti kako se zove, ali bila je sigurna da je to Filipov prijatelj kojeg je upoznala pre mnogo godina.

Krenula je da ustane i razgovara s njim, kaže mu da se poznaju, i izjavi Žaku saučešće, ali ponovo se ćutke spustila na stolicu. Čemu sve to? Nije bilo nikakve svrhe, pa je najbolje da zaboravi na tu priču. Kada se festival završi, otići će s Leom i zajedno će stvoriti nove uspomene. Nova srećna sećanja potisnuće stara, nesrećne uspomene, koje su je, činilo se, u poslednje vreme potpuno obuzele.

9.

Dejzi i Net su stajali na Kroazeti mašući Tomu i Sindi svaki put kada ih ugledaju kako sede jedno pored drugog na konjićima veselih boja dok vrteška obrće novi krug.

– Dobro se slažu, zar ne? Popi je bila zabrinuta da je Sindi možda suviše zrela za njega – rekla je Dejzi.

– Sindi je divno dete – odgovorio je Net. – Nije uobičajeno razmaženo derle čiji se roditelji bave šou-biznisom. Veriti i Tedi su veoma jednostavni, prijatni ljudi.

Dejzi je oklevala s pitanjem. – Znam da me se ne tiče, ali sam se pitala šta si pre neki dan mislio kad si rekao prevaranti u poslu?

– Neko je, pretvarajući se da je zainteresovan da me zastupa, uzeo moj poslednji scenario i predstavio ga kao svoje delo – rekao je Net, žalosno uzdahnuvši.

– To je strašno – uzviknula je Dejzi. – Zar nisi mogao da ga razotkriješ?

Net je odmahnuo glavom. – Nažalost, ne postoje autorska prava za ideje, a on je izmenio scenario taman toliko da mi oteža bilo kakvo dokazivanje. Stoga, odsad nameravam da obratim više pažnje na to kome mogu da verujem i pobrinem se da sve što napišem registrujem u sindikatu scenarista i na drugim mestima. Priznajem da sam razmišljao o tome da ga ubijem, ali naposletku sam tu situaciju morao da prihvatim kao surovu životnu lekciju i nastavim dalje.

– Da li je to postao poznat film?

Net klimnu glavom. – Oh, da. Odlično je prošao u bioskopima i postigao dobru zaradu – godinama ne bih imao nikakvih novčanih problema. *C'est la vie* – slegnuo je ramenima i nasmešio joj se.

– Može li Tedi Vikam da ti pomogne? Sigurno poznaje razne ljude u tom poslu.

– Obećao je da će me ove nedelje upoznati s nekoliko producenata. Pošto je predsednik festivalskog žirija, veoma je zauzet. A sledeće nedelje je i Sindin rođendan. Nadam se da će tog dana moći barem nekoliko sati da provede s njom.

– Da li Veriti planira nešto posebno za nju?

– Ovde već ima mnogo poklona i poslastica, a posle će napraviti veliku rođendansku zabavu kada se vrate kući u Los Anđeles.

Dok se vrteška polako zaustavljala, Dejzi i Net su pomogli deci da siđu s nje.

– Sada je vreme za sladoled. A onda se vraćamo kući na čajanku – rekla je Dejzi.

Kada su se Dejzi, Net i dvoje dece vratili u vilu *Flora,* Popi je sedela za kuhinjskim stolom i pravila dugačak spisak.

– Zdravo seko, upoznaj Neta i Sindi – rekla je Dejzi.

Popi im se nasmešila. – Zdravo, drago mi je što smo se upoznali. Čaj će biti gotov za deset minuta. Tome, zašto ne pokažeš Sindi kućicu na drvetu – ali kloni se vile. Ana je upravo otišla na popodnevnu dremku pored bazena. Pokušajte da je ne uznemiravate.

Dejzi je bacila pogled na spisak. – Ti i Ana ste dogovorile njenu zabavu?

– Da. Odlučila se za temu „1920-te na Azurnoj obali“. Pristala sam da pripremim ketering, jer uglavnom želi samo sitno posluženje – nešto od toga mogu da nabavim na pijaci, a ostatak ću pripremiti ovde na dan zabave. Takođe me je zamolila da pronađem pijanistu za to veče – hvala bogu da smo prošlog meseca naštimovali klavir!

– Zvuči zabavno. Mogu li gošće da obuku lepršave haljine s resama? Podseti me – koje je to veče? Da ne bih ništa zakazivala.

– Utorak. Ne znam za lepršave rese, ali sigurna sam da ću ja lepršati na sve strane dok to ne organizujem. Možeš li da mi pomogneš? U pitanju je veći događaj nego što sam mislila da će biti. Već počinjem da paničim kad pomislim na četrdeset ljudi u vrtu. Dobro je što Den nije tu, samo bi smetao.

– Tom može posle škole da svrati na nekoliko sati i igra se sa Sindi u ponedeljak i utorak, ako je to od pomoći – rekao je Net. – Izgleda da se dobro slažu – dodao je, dok je iz kućice na drvetu do njih dopirao dečji smeh, šireći se po vrtu.

– To bi bilo sjajno, hvala – odgovorila je Popi. – Sad još samo da prođem kroz ovaj spisak pre sledeće nedelje.

– Ne brini, seko, sve će biti u redu – rekla je Dejzi ohrabrujuće. – Međutim, sada je bolje da jedemo pre nego što Net bude morao da odvede Sindi kući, a ja da se vratim u grad kako bih na brzinu videla filmske zvezde na večerašnjem crvenom tepihu. Jedemo u vrtu kao i obično? Postaviću sto, a onda idem po decu.

Izlazeći u vrt, Dejzi je videla Anu kako spava na ležaljci ispod jednog od suncobrana pored bazena. Tom joj je mahnuo iz kućice na drvetu, a Dejzi ih je pozvala da siđu, pre nego što se okrenula da se vrati u kućicu.

Dok su tiho prolazili pored bazena, Tom je glasno prošaputao Sindi: – To je moja prijateljica Ana. Ona je baš dobra. Pušta me da s njom plivam u bazenu. Došla je na festival kao i tvoji mama i tata.

– Da li je ona filmska zvezda kao mama? – Sindi mu je uzvratila glasnim šapatom.

– Ne, zaboga, suviše je stara! Mislim da pomaže oko pravljenja filmova.

Ana je, suzdržavajući se od smeha, otvorila oči. – Zdravo Tome. Ko je to s tobom?

– Ovo je moja nova prijateljica Sindi. Njena mama je glumica.

– Zdravo, Sindi. Imaš lepo ime.

– Tako me tata zove. Pravo ime mi je Lusinda, ali on kaže da sam njegova mala princeza, kao što je Pepeljuga postala kad je izgubila cipelicu i udala se za princa. I sada me svi tako zovu. – Sindi je s neobičnom pomirenošću slegnula ramenima, kao velika, osmehnuvši se Ani.

– Da li je i tvoj tata glumac? – Ana se uspravila u ležaljci dok je pričala.

Sindi je odmahnula glavom. – Nije. Ne znam čime se bavi, ali uvek je veoma zauzet – rekla je ozbiljno. – Sledeće nedelje mi je rođendan. Mama kaže da bismo mogli da odemo na brod i vidimo kitove, ali tata još ne zna da li će stići da pođe s nama.

– Koliko ćeš godina napuniti?

– Šest.

– Tome. Sindi. Vreme je za užinu. Ostavite Anu na miru – pozvala ih je Popi.

– Ćao, Ana – rekli su Tom i Sindi uglas i otrčali ka kućici.

Ana je podigla naočare za sunce navrh glave i gledala kako deca nestaju u kući, a onda polako ušla u vilu da pripremi i pojede baget sa sirom, kako bi barem nešto stavila u usta pre zabave u predgrađu Super Kaliforni, na koju je obećala Riku da će zajedno ići.

Pola sata kasnije, dok ih je Sindi držala za ruke, Dejzi i Net su odšetali do velike vile u stilu bel epoka, u kojoj su Tedi Vikam i njegova porodica boravili tokom festivala.

Net je pritisnuo sigurnosno dugme, kapija se otvorila i Sindi je uskočila unutra. Net je pogledao Dejzi.

– Imam karte za bioskop na plaži sutra uveče, hoćeš li da mi se pridružiš? Nisam siguran šta se daje – mogu da budu *Tom i Džeri* ili neki dobar filmski klasik.

– Hej, nemoj da nipodaštavaš Toma i Džerija – nasmejala se Dejzi. – Njihov sam veliki obožavalac. Hajde da se nađemo na plaži hotela *Karlton* posle večernjeg defilea na crvenom tepihu? Moram to prvo da vidim. Trebalo bi da bude gotovo oko osam sati.

– Jedva čekam. Hvala ti na ovom popodnevu i čajanki – rekao je Net pošavši za Sindi u uređeni vrt vile, i kapija se zatvorila za njima.

10.

Dok je Dejzi išla prečicama kroz sporedne ulice Kana i duž stare luke nastavila put do *Palate festivala i kongresa*, razmišljala je o Netu. Kako je drag. Kako je ljubazan. Koliko se razlikuje od Bena. A i te njegove plave oči... jednostavno su očaravajuće, zaključila je. Biće zabavno provesti vreme s njim sutra uveče u bioskopu na plaži i bolje ga upoznati.

Na nekoliko jahti usidrenih duž pristaništa održavale su se zabave, a Dejzi je hvatala deliće razgovora na francuskom, italijanskom i, činilo joj se, ruskom dok je prolazila pored jahte s belom oplatom na kojoj je televizijska ekipa bila zaokupljena snimanjem glumice u bikiniju.

Izbegavajući gužvu oko šatora Međunarodnog sela, gde je sve i dalje vrvelo od ljudi, Dejzi se probila do prednje strane *Palate festivala i kongresa* nadajući se da će tamo naći Markusa. Možda je čuo još neki trač u vezi s glasinama koje su kružile o Filipu Kambonu. Iznenadni završetak razgovora s Bernarom ispred restorana porodice Kambon i dalje ju je zbunjivao.

Kod čuvenih stepenica vrebala je uobičajena grupica paparaca, zauzetih škljocanjem filmskih zvezda koje su pristizale na večernju premijeru. Dejzi je stajala i gledala kako se pet-šest glumaca drži za ruke i ide crvenim tepihom prema stepeništu.

Blicevi su blesnuli, osmesi zablistali, a nakit se zasvetlucao. Na trenutak, Dejzi se zapitala kako li izgleda živeti stalno u centru pažnje. Sigurno ne bi uživala u tome. Nekoliko trenutaka kasnije konačno je ugledala Markusa kako fotografiše dugonogu plavušu koja ulazi u ferari parkiran u blizini crvenog tepiha.

– Jesi li dobila moju poruku? – upitao je Markus, okrenuvši se da pozdravi Dejzi, dok je motor ferarija bučno turirao pre nego što je plavuša ušla unutra i auto polako krenuo duž Kroazete, poštujući ograničenje brzine. – Da večeramo sutra?

Dejzi je odmahnula glavom. – Izvini, Net me je već pozvao da idemo u bioskop na plaži.

– U redu. Onda ćemo sledećeg utorka uveče. – Markus je uzdahnuo kad je Dejzi ponovo odmahnula glavom.

– Tada je Anina zabava u vili, na koju sam pozvana.

– Mogu li i ja da dođem?

– Pitaću Anu – obećala je Dejzi, ne želeći otvoreno da kaže ne, ali sumnjala je da će ga Ana pozvati. – Možemo večeras da odemo na večeru koju nas Bili časti, ako želiš? – predložila je sramežljivo. – Nisam obučena za nešto previše otmeno, ali...

– Bernar mi je nabavio pozivnicu za ekskluzivnu zabavu – prekinuo ju je Markus. – Zapravo, vreme je da se istuširam i presvučem u večernje odelo. Vidimo se – rekao je i otišao.

Dejzi je zamišljeno prešla Kroazetu. Markus je sigurno mogao i za nju da nabavi pozivnicu?

Polako je hodala, gledajući skupe butike. Od gužve je slabo šta uspela da vidi i naposletku je odustala i sela na klupu ispod palme u obližnjem vrtu ispred Gradske većnice.

Izvukla je laptop iz torbe i počela da kuca zabeleške za sledeći izveštaj.

U sumrak, dok zalazi sunce, pale se trepćuća svetla i neonske reklame, što znači da je opet vreme za glamurozan noćni život u Kanu, koji će se nastaviti do ranih jutarnjih sati. Osvetljeni znak „Dobro došli na Kanski filmski festival", postavljen s druge strane puta, podsetiće vas, u slučaju da zaboravite, da ste na Azurnoj obali u vreme ovog svetski poznatog događaja.

U zalivu vidim svetla na velikoj ljubičastoj jahti Roberta Kavalija, na kojoj posada vrši poslednje pripreme za večerašnju veliku zabavu na brodu. Pored ostalih poznatih zvanica, priča se da će gošća biti i Naomi Kembel.

Nešto malo ranije, ispred Palate festivala i kongresa *zaustavljale su se limuzine sa uglednim gostima, koji bi se po* izlasku iz automobila suočavali sa uobičajenim naletom bliceva i uzvicima divljenja iz gomile obožavalaca koji su ih čekali, pre nego što će se do bioskopske sale popeti stepenicama prekrivenim crvenim tepihom. Neki od obožavatelja koji su imali sreće uspeli su da dobiju autogram svoje omiljene filmske zvezde, a pojedini su čak uspeli da ubede svoje idole da se fotografišu s njima, iskoristivši priliku koja se pruža jednom u životu.

Muzika trešti iz automobila dok polako klize duž Kroazete, praćeni strogim pogledima policajaca ozbiljnih lica. Vreme je večeras savršeno za bioskop na plaži. Ljudi užurbano prolaze pored mene kako bi zauzeli mesto na pesku pod zvezdama, spremni da gledaju film u pravom romantičnom okruženju. Sredozemno more blago zapljuskuje obalu, a blag povetarac pruža najbolje osveženje.

Dejzi je zatvorila laptop, vratila ga u torbu i posedela još neko vreme gledajući ljude pre nego što je ustala i vratila se u vilu.

Popi je sedela i čitala pod tremom.

– Tom je otišao na spavanje? – upitala je Dejzi, pridruživši se sestri.

– Aha. Očekivala sam te tek kasnije. Da li je sve u redu? Pretpostavljam da je gužva u gradu?

– Ludnica. Popi, možemo li da popričamo? Nisam ti rekla za pismo od Bena koje mi je stiglo onog dana kada sam doletela ovamo. Nisam zaboravila na njega, ali zbog obaveza oko festivala sam ga smetnula s uma.

Popi je zatvorila knjigu. – Ah. Šta je imao da kaže u svoju odbranu?

Dejzi je izvadila pismo iz torbe i predala ga sestri. – Pročitaj ga. A ja odoh da se istuširam.

Kada se vratila petnaest minuta kasnije, na stolu su pored Benovog pisma stajali boca vina, čaše i tanjir s narezanim kriškama bageta, režnjevima pršute iz Parme i parčićima dinje.

– Stvarno, Popi, uprasiću se do kraja festivala. Kada sam kod tebe uvek jedem previše. Izgleda kao da se ovde sve vrti oko pića i hrane.

– Zato što smo u Francuskoj. Takvi su – osim toga, ne bi bilo loše da se malo popuniš – rekla je Popi, uzimajući parče dinje. – Dakle, šta ćeš da uradiš u vezi s Benom? Da li ćeš preleteti pola sveta i ponovo mu se baciti u zagrljaj kao što predlaže?

– Ne znam. – Dejzi je uzdahnula sipajući vino u čaše. – Nadala sam se da ćeš mi pomoći da odlučim. – Pošto je Popi ćutala, nastavila je: – Deo mene misli: nema šanse, ali onda drugi deo kaže: zašto da ne?

– Odluka nije laka. Znam kako kaže da mu nedostaješ i da „misli“ da je pogrešio, ali stvarno, Dejzi, možda mu samo nedostaje dom. Možeš da spakuješ celu kuću, odeš kod njega i shvatiš da si pogrešila.

Dejzi je klimnula glavom. – Znam. – Otpila je gutljaj vina. – Razmišljala sam da odem na odmor, recimo tri nedelje. Sigurno ću do kraja boravka znati da li želim da ostanem ili ne. Zar ne?

– Koliko ti zaista nedostaje Ben u poslednje vreme? Mislim baš ono zaista stvarno. Rekla si da uživaš u samoći.

– I uživam. Ali znaš i sama... Divno je imati nekog posebnog u svom životu. Nekoga kome je iskreno stalo do tebe.

– Što Benu očigledno nije, inače ne bi ni raskinuo s tobom i odjebao u Australiju, zar ne? – Popi je bila uporna.

Dejzi je pogledala sestru. Bila je potpuno u pravu. A pritom je i tako retko psovala, da je Dejzi bilo jasno da je Popi uznemirila zamisao da će joj sestra odleteti u Australiju i ponovo se spetljati s Benom.

– Idem unutra da telefoniram Denu, obećala sam da ću ga pozvati večeras – rekla je Popi, ustajući. Dejzi je bilo dovoljno da vidi položaj sestrinih ramena kako bi znala da je u potpunosti preuzela ulogu stroge starije sestre. Njene sledeće reči su to potvrdile.

– Samo ti možeš da doneseš odluku. Lično, mislim da ćeš napraviti ogromnu grešku ako budeš trčala za Benom. Osim, naravno, ako nije u pitanju prava ljubav. Ipak, moram reći da nekako sumnjam da si ikada bila zaista zaljubljena u Bena.

Dejzi je zurila u sestru koja se udaljavala. Naravno da je u početku volela Bena – zar nije?

11.

Ana je dovršila šminkanje, a zatim sišla da sačeka Rika koji će taksijem doći po nju. Već je zažalila što je pristala da ide na tu zabavu, ali prekasno je da sada odustane. Te ekstravagantne sponzorisane zabave koje prave *Šanel*, *Šopar* i njima slični jednostavno nisu bile u njenom stilu, nije čak ni znala ko organizuje večerašnju ekstravagantnu zabavu. Ana pogleda na sat. Taman ima vremena da se nakratko čuje s Leom pre odlaska.

– Nisam sigurna kada ću se vratiti sa zabave – rekla je kada joj se javio. – Pa sam mislila da je bolje da te pozovem pre toga. Kako si? Kako je Alison?

– S naše strane je sve u redu. Jedva čekam sutra – odgovorio je Leo. – Nadam se da ću biti s tobom već rano popodne. Da li si nam rezervisala večeru u nekom posebnom restoranu?

Pre nego što je Ana mogla da mu kaže da planira intimnu večeru na otvorenom u vili, zatrubila su kola. – Moram da idem. Rik je poranio. Volim te. Vidimo se sutra.

Taksista je Anu i Rika brzo provezao kroz grad do raskošnog predgrađa Super Kaliforni, gde su se, skrivene iza velikih gvozdenih kapija i visokih živih ograda od čempresa, nazirale veličanstvene vile.

– Ima li dosta potvrđenih dolazaka na našu zabavu u utorak? – upitala je Ana.

– Za sada petnaest sigurnih, osam odbijanja i petnaestoro njih još treba da odgovori.

– Dakle, na dobrom smo putu da imamo manje-više trideset pet gostiju koliko smo se nadali? – reče Ana zamišljeno. – Uključujući nas, Lea, Dejzi i Popi. – Nadala se da nije preopteretila Popi kada ju je zamolila da joj pomogne oko posluženja. Možda je trebalo za tako veliki broj gostiju da angažuje firmu za profesionalni ketering.

Taksista je usporio i pridružio se koloni taksija i limuzina koji su se probijali između izuvijanih kapija od kovanog gvožđa do šljunkovitog prilaza koji se završavao ispred zadivljujućeg stepeništa ispred velikog ulaza oivičenog stubovima.

– Ovo mesto je baš posebno, zar ne? – rekao je Rik dok su ulazili u ogromno mermerno predvorje, s četiri lustera koji su raskošno obasjavali prostor.

U prefinjeno izrezbarenoj zlatnoj, metar visokoj fontani, ukrašenoj nagim nimfama i grožđem, nežno je padala voda u dva bazenčića, odakle se izlivala u mermernu osnovu, gde su se videle zlatne ribice koje plivaju ispod lišća vodenih ljiljana.

Livrejisana posluga se okretno probijala kroz gužvu noseći srebrne poslužavnike sa uskim kristalnim čašama za šampanjac ispunjene ružičastim penušavcem. Rik je uzeo dve čaše, jednu je pružio Ani i rekao: – Živeli.

– Živeli – odgovorila je Ana, razgledajući slike i tapiserije na zidovima ispod bogato ukrašenih zlatnih frizova. – Bila sam na nekim raskošnim mestima tokom godina. Ali ovo je zadivljujuće. Da li su to originalne slike Pikasa i Renoara? Ko je vlasnik ove kuće?

Rik je slegnuo ramenima. – Neki arapski princ ili tako nešto, pa pretpostavljam da su u pitanju originali. Glavni događaj se odvija u šatoru na terasi. Hoćemo li tamo?

Ana ga je pratila dok je izlazio kroz širom otvorena staklena vrata koja su vodila na terasu odakle se pružao pogled na nepregledne uređene vrtove.

– Upravo videh Rozu Kraft. Dođi, upoznaću vas – rekao je Rik.

Roza je živahno razgovarala s muškarcem koji im je bio okrenut leđima dok su prilazili, i nasmešila im se u znak dobrodošlice.

– Zdravo, Riki. Ana, drago mi je da smo se konačno upoznale. Znate Bernara?

Dok ih je Amerikanka predstavljala, a Bernar se rukovao s njom, Ana se našla licem u lice s muškarcem kojeg je ranije tog dana videla sa Žakom Kambonom. Udahnula je i rukovala se s Bernarom ne gledajući ga u oči.

– Drago mi je što sam vas upoznao, Ana. Jesmo li se mi već sreli? Da li ste u filmskim vodama?

Ana je izbegla da odgovori na prvo pitanje, rekavši: – Da, bavim se filmom. Rik i ja smo poslovni partneri. A vi?

– Ja se bavim finansijama. Sigurni ste da se nismo upoznali? Vaše lice mi izgleda veoma poznato. Moramo jednom da se nađemo i porazgovaramo o prošlosti – rekao je Bernar, smešeći joj se.

– Možda – rekla je Ana opušteno, pre nego što se okrenula ka Rozi. – Roza, nadam se da ćete doći na našu zabavu sledeće nedelje. Tada možemo da nastavimo s ćaskanjem. Izvinite me sad, ali moram do toaleta. Brzo se vraćam. – Ana je ušla u vilu.

Jedan od livrejisanih konobara joj je pokazao gde se nalazi ženski toalet. Na njeno olakšanje bio je prazan, i Ana je stala pred veliko pozlaćeno ogledalo iznad mermernog lavaboa sa zlatnim slavinama, i pokušavala da drhtavom rukom ponovo nanese karmin. Napokon se setila ko je Bernar – Filipov najbolji prijatelj.

Zašto mu onda nije priznala da su se već sreli? Zato što je prošlo dosta vremena otkad ju je Filip upoznao s najboljim prijateljem – koji se tada sigurno nije zvao Bernar, u to je bila uverena. Prisetila se kao kroz maglu da je nekada bio... Brajan. Tako je. Usputno se zapitala kada i zašto li je promenio ime. Ljudi to rade iz različitih razloga. Obično da se sakriju od nekoga ili da bi sačuvali tajnu. Kako li bi reagovao ako bi se vratila i rekla mu istinu o sebi? Da, već su se jednom upoznali, i to one godine kada je festival izbio na loš glas – kada je bila s Filipom. Da li bi trebalo to da uradi?

Stavila je poklopac na ruž. Ne. Ne ovde večeras. Niti ikada. Čemu to? Filip je mrtav. Bernar/Brajan i ona se verovatno više nikad neće videti nakon završetka festivala – a i zašto bi? To što je bio blizak prijatelj muškarca kojeg je poznavala pre mnogo godina ne znači da će se u sadašnjosti njih dvoje družiti.

Bacila je pogled na sat. Kada bi bilo pristojno da ode sa zabave? Petnaest minuta – ili duže? Uzdahnula je pre nego što se odlučno vratila u šator i nekoliko trenutaka posmatrala šta se dešava na zabavi.

Glasan ritam disko muzike ispunjavao je vazduh i ljudi su plesali. Ana je videla da su se Rik i Roza Kraft pomerili i sada su bili usred velike gužve na jednoj strani šatora. Da li bi trebalo da im se pridruži? Pogledala je na suprotnu stranu, gde je Bernar pažljivo slušao mladića pokraj sebe, koji je zagrlio neku plavušu i nešto pričao.

Dok je gledala, Bernar je neočekivano okrenuo glavu i pogledao pravo u nju. Dok ju je s druge strane sobe posmatrao prodornim pogledom, Ana je shvatila da ju je prepoznao. Mladić se takođe okrenuo i pogledao ka njoj pre nego što se nagnuo i došapnuo nešto Bernaru. Smeškajući se, Bernar je polako podigao ruku u znak pozdrava i pozvao je da im se pridruži.

Zbunjeno je otpozdravila, a onda se okrenula i pošla ka izlazu. Izviniće se Rozi Kraft kad se budu videle sledeće nedelje, ali nije bilo šanse da se večeras ponovo suoči s Bernarom i svim pitanjima koja bi joj sigurno postavio.

Laknulo joj je kada je vratar uspeo odmah da pozove taksi koji je već čekao ispred. Sa zahvalnošću se udobno smestila na tapacirano sedište. Vratiće se u vilu *Flora* i sanjati o Leu i svojoj budućnosti – neće se opterećivati prošlošću.

Sledećeg jutra, Ana, kojoj je san izmicao veći deo noći pred prizorima nje i Filipa iz prošlosti koji su joj plutali u svesti, skuvala je sebi pun *cafetière* jake kafe, u nadi da će je kofein pogurati u dan. Sedela je na terasi i počinjala da se oseća kao čovek posle druge šolje kafe kada joj je zazvonio mobilni. Rik.

– Kako si od jutros? – upitao ju je.

– Dobro sam. Žao mi je što sam sinoć nestala i ostavila te samog – izvinjavala se Ana.

– Sve je u redu. Znam da takvi događaji nisu za tebe. Bilo kako bilo, ne zovem te zbog toga. Stvar je u tome što je u kancelariju upravo stigao kurir s paketom za tebe sa oznakom „lično i poverljivo“. Da ga pošaljem u vilu ili ćeš da svratiš ovde i pokupiš ga?

– Imaš li ideju ko je poslao paket?

– Ne. Na koverti nema naziva firme niti bilo čega drugog. Međutim, označen je kao hitan.

– Onda je bolje da ga pošalješ ovamo. Nisam planirala danas da svraćam u kancelariju. Hvala ti.

Do trenutka kada je, petnaest minuta kasnije, stigao kurir na motociklu, Ana je odustala od pokušaja da pogodi od koga je paket i šta se u njemu nalazi.

Došetavši nazad u vilu s pošiljkom u ruci, zastala je u dnevnoj sobi i pregledala koverat tražeći tragove, a zatim ga je polako otvorila. Unutra se nalazila fotokopija crno-bele fotografije smeštena u presavijeni list papira za pisanje.

Dvoje mladih, zagrljeni i srećni, smešili su se u objektiv foto-aparata. Ana se ugrizla za usnu, prepoznavši sebe i Filipa na fotografiji. U belini u dnu snimka Ana je pročitala reči napisane u dnu originalne fotografije: *Jedan život. Jedna ljubav.*

Stojeći u sobi s fotografijom sebe i Filipa u ruci, Ana je osetila kako joj ponovo telo preplavljuju sva ona osećanja koja sa sobom nosi tinejdžerska ljubav. Sećala se kako je bila srećna te večeri kada je fotografija snimljena. Otišli su brodićem do Svete Margarete s grupom Filipovih prijatelja i proveli dan izležavajući se na plaži i plivajući. Ona i Filip su se na nekoliko sati iskrali iz grupe, kada ju je Filip odveo da vidi praznu kuću s predivnim pogledom na zaliv.

– Pripada mojoj porodici. Preurediću je i ovde ćemo živeti jednostavnim životom. Naša deca će imati detinjstvo za pamćenje.

Smejući se, Ana se pobunila: – Znamo se samo pet dana, a već si nas venčao.

Filip ju je uzeo u naručje. – Ali, već znam da si ti jedina žena za mene. Želim da ostatak života provedem vodeći ljubav s tobom. Nadam se da si spremna da budeš supruga poznatog filmskog režisera, jer to nameravam da postanem. I bićeš divna majka našoj deci.

Ana ga je, uz osmeh, bocnula u grudi. – I nadam se da ste vi, gospodine Kambon, spremni da budete suprug čuvene dizajnerke seta, zato što nameravam da imam karijeru, kao i da budem divna majka.

Roštilj na plaži kasnije te večeri bio je savršen završetak divnog dana. Dok su na povratku sedeli jedno pored drugog u čamcu, Filip ju je čvrsto zagrlio i neprestano šaputao: *– Je t'aime.* Volim te. – Ana je mislila da će se raspasti od sreće.

Sada, dok je zamućenog pogleda zurila u fotografiju, zapitala se ko li joj je poslao ovu fotokopiju?

Sa strepnjom, kada su joj suze konačno potekle niz obraze, Ana je otvorila papir i pročitala poruku.

Molim te, preklinjem te, ručaj sa mnom danas u 13.00 časova. Restoran Oberž, Kan. *Moram da razgovaram s tobom o Filipu Kambonu.*

Poruka je bila jednostavno potpisana.

Bernar.

Spuštajući se na trosed, Ana je rasejano gledala kroz prozor, dok joj je u glavi vrvelo od pitanja. Kako li je Bernar došao do fotografije?

Ana je zamišljeno obrisala suze. Ove godine je došla u Kan odlučna da razgovara s Filipom Kambonom i da ostavi prošlost iza sebe, ali njegova neočekivana smrt joj je poremetila planove. Može li Bernar da odgovori na neka od pitanja koja je nameravala da postavi Filipu? Hoće li moći da razgovara s njim kao što je planirala s Filipom? Da li bi trebalo?

Odlučno je ustala. Da. Ručaće s Bernarom i saslušaće šta ima da joj kaže. Zatim će s Leom, kad bude stigao tokom popodneva, iskreno razgovarati o prošlosti, i onda će zajedno odlučiti kako da se nose s tim dok sve to konačno ne ostavi za sobom.

Uzela je telefon i zakazala da taksi dođe po nju u petnaest do jedan. Ostatak jutra provela je plivajući i opuštajući se pored bazena, trudeći se da ne razmišlja previše o prošlosti. Ili o tome zašto je Bernar poželeo da razgovara s njom nakon toliko godina.

12.

Ana je brižljivo odabrala šta će da obuče za ručak s Bernarom i spremno je čekala da stigne taksi. Boreći se sa iznenadnim porivom da kaže vozaču da ode, kako se predomislila i da joj nije potreban prevoz, ušla je i sela na zadnje sedište nadajući se da taksista zna gde se nalazi restoran *Oberž* u Kanu.

Na ulicama je vladala podnevna saobraćajna gužva, i Ana je s pet minuta zakašnjenja stigla u restoran u jednoj od mirnijih ulica u predgrađu. Dok ju je vratar sprovodio u restoran šef sale joj je krenuo u susret da joj poželi dobrodošlicu.

– *Mon ami, monsieur Bernard...*[10] – zaustila je Ana, pre nego što je shvatila da se ne seća Bernarovog prezimena. Moguće da ga nije ni znala. Zastala je, oklevajući. Osvrtala se oko sebe u nadi da će ugledati Bernara.

Šef sale je bacio pogled na spisak rezervacija: – Gospođica Karson za gospodina Odibera, Bernara? – Kada je Ana sa olakšanjem klimnula glavom, rekao je: – Ovuda, *s'il vous plaît.* – Proveo je Anu kroz pun restoran i izveo napolje u dvorište u senci glicinije, gde ju je Bernar čekao za izdvojenim stolom u uglu.

– Žao mi je što kasnim – izvinila se Ana. – Zaboravila sam kolika je gužva u saobraćaju u ovo doba dana.

– Bojao sam se da si odlučila da ne dođeš.

– Skoro da jesam – priznala je Ana. – Obično ne prihvatam poziv za ručak od... – oklevala je – nepoznatih ljudi.

– Ali ja nisam potpuni stranac. Znaš i sama da sam stari poznanik s kojim si izgubila kontakt. Hoćemo li da naručimo?

---

[10] Fr.: Moj prijatelj, gospodin Bernar... (Prim. prev.)

Ana je uzela jelovnik od konobara. – Nisam posebno gladna. Uzeću salatu.

Bernar je uzdahnuo, a ona ga je oštro pogledala.

– Ana, ovo je jedan od najboljih restorana u gradu, bio bi zločin ne uživati ovde u jelu. Zato naruči nešto što voliš, a onda, ako se posvađamo i više nikada ne budemo razgovarali, bar ćeš pamtiti lep obrok.

I protiv svoje volje, Ana se nasmešila. – U redu. Da li preporučuješ nešto posebno?

– Za početak, uzeću pečene smokve s kozjim sirom, a zatim specijalitet kuće, brancina pečenog u soli. Ako mi ostane još mesta u stomaku, onda ću se prepustiti uživanju u sjajnoj čokoladnoj tartuf torti.

– Zvuči ukusno – i ja ću isto.

– U tom slučaju naručiću nam bocu belog vina – rekao je Bernar i nasmešio joj se.

Dok je konobar zadužen za vina otvarao bocu po Bernarovom izboru i nudio mu je da je proveri, Ana je proučavala muškarca koji je sedeo prekoputa nje. Da li je on zaista nekadašnji Brajan? Posmatrajući ga kako podiže čašu do usana da proba vino, primetila je da mu je srednji prst leve ruke deformisani patrljak. Sada je bila sigurna. Pre mnogo godina Filipov prijatelj se mnogo stideo te izobličene šake.

Bernar je klimnuo glavom konobaru i sačekao da sipa vino u dve čaše pre nego što je podigao svoju i tiho rekao: – Nazdravimo Filipu. Neka počiva u miru.

Ana je držala uzdignutu čašu i nečujno nazdravila. Otpila je gutljaj pre nego što je tiho rekla: – Ti si bio Brajan, zar ne?

Nasmešio se i klimnuo glavom.

– Znači znaš ko sam – rekla je, stavljajući čašu na sto.

– Da. Ljubav Filipovog života.

Ana je zadržala dah na te njegove reči, pre nego što je odgovorila. – Iznenađena sam da si me prepoznao nakon svih ovih godina.

– U početku nisam bio potpuno siguran. Nešto na tvom licu mi se učinilo neverovatno poznatim. Tek kad mi je sinoć prijatelj fotograf rekao da te je fotografisao kako ostavljaš cvet da odaš poštu

Filipu, znao sam da se nemoguće konačno dogodilo. Mada prekasno da bi Filip to saznao. – Pogledao ju je. – Video sam tvoju poruku s ružom. *Jedan život. Jedna ljubav. Poslednji pozdrav.* Bila je to Filipova mantra do kraja života nakon što te je upoznao – i izgubio. Onda saznam da si tu negde u Kanu, da si se konačno vratila. – Pogledao ju je preko ruba čaše i otpio gutljaj pre nego što je rekao: – Ali ti ponovo pobegneš pre nego što sam uspeo da razgovaram s tobom.

Bernar je izvadio još jednu fotografiju iz novčanika.

– Ti i Filip ste tada bili potpuno zaokupljeni jedno drugim, ali ovo je jedna na kojoj smo sve troje – pružio je Ani fotografiju.

– Oh, sećam se dana kada je ovo slikano – uzviknula je Ana. – U to vreme si imao upitan stil oblačenja, fluorescentnoružičaste čarape i patike – nasmejala se.

– Priznajem, kriv sam. – Bernar je podigao nogu obuvenu u otmenu cipelu kako bi mogla da vidi šta sad nosi. – Ime i čarape davno su nestali. Kao što vidiš, sada je moj stil prefinjena zrelost.

Ana se nasmeja. – Vidim. – Otpila je gutljaj vina pre nego što je pitala. – Jesi li se ženio?

– Bio sam oženjen godinu-dve i imam sina. Filip je... bio je Džastinov kum. Nažalost, moj brak nije uspeo. – Bernar je otpio dobar gutljaj vina pre nego što je uzdahnuo. – Ubeđujem sebe kako nisam samo ja kriv što je propao, jer je moja bivša supruga trenutno sa svojim trećim mužem.

– Nisi upoznao neku drugu?

– Nisam. Kao što stara izreka kaže: Ko se jednom opeče, taj i u hladno duva. Dosta o meni. Danas moramo da razgovaramo o tebi i Filipu.

Konobar je u tom trenutku stigao s predjelima, a Bernar je ćutao dok nije otišao.

– Filipova ljubav prema tebi nije izbledela tokom godina. Bio je čovek koji kad jednom dâ reč, više ne menja mišljenje – rekao je Bernar sa ozbiljnim izrazom lica. – Uvek te je voleo i želeo da budeš u njegovom životu. Slomila si mu srce, znaš – dodao je gledajući je.

– Žao mi je zbog toga – reče Ana tiho. – I moj život se nepopravljivo raspao.

– Zašto se nisi vratila kasnije tog leta kao što si rekla?

Ana se ugrizla za usnu. – Napisala sam Filipu pismo u kojem sam mu sve objasnila, ali nikada nije odgovorio na njega, pa sam pretpostavila da se predomislio.

– Grešiš – rekao je Bernar. – Odgovorio je. To znam jer sam ti ja poslao njegovo pismo. Ali je vraćeno, sa oznakom – *primalac nepoznat na datoj adresi*, nedelju-dve kasnije. Te godine je, takođe, otišao u Englesku da te traži – nastavio je Bernar tiho. – Zar ti roditelji nisu rekli da ih je posetio i molio da mu kažu gde si? Hteo je da se oženi tobom. Želeo je da se brine o tebi.

– Nikada nisam videla to pismo. – Ana je zurila u njega, zaprepašćena. Opirala se suzama koje samo što nisu potekle zbog saznanja da je Filip došao po nju, a da su ga njeni roditelji oterali. – Moji roditelji, posebno otac, veoma su želeli da upravljaju mojim životom. Po njihovim rečima, sve što su radili uvek je bilo za moje dobro. Nikada mi nisu rekli za pismo – zadrhtao joj je glas. – Ili da je Filip došao da me traži.

– Verujem u to. Očigledno nisu baš bili prijateljski nastrojeni prema njemu.

– Bojim se da sam ih veoma razočarala – rekla je Ana. – Očekivali su da se dobro udam, doktor ili advokat bili bi savršen izbor, iako u stvarnosti zapravo niko nije bio dovoljno dobar. – Klimnula je glavom. – Činjenicu da sam bila umetnički nastrojena i želela da radim u filmskoj industriji... pa, to jednostavno nisu mogli da shvate. – Ugušila je uzdah. – Naposletku su me se praktično odrekli.

– Filip te se nikada ne bi odrekao. Nikad te nije zaboravio. Dobro, bio je u povremenim vezama godinama unazad, ipak je i on bio samo muškarac. Ali nisu bile ozbiljne. Nijedna žena nije uspela da mu se približi kao ti. Godinama je pokušavao da te pronađe. Ne mogu da verujem da ste oboje radili u filmskoj industriji i da vam se putevi više nikada nisu ukrstili – rekao je Bernar, odmahujući glavom u neverici.

– Za to sam ja zaslužna – rekla je Ana tiho. – Znala sam da je Filipa posao sve više i više vukao u Ameriku, pa sam se pobrinula da se čvrsto držim ove strane bare, u oblasti rada na filmu koja je daleko od njegove, i... – Ana je oklevala pre nego što je pogledala Bernara i rekla: – Recimo da sam preduzela nekoliko dodatnih mera predostrožnosti da bih ostala neotkrivena. I daleko od muškarca za kojeg sam mislila da me je odbacio.

– Jesi li se udavala? Imaš li porodicu? Jesi li upoznala još nekog posebnog? – upita Bernar blago.

Ana je odmahnula glavom. – Ne. Nisam se udavala. Ali sam nedavno upoznala muškarca koji me usrećuje, kao što je Filip to činio pre mnogo godina. – Zavrtela je vino u čaši pre nego što je nakon kraćeg razmišljanja rekla: – Provela sam svoje zrelo doba žaleći za tinejdžerskom ljubavlju. Veoma je okrutno da baš one godine kada sam odlučila da se vratim u Kan i izgladim odnose s Filipom bude prekasno da razgovaram s njim. – Progutala je knedlu, znajući da suze samo što nisu potekle.

Bernar joj je pružio salvetu dok se borila da zadrži suze.

– Volela sam ga, znaš, svim srcem. Uradila bih sve za njega.

– Verujem ti – rekao je Bernar tiho.

Ana je poskočila kada joj je mobilni zazvonio u tišini koja je nastala nakon njegovih reči.

– Izvini – rekla je, pritisnuvši dugme za odgovor. – Leo, dragi. Da li je sve u redu?

– Sleteli smo ranije. Udaljen sam petnaestak minuta od vile – da li si ti tu?

– Nisam. U gradu sam, na ručku... sa starim prijateljem – rekla je Ana, smešeći se Bernaru. – Naći ćemo se u vili za dvadesetak minuta.

Prekinuvši razgovor, Ana se okrenula Bernaru.

– Žao mi je, ali moraću da preskočim desert, Leo je poranio. Čuj, zašto ne dođeš na zabavu koju pravim u utorak uveče? Povedi još nekog ako želiš. Reći ću Riku da ti pošalje pozivnicu s pojedinostima, važi? Onda možemo da dovršimo razgovor. Hvala ti na divnom ručku. – Ana je ustala da pođe.

– Žao mi je što moraš tako da odjuriš – rekao je Bernar, takođe ustajući. – Imamo o još mnogo čemu da porazgovaramo. Ali, da, voleo bih da dođem na tvoju zabavu sledeće nedelje.

– Odlično – rekla je Ana. – Radujem se što ću te upoznati s Leom.

Dok ju je pažljivo posmatrao, Bernar se uozbiljio pa rekao: – Ana, pre nego što odeš, reci mi da li si o nečemu posebnom želela da razgovaraš s Filipom? Ili si jednostavno htela da okončaš četrdesetogodišnje ćutanje?

Ana je oklevala, rastrzana nedoumicom da li da Bernaru sada kaže istinu, ili da prvo sve ispriča Leu.

Bernar je, osetivši njeno oklevanje, ispružio ruku, a zatim uhvatio i stegnuo Aninu u znak utehe. – Osećam se dužnim da ti skrenem pažnju na nešto što će izaći na videlo u narednih nekoliko dana. Na nešto, što bi, s obzirom na to koliko si bila bliska s Filipom, moglo da te uznemiri.

Ana ga je pogledala, čekajući da nastavi.

– Porodica Kambon istražuje poreklo nekoliko pisama koje je Filip primio u nedeljama neposredno pre smrti. Pisma se odnose na njegovu prošlost. Izgleda da je osoba koja ih je poslala ovde u Kanu, na festivalu, i zatražila je da se hitno sastane sa Žakom. – Dok je Ana zurila u njega, Bernar je nastavio: – Izgleda da će Filipova zaostavština i integritet biti dovedeni u pitanje.

– Zaostavština? Misliš na njegov doprinos kinematografiji? Neki od filmova koje je režirao su zaista divni. Znam jer sam ih sve odgledala.

Bernar je odmahnuo glavom. – Nisam mislio na profesionalnu zaostavštinu nego privatnu. Glasine kruže unaokolo i ljudi koriste priliku da skrenu pažnju na sebe.

– Da li misliš na onog glumca Šona, ili nekog drugog ko tvrdi da je Filipov sin?

– Da. On je bio prevarant, ali pisma koja je Filip primio su u sličnom stilu, i izgleda da su autentična.

Ani je poskočilo srce. Duboko je udahnula. – Hvala na upozorenju, Bernare. Iskreno se nadam zbog Kambonovih da ta osoba, ko god da je, nema nameru da pravi probleme porodici. Ili da ocrni Filipa.

13.

– Dobro, ja sad odoh. Nemoj da me čekaš, nisam sigurna kad ću se vratiti – rekla je Dejzi.

– Znači večeras nećeš obući farmerke? Uzgred budi rečeno, ta haljina ti savršeno stoji – rekla je Popi.

Dejzi se samouvereno odmerila od glave do pete i slegla ramenima.

– Požela sam da malo promenim stajling. Oh, da li to Anin partner ide ka nama? – rekla je Dejzi, gledajući pored sestre prema vrtu vile.

Popi se okrenula. – Oh, bože, nadam se da je sve u redu – dodala je uznemireno, krećući se prema kuhinjskim vratima da pozdravi Lea.

– Popi, žao mi je što vas uznemiravam. Pitao sam se da li imate posudu za led? Kupio sam šampanjac za večeras, i treba mi nešto u čemu ću ga držati rashlađenog na stolu.

– Nema problema – odgovorila je Popi. Uzela je srebrnu kantu za led iz jednog od ormarića i dala je Leu. – Uzgred, ovo je moja sestra Dejzi.

– Drago mi je, Dejzi.

– I meni je drago – odgovorila je Dejzi.

– Želite li možda još malo leda? – upitala je Popi.

Leo odmahnu glavom. – Ne. Mislim da ga ima dovoljno. Hvala na pomoći – okrenuo se i pošao ka vili.

– Pitam se ima li na umu neki poseban povod – rekla je Dejzi.

– Verovatno samo hoće da obeleže početak zajedničkog boravka ovde – odgovori Popi. – Ako ne kreneš iz ovih stopa, zakasnićeš na dolazak filmskih zvezda na premijeru. Uživaj u filmu s Netom.

* * *

Kao i obično, kanska luka je bila zakrčena i Dejzi je izbegavala gužvu dok se probijala ka pročelju *Palate festivala i kongresa* da bi gledala filmske zvezde kako pristižu na večernju projekciju.

Prijateljski nastrojen policajac dozvolio joj je da se provuče između zapreka kada mu je pokazala novinarsku propusnicu. Stajala je na vrhovima prstiju nasred Kroazete, pokušavajući da iznad glava mnogobrojnih obožavatelja vidi šta se dešava i snimi opažanja na telefonu kako bi kasnije mogla da se podseti pojedinosti.

Uobičajena grupa paparaca bila je zauzeta škljocanjem. Prodornim glasovima su pozivali filmske zvezde da zauzmu pozu – *Pogledaj ka meni, srećo, okreni glavu, regardez moi,*[11] *stanite mirno* – dok su skupoceni dragulji na njima bleštali pod naletom bliceva koji su nastojali da uhvate svaku pojedinost.

Te večeri je bila premijera popularnog avanturističkog filma, a pojavljivanje muževnog i zgodnog glavnog glumca publika je dočekala sa oduševljenjem. Dejzi se potrudila da zapamti glamurozan izgled glavne glumice – bela večernja haljina bez ramena sa šljokičastim gornjim delom, koji joj je prianjao uz telo, i prelepa ogrlica od rubina.

Dok su zvezde na crvenom tepihu polako napredovale ka ulazu, Dejzi je pomno posmatrala paparace ne bi li videla Markusa, ali nije uspela. Limuzina, s francuskom zastavom koja se vijorila na haubi, zaustavila se u podnožju stepenica. Iz nje su izašli ministar vlade i njegova supruga, ali nisu nikome bili zanimljivi. Brzo su se popeli uza stepenice, okruženi obezbeđenjem, i sve je bilo gotovo za nekoliko minuta.

Pretpostavljajući da su sve najpopularnije poznate ličnosti sada u zgradi i da čekaju početak projekcije, Dejzi je krenula ka bioskopu na plaži i Netu.

Svetla su počela da se pale u sumrak, a vesela praznična atmosfera prožimala je Kroazetu, ulični zabavljači i dalje su žonglirali i pevali prolaznicima.

---

[11] Fr.: Pogledajte ka meni (Prim. prev.)

Net ju je čekao kod ulaza u bioskop na plaži, s malim crnim rancem na leđima.

– Zdravo. Izvini što kasnim – rekla je Dejzi. – Morala sam zbog sledećeg izveštaja da gledam kako zvezde pristižu na premijeru.

– U redu je – rekao je Net, cmoknuvši je u oba obraza. Njegovi poljupci su bili drugačiji od Markusovih, koji ju je uporno ljubio preblizu usnama, što joj nije bilo prijatno. – Hajde. Idemo da se smestimo negde. – Uhvatio ju je za ruku i poveo niz plažu.

Kada su seli, Net je skinuo ranac s ramena i krenuo da olabavljuje kaiševe. Pogledao ju je.

– Jesi li videla Markusa danas?

– Ne. Očekivala sam da ću ga videti večeras ispred *Palate*, ali nije bio tamo. Zašto pitaš?

Net se uozbiljio i pogledao Dejzi pre nego što je upitao: – Da li ste vas dvoje par i van posla? Čini mi se da se Markus ponaša pomalo, kako se ono kaže, posesivno kada si ti u pitanju. – Zastao je pre nego što je nastavio. – Ne želim nikome da stajem na žulj. Staromodan sam u tim stvarima.

Dejzi se nasmešila i odmahnula glavom dok ju je Net napeto posmatrao. Znači, stekao je pogrešnu sliku zbog svih onih Markusovih poljubaca u obraz na francuski način. Sledeći put kada ga bude videla reći će mu da prestane s tim i da se povuče. Nije bila zainteresovana za njega.

– Net, nisam ni sa kim u vezi. Markus i ja smo kolege koje rade zajedno ove nedelje, to je sve. Zapravo, jedva se poznajemo, viđali smo se povremeno u kancelariji, ali ovo je prvi put da radimo zajedno. Osim toga, frajeri puni sebe zaista nisu moj tip.

– Sigurna si?

Dejzi je klimnula glavom. – Sto posto.

– Video sam Markusa danas. Zbližavao se sa stilistkinjom koja radi za *Dior*. Večeras će večerati u *Palm Biču*.

Dejzi slegnu ramenima. – Nete, stvarno me nije briga šta Markus radi – ili s kim je viđen.

– U redu, sad kad smo to raščistili, hajde da popijemo piće.

Dejzi je gledala kako Net iz ranca vadi bocu šampanjca i dve čaše. Treba li da ispriča Netu o Benu i Australiji? Da on želi da mu se ona pridruži tamo? Ne večeras, odlučila je. Prerano je. Kad ga bude bolje upoznala. Osim toga, Ben je deo prošlosti i predaleko da bi brinula o tome.

Net joj je dodao čaše. – Uzgred, izgledaš divno večeras.

– Hvala ti – rekla je Dejzi, smešeći se. – Ima li novosti u vezi s tvojim scenarijem?

Net je odmahnuo glavom. – Još nema. Tedi Vikam je ovih dana prezauzet da bi bilo šta preduzeo, ali stalno obećava da hoće čim mu se tokom sledeće nedelje „malo raščisti raspored". – Net je skrušeno slegnuo ramenima. – U međuvremenu, pokušavam da i sâm uspostavim poneki kontakt.

Izvukao je čep iz boce, a Dejzi je držala čaše dok je Net pažljivo sipao šampanjac.

– Hej, hoćeš li da dođeš na Aninu zabavu sledeće nedelje? Ona je u producentskim vodama, pa ko zna ko bi sve mogao da bude tamo. Prilično sam sigurna da mogu da ti nabavim pozivnicu. To je u utorak. Možeš li da dobiješ još jedno slobodno veče?

– Bez problema. Uvek mogu kutijom čokolade da podmitim Džasmin, domaćicu kuće, da ponovo pripazi Sindi. Sigurna si da Ani neće smetati?

– Devedeset devet zarez devet posto sigurna. Proveriću sutra s njom i javiću ti. Mogu li da te pitam nešto lično?

– Da, naravno.

– Kako si postao muška dadilja? Znam da ovih dana svako može da se bavi čime god želi, ali moraš priznati da je to i dalje pretežno žensko zanimanje.

– Pa, kao prvo, ja nisam samo dadilja. Ja sam i vaspitač u vrtiću obučen po *Montesori* metodi. Znao sam da ću morati nešto da radim da bih zaradio za život dok budem pokušavao da prodam svoje scenarije, a volim decu – posebno decu od tri do sedam godina, zabavno je provoditi vreme s njima. Pre nego što pitaš, posao čuvanja Sindi tokom festivala obezbedio mi je prijateljev prijatelj. Obično u Engleskoj radim honorarno preko agencije, što mi ostavlja vremena da pišem između poslova. Živeli. – Kucnuli su se čašama.

– Zvuči kao da ti status slobodnjaka odgovara – rekla je Dejzi pažljivo pre nego što je otpila gutljaj šampanjca i promenila temu.

– Znaš li koji je filmski klasik večeras na programu? – pitala je.

– Pa, nisu *Tom i Džeri*, to je sigurno. Puštaju *Prljavog Harija*; ako ne voliš gangsterske filmove, ne moramo da ostanemo. – Net ju je pogledao. – Uvek možemo da odemo i nađemo mirno mesto da pijuckamo šampanjac i posmatramo more.

– Šta to pričaš? I da propustimo Klinta Istvuda kad izgovori besmrtne reči: *Ajde, ulepšaj mi dan?* – nasmejala se Dejzi. – Došao je na festival ove godine, zar ne?

Net klimnu glavom. – Jeste, film mu je na repertoaru i on je...

– Netov glas je utihnuo dok je gledao iza Dejzi. – Klint upravo ide prema platnu. Po svemu sudeći, izgleda da će održati govor o filmu.

Pažljivo su slušali Klintovu priču o snimanju filma 1971. godine. Opaskom: „Ako vam je teško da me prepoznate, ja sam onaj sa smeđom kosom, i to bujnom", izrečenom sa šaljivom skromnošću i sa osmehom, oduševio publiku i dobio veliki aplauz dok je odlazio, a film počinjao.

Sedeći na plaži pored Neta, Dejzi se teško usredsređivala na film. Iskreno, *Prljavi Hari* nije bio baš njena omiljena vrsta filma – više je bila tip devojke koja voli *Besani u Sijetlu*. Dok je udobno sedela pored Neta, pustila je da je zapljuskuje ne samo šum talasa Sredozemnog mora koji su udarali u obalu već i većina dijaloga i dešavanja na filmu dok je razmišljala o budućnosti i Benovom pismu.

Misliti da si pogrešio nije isto što i znati to i kajati se zbog toga, zar ne? U pismu nije pomenuo da je voli, samo da mu nedostaje. I da li je zaista očekivao da će ona preći pola sveta zbog njegovog hira? Verovatno, zaključila je. Ben je uvek odlučivao šta će raditi kao par, a ona ga je krotko pratila.

Poslednjih nekoliko meseci izuzetno je uživala u svojoj nezavisnosti – posebno kada je prebolela šok izazvan Benovim raskidom – i ponovo otkrila neke od svojih snova. Toliko toga je želela, ali dok je bila s Benom sve je to potisnula u stranu. Kao na primer to da bude slobodnjak.

– Nema sigurnosti kad si slobodnjak – rekao je Ben kad je to predložila. – Potrebna ti je redovna mesečna plata.

Sada kad je sama, da li će biti dovoljno hrabra da to uradi? Da se odrekne sigurnosti očekivanog mesečnog prihoda. Za razliku od Neta, ona nije bila obučena nizašta drugo na šta bi mogla da se osloni. Mada, imala je neku ušteđevinu. Dovoljnu da pokrije troškove najmanje devet meseci, računala je, ako slobodnjački posao ne bude odmah proradio. Ako bi prihvatila sporazumni prekid radnog odnosa, dobila bi otpremninu u visini nekoliko plata, što bi takođe mogla da doda ušteđenom iznosu.

Kada je zadrhtala od hladnog noćnog vazduha, a Net je zaštitnički zagrlio, privila se uz njega. Tog trenutka, shvatila je, bila je srećnija nego što je bila godinama.

Dok je tekla odjavna špica, Net je upitao: – Hoćeš li da se vratimo taksijem ili peške?

– Prošetajmo uz obalu. Veće je tako divno.

Iako je bilo kasno, u restoranima duž obale je i dalje bila gužva – bilo je čak i nekoliko hrabrih pojedinaca koji su se odvažili na kasno noćno kupanje. Bilo joj je prijatno i potpuno normalno da šeta s Netom, držeći ga oko struka. Kao i poljubac za laku noć dok je na prilazu vile ukucavao sigurnosnu šifru za otvaranje električne kapije. Slatki trnci su joj preplavili telo.

– Laku noć, Dejzi. Vidimo se sutra. Hvala ti za divno veče.

Dok ga je, sa osmehom na licu, posmatrala kako odlazi, Dejzi je shvatila, da joj je Net tim poljupcem upravo – *ulepšao dan.*

14.

Ana je, dovršavajući pripremanje svoje posebne večere, pogledala kroz kuhinjski prozor tamo gde je Leo bio zaokupljen organizovanjem stvari oko bazena. Nije delovao razočarano što će večerati u vili umesto u skupom restoranu, kao što je prvobitno predložio.

– Romantična večera za nas dvoje u vili zapravo će biti savršena. Ali samo pod uslovom da nemaš mnogo posla oko toga.

– Volim kad mogu da kuvam za nekog posebnog – rekla mu je Ana. Prećutala je da je nedostatak te posebne osobe tokom većeg dela njenog života učinio da njihov odnos bude neponovljiv, jedinstven i predivan.

Gledajući Lea kako pali sveće na stolu i podešava stolice, Ana je osetila kako je preplavljuje talas ljubavi. Imala je toliko sreće što je upoznala Lea.

Uzela je tanjire s predjelom od dimljenog lososa, iznela ih napolje i stavila na sto. Stojeći tako uz te sveće i solarne vrtne svetiljke koje su zatreperile budeći se, uz ponekog slepog miša koji bi proleteo kroz sumrak, Ana je duboko udahnula, pogledala Lea i nežno rekla: – Moram da razgovaram s tobom.

Prelazeći na njenu stranu, Leo ju je uzeo u naručje. – I ja želim da razgovaram s tobom, ali dame imaju prednost – pogledao ju je sa iščekivanjem.

Ana je ćutala nekoliko sekundi pre nego što je tiho rekla: – Ti si prva osoba u skoro četrdeset godina kojoj ću ovo ispričati. – Duboko je udahnula pre nego što je pogledala Lea i nastavila. – Sa sedamnaest godina sam zatrudnela i rodila bebu Filipa Kambona. Onda sam morala da ga se odreknem. Nažalost, ispostavilo se da su moji pokojni roditelji negativci u celoj priči. Stalno ponavljam sebi da je to bilo drugačije doba, ali čak ni to ne opravdava njihovo ponašanje.

Leo se nagnuo napred i nežno obrisao suze koje su se slivale niz Anine obraze.

– Oh, draga moja, mora da ti je bilo mnogo teško.

Ana je klimnula glavom, ne mogavši da progovori dok je pokušavala da zaustavi suze.

– Nekako sam pretpostavio da u tvom odnosu s Filipom postoji nešto više od onoga što si mi rekla – kazao je Leo. – Ali da si rodila dete kojeg si morala da se odrekneš, to nisam ni pomislio. – Privukao ju je bliže i nekoliko sekundi čvrsto držao u zagrljaju pre nego što je ponovo progovorila.

– Kada su roditelji shvatili moje „stanje", nastao je pakao. Rekla sam im da me Filip voli i da ćemo se venčati. Nisu mi verovali. Rekli su da se zabavio sa mnom i da će pobeći od odgovornosti. Nazivali su me i pogrdnim imenima i govorili da sam ih obrukala. Kada mi Filip nije odgovorio na pismo u kojem sam mu rekla da sam trudna, poverovala sam da se predomislio u vezi sa mnom. Da me ne voli kao što je rekao. Da nije zainteresovan za bebu, niti da bude otac. Čekala sam i čekala, u nadi da će mi se javiti, ali uzalud. Pokazalo se da su moji roditelji bili u pravu. – Ugrizla se za usnu. – Tako sam popustila i uradila ono što su mi rekli. Volela bih da sada mogu da ih suočim s njihovim postupcima. Trebalo je tada da posumnjam da oni stoje iza Filipovog povlačenja. Samo što se on nije zaista povukao. Nisu mu dozvolili da kontaktira sa mnom. – Ana uzdahnu. – Bilo bi divno kada bih mogla da poverujem da su tako postupili u ono vreme jer su bili uvereni da rade ono što je najbolje za mene, ali nažalost mislim da su jednostavno bili okrutni i osvetoljubivi.

– Nisu baš svi prigrlili svingerske šezdesete, zar ne? – upitao je Leo.

– Moji roditelji sigurno nisu, ali ni ja, na kraju krajeva. Poslali su me u dom za posrnule devojke i rekli da ako budem zadržala bebu više nisam dobrodošla kod njih. Zvuči neverovatno sada u dvadeset prvom veku, zar ne? – Odmahnula je glavom. – Bernar mi je danas rekao da Filip ne samo što je odgovorio na moje pismo nego je i došao u Englesku da me pronađe i pobrine se za mene. – Ana je progutala knedlu. – Moji roditelji su ga oterali s vrata i nikad mi to nisu rekli. – Ana zastade. Glas joj je drhtao. – U svakom slučaju, dvadeset četiri sata nakon rođenja Žan-Filipa, tako sam nazvala sina, morala sam da se oprostim s njim i predam ga na usvajanje. – Ana se ugrizla za usnu prisećajući se tog trenutka. – Tada sam ga poslednji put videla. Nadala sam se da će, kada su se pre nekoliko godina promenili zakoni o poverljivosti podataka u postupku usvajanja, pokušati da stupi u kontakt sa mnom, ali... – slegnula je utučeno ramenima. – Pretpostavljam da je srećan bez mene u svom životu, bez majke koja ga se odrekla.

– Siguran sam da to nije istina. Ubeđen sam da bi Žan-Filip želeo da upozna oba roditelja da je uspeo da te pronađe. – Leo je odmahnuo glavom. – Ne mogu da verujem da ste Filip i ti toliko godina radili u filmskoj industriji, a da niste naleteli jedno na drugo. Da sve ovo nije izašlo na videlo mnogo ranije.

Ana slegne ramenima. – Bernar je isto to rekao. Filmska industrija je ogromna i potrudila sam se da budem što dalje od njega radeći u potpuno drugačijoj oblasti kinematografije. Osim toga, Filip je uglavnom radio u Americi, a ja sam svesno donela odluku da ostanem sa ove strane Atlantskog okeana. – Pogledala je u Lea. – Godinama sam pratila njegovu karijeru. U početku nisam mogla da odolim. Morala sam da znam šta radi. One godine kada je dobio Oskara navijala sam za njega. Čak sam išla na predavanje koje je jedne godine držao na Filmskom institutu u Londonu, samo da mu budem blizu. Bilo je to mučenje i nikada više nisam uradila ništa slično.

Ana je na trenutak ućutala, prisećajući se popodneva koje je moglo da joj promeni život da je samo imala hrabrosti da priđe Filipu i javi mu se. Odlučnost da razgovara s njim, da traži odgovore, koja ju je pratila dok je dolazila i kada je ušla u salu nestala je u trenutku kada je Filip stupio na binu i počeo predavanje.

Biti u istoj prostoriji s njim, iako s još nekoliko stotina ljudi, bilo je istovremeno divno i nepodnošljivo. Šta god da je on osećao prema njoj, ona je njega nesumnjivo i dalje volela. Pomisao da će je opet odbaciti, ovoga puta gledajući je u lice, bila je previše strašna. Umesto toga, upijala je njegov izgled, boju glasa, osobenost njegovih pokreta, pre nego što ga je poslednji put pogledala i tiho se iskrala iz sale nakon što je završio predavanje. Srećom, nije bilo vremena da je primeti i možda prepozna.

Ana je drhtala kad je uznemireno izdahnula. Leo joj je ćutke pružio maramicu i ona je njome obrisala obraze, a zatim ju je uvrtala, gledajući ga, a oči su joj blistale od suza.

– Bernar mi je rekao još nešto. Pre oko nedelju dana, Filip je dobio pismo od nekoga ko ga je zamolio da se sastanu tokom festivala jer veruje da su u srodstvu. Filip je pristao, ali nije dogovoren tačan datum. Kambonovi su sada zabrinuti da bi moglo doći do neočekivanog i neželjenog potraživanja Filipove imovine. Ili čak pokušaja da mu se ukalja ugled. – Ana se ugrizla za usnu dok je gledala Lea. – Misliš li da bi ta osoba koja je želela da ga upozna mogla biti moj sin?

– Oh, Ana, ljubavi, sve je moguće, ali ne nadaj se previše. Da li ti je Bernar rekao ime te osobe ili nešto slično? Nagovestio o kakvoj vrsti srodstva se radi? Ili ko je napisao pismo?

– Ne. Otišla sam pre nego što sam mogla da mu postavim bilo kakva pitanja. Kad pomislim da sam se skoro pomirila s činjenicom da više nikada neću videti Filipa ili upoznati sina. A sada, odjednom, postoji nada da je moj sin možda ovde u Kanu... – glas joj je utihnuo.

Leo je uzdahnuo dok ju je blago milovao po ruci. – Ljubavi, nemoj samo da se previše nadaš da je to Žan-Filip – rekao je tiho. – Da, možda je to zaista Filipovo dete koje želi da utvrdi svoje poreklo, ali to ne znači nužno da je u pitanju vaš sin. Filip je mogao imati vezu s bilo kim tokom poslednjih četrdeset godina.

– Znam, znam – rekla je Ana, pre nego što je šapnula. – Ali zar ne bi bilo divno da je to moj Žan-Filip nakon svih ovih godina?

Nije ni pomislila na drugu, užasnu mogućnost da bi, čak i ako jeste u pitanju njen sin, mogao da joj zameri što ga se odrekla kad je bio beba i ne prihvati je kao svoju majku. Ako se to dogodi, jednostavno će morati da pronađe način da se nosi s tim.

Tek kasnije, dok su se spremali za spavanje, shvatila je da joj Leo nije ispričao ono što je imao na umu.

– Izvini što sam zaboravila na to – o čemu si želeo da razgovaramo?

– Bez brige. Može to da priček još nekoliko dana – rekao je Leo.

15.

Posle besane noći, Ana se u nedelju ujutru probudila uz zvuk kiše koja je prskala po prozorima. Brzo je svukla pokrivač sa sebe i izvukla se iz postelje. Ovo je jug Francuske, ne bi trebalo da pada kiša, pogotovo ne danas. Večeras je premijera njenog filma *Buduća obećanja*. Poslednje što joj treba je šetnja crvenim tepihom po kiši. Miris kafe širio se spratom i čula je Lea kako veselo zvižduće u kuhinji. Ogrnula je svileni kućni ogrtač i sišla niza stepenice.

Leo se okrenuo kad je ušla u kuhinju. – Dobro jutro, draga. Hoćeš li kafu?

– Može, hvala. Ne mogu da verujem da pada kiša.

– Prognoza kaže da će se do podneva razvedriti – rekao je Leo umirujućim tonom. – Dobro, kakav nam je raspored za danas? – upitao je, dodajući joj šolju kafe.

– Prepodne imam frizera. Oko pet sati treba da stigne nakit, a onda u sedam dolazi limuzina da nas odveze do grada.

– Znači, danas za mene nema nekih većih obaveza?

Ana je odmahnula glavom. – Tako je. Da li bi voleo da radiš nešto? Ako želiš, mogli bismo da ručamo u gradu nakon što završim kod frizera. Restoran *Oberž* u gradu, gde sam se juče našla s Bernarom, bio je veoma dobar, ali ti izaberi.

– U redu. Rezervisaću nam negde sto.

– Kad smo već kod Bernara. – Ana je oklevala, ne znajući kako će Leo reagovati na ono što će reći. – Pozvaću ga i zamoliti da mi kaže ime te osobe koja je kontaktirala s Kambonovima... ako zna ko je u pitanju.

– Oh, Ana, misliš li da je to pametno? Zašto barem ne sačekaš da prođe premijera. Od sutra ćeš moći da se opustiš i suočiš sa... pa, sa svim dešavanjima koja će ti sledeća nedelja festivala prirediti.

– Samo želim da znam ime – rekla je Ana. – Ali u pravu si. Sačekaću da prođe premijera. Uživaćemo u večerašnjoj zabavi.

– Da li Bernar zna koliko daleko je otišao tvoj odnos s Filipom?

– Ti si prva osoba kojoj sam rekla za bebu otkako sam je dala na usvajanje. Ali po načinu na koji je pričao juče, rekla bih da Bernar zasigurno zna. Filip mu je očigledno pričao o meni – znao je za pismo i posetu. Ipak su bili najbolji drugovi.

Oboje su se okrenuli jer se začulo blago kucanje na vratima. Kada ih je Ana otvorila, pred njom je stajala Dejzi, koja je izgledala zabrinuto.

– Ana, Leo, žao mi je što vas uznemiravam ovako rano, ali htela sam da vam postavim nekoliko pitanja.

Ana ju je oprezno pogleda. – Samo izvoli.

– Prvo, vaša zabava u utorak. Da li bi moj prijatelj Net mogao da dođe? On je scenarista koji pokušava da uspostavi neke kontakte. Trenutno radi kao dadilja – oh, mislim da ste upoznali Sindi pre neki dan, zar ne? Ona je ćerka Veriti Rejmond i Net se brine o njoj dok su joj roditelji na festivalu. Njen otac je u žiriju.

– Naravno da Net može da dođe. Ako ništa drugo, verujem da će uspeti da ostvari barem nekoliko kontakata. Pokušaću da ga upoznam sa što više ljudi – rekla je Ana velikodušno. – A druga? – Nije gubila nadu da joj neće zatražiti da obilaze Kan prisećajući se starih vremena.

Dejzi je oklevala. – Urednik mi je jutros poslao imejl. Čuo je da su Bil Naj i Džudi Denč u gradu kako bi potpisali ugovore za snimanje filma o starijim ljudima koji promene svoj život. Mislim da se zove *Egzotični hotel „Marigold"* i da će biti smešten u Indiji. U svakom slučaju, želi da pokušam da napravim intervju s nekim od njih dvoje. Kako da ne! – Dejzi je odmahnula glavom. – Oni su isuviše slavne ličnosti, neće hteti da razgovaraju sa mnom. – Uzdahnula je i pogledala Anu. – Ali on me nesumnjivo pritiska da smislim nešto, pa sam se pitala da li ste još malo razmislili o tome da prošetamo po Kanu i da mi ispričate kako je bilo nekad, a kako je sad? – Dejzi je s nadom pogledala Anu. – Znam da niste bili oduševljeni time, ali rekoh da probam i pitam vas ponovo. Znam da držite do svoje privatnosti.

– O, Dejzi, zaista ne znam – reče Ana i uzdahnu.

– Mogu li i ja da pođem s vama? – upitao je Leo neočekivano. – Voleo bih da iz prve ruke čujem tvoje uspomene. Da li imaš nešto protiv – upitao je, okrenuvši se Dejzi.

– Ne, nemam ništa protiv – odgovorila je Dejzi. – Pogotovo ako će Ani biti lakše zbog toga? – pogledala je Anu upitno.

– U redu – uzdahnula je Ana. Prisetila se koliko je bilo teško probiti se u filmskoj industriji, i pretpostavila da je tako i u novinarstvu. – Pristajem. Ali da bude neimenovano. I još nisam sigurna da ću se setiti bilo čega bitnog, ili barem zanimljivog. Bilo je to mnogo davno.

– Hvala puno. Zaista cenim vaš trud – rekla je Dejzi. – Da li vam odgovara sutra u podne ispred *Palate festivala i kongresa*?

– Podne nam savršeno odgovara. Unapred se radujem – uzvratio je Leo, uhvatio Aninu ruku i stisnuo je.

– Uživajte u večerašnjoj premijeri. Zaista se nadam da će se do tada razvedriti. Ana, mnogo vam hvala, još jednom.

Dok je Dejzi odlazila, Ana se okrenula Leu. – Znala sam da će povratak ovamo biti putovanje u prošlost i uspomene, ali nisam znala da će to uključivati i obilazak s vodičem.

Vremenska prognoza je bila tačna. Kiša je stala, i do večeri, kada su se Ana i Leo pripremali da se pojave na crvenom tepihu, bilo je suvo, čak je pirkao i prohladni povetarac.

Ana je Leu pružila ogrlicu od dijamanata i safira koja joj je kasno popodne isporučena u vilu. – Možeš li da mi je zakačiš, molim te? Plašim se da neću dobro pričvrstiti kopču i da će mi ogrlica spasti. Ne smem ni da pomislim koliko vredi.

– Zaista je lepa, zar ne? – rekao Leo pažljivo zatvarajući kopču i dvaput proverivši da li je dobro pričvršćena. – Safiri ti se savršeno slažu s haljinom.

– Da li mi haljina dobro stoji? – upitala je Ana zabrinuto. – Kada sam je kupila nisam bila sigurna da li je to dobar kroj za mene. A ove sandale – pogledala je srebrne cipele sa kaišićima i potpeticama visokim dvanaest centimetara. – Nisu previsoke, zar ne?

– Ana, Ana – rekao je Leo okrenuvši je prema sebi i nežno je poljubio. – Večeras izgledaš prelepo, ljubavi. Haljina, frizura, cipele – sve je savršeno. Sada se opusti i pokušaj da uživaš u večeri koja je pred nama.

Stojeći u njegovom zagrljaju, Ana se nasmešila. – Pokušaću. To što si ti ovde činiš je veoma posebnom. Jesam li ti rekla koliko si zgodan večeras?

Leo odmahnu glavom. – Savršen smo par! – rekao je, smešeći se, i pažljivo prstima pratio obris njenog lica pre nego što ju je ponovo nežno poljubio.

Kad je zatrubila prodorna sirena automobila, Leo je Ani na ramena stavio beli okovratnik od veštačkog krzna, a zatim podigao i pružio joj pismo-tašnu ukrašenu perlicama koju je odabrala i uhvatio je za ruku.

– Crveni tepih nas čeka – hajdemo.

Sedeći pored Lea dok se limuzina približavala *Palati festivala i kongresa*, Ana je proverila sadržaj tašnice: karmin, češalj, maramica i medaljon. To je bio prvi put posle mnogo vremena da joj zlatni medaljon nije oko vrata, ali večeras je prednost morala da ima ogrlica s dijamantima i safirima.

– Opusti se i uživaj u večeri – šapnuo joj je Leo dok se limuzina zaustavljala u podnožju poznatih stepenica. Rmpalija iz obezbeđenja otvorio je vrata automobila, a Ana i Leo su zajedno zakoračili na crveni tepih.

Ana je ostala zatečena ogromnom gužvom duž Kroazete i ispred pročelja *Palate festivala i kongresa*. Sve je vrvelo od glasova i razdraganog raspoloženja. Na četiri-pet mesta iza barijera, videla je kako ljudi stoje na stolicama i na nekoliko strateški postavljenih merdevina, u nadi da će imati bolji pogled kada filmske zvezde bude stupile na crveni tepih. Sada, kad je stajala na stvarnom crvenom tepihu, galama se nekoliko puta pojačala.

Leo ju je uhvatio za ruku dok su ka njima škljocali mnogobrojni blicevi.

– Šta li misle ko smo mi? – Ana šapne Leu.

– Neke veoma poznate ličnosti, očigledno – večeras izgledaš tako glamurozno – rekao je Leo, privukao je ka sebi i poljubio je, na oduševljenje publike.

Rik ih je čekao na crvenom tepihu, stojeći pokraj stepenica. – Ana, izgledaš predivno. Leo, drago mi je što te vidim. Helena i Rupert bi trebalo da stignu za koji trenutak. Onda će biti red na nas da prošetamo i suočimo se s paparacima.

– Atmosfera je neverovatna – rekla je Ana, gledajući unaokolo.

S njene leve strane nalazilo se nekoliko televizijskih izveštača koji su gledali u kamere i brzo pričali u mikrofone, podrobno opisujući prizore pred sobom. Najavljivali su imena poznatih zvezda koje su pristizale i opisivali raskošne haljine i nakit.

Dalje uza stepenice, Ana je na trenutak ugledala Bernara kojem je prilazio još jedan od novinara u pratnji kamermana. Zaboravila je da je on ovde postao poznato ime i kako će njegova razmišljanja o festivalu očigledno biti zanimljiva za medije.

Stisak Leove ruke prenuo ju je i ponovo se usredsredila na njihovu malu ekipu, a njemu se osmehnula u znak izvinjenja.

– Oprosti – šapnula je. – Ono gore je Bernar.

Leo je pratio njen pogled.

– Pitam se o čemu li to priča za televiziju – rekla je Ana. – Ah, evo stižu Rupert i Helena – dodala je, dok se približavala srebrna limuzina.

Gledajući kako dve mlade zvezde *Budućih obećanja* stižu na crveni tepih, Ana oseti kako je preplavljuje talas naklonosti prema oboma. Nekoliko ljudi u gomili, shvativši ko pristiže, povikali su njihova imena. – Ruperte, Helena dušo, možemo li da dobijemo autograme?

Sa osmehom na licu, njih dvoje su prišli i ljubazno potpisivali ponuđene časopise, knjige i razglednice sa svojim fotografijama.

Naposletku su se svi uhvatili za ruke i krenuli da se penju stepenicama na kojima su ih vrebali paparaci, probijajući se kroz nalet škljocanja bliceva. Kada su sustigli Bernara na vrhu stepeništa prekrivenog crvenim tepihom i uputili se ka ulazu u *Palatu festivala i kongresa*, Ana je nehotice načula pitanje novinara.

– Za kraj, Bernare, možete li nam dati bilo kakvu informaciju o najnovijem razvoju događaja u sagi o Filipu Kambonu? Znam da ste bili bliski. Da li ste znali za tu tajnu porodicu koju je imao u Americi?

Ana je nenamerno uzdahnula kada je čula pitanje. Posrnula je bezuspešno pokušavajući da čuje Bernarov odgovor i sigurno bi pala da je Leo nije pridržao čvrstim stiskom ruke.

Pogledao ju je zabrinuto. – Ana, jesi li dobro? Čekaju nas da nas odvedu do naših mesta.

– Dobro sam – rekla je Ana, čvrsto stežući Leovu ruku. – Povedi nas.

16.

Bilo je skoro dva sata kada su se nakon zabave Ana i Leo vratili u vilu *Flora*. Ana je bila potpuno iscrpljena, ali istovremeno i neobično ushićena. Njih dvoje su nekoliko trenutaka sedeli na terasi pod mesečinom, slušali kreketanje žaba i opuštali se.

– Zabava je bila izvanredna – rekao je Leo, ustao i pružio joj ruku da joj pomogne pri ustajanju. – Nije što starim, ali iskreno ne znam kako ljudima uspeva da idu svake noći na zabave tokom festivala.

– Ni ja – rekla je Ana.

– Hajde, idemo u krevet.

Držeći se za ruke, ušli su unutra i popeli se do spavaće sobe. Leo je pažljivo skinuo skupu ogrlicu sa Aninog vrata i vratio je u kutiju.

– Staviću je negde na sigurno dok je ne vratimo danas popodne – rekao je.

Ana mu se osmehnula u znak zahvalnosti dok je stavljala voljeni medaljon oko vrata. – Koliko god da je ta ogrlica lepa, prijatnije mi je da nosim svoj skromni zlatni medaljon.

Leo se nasmeši s razumevanjem.

Ana je bila previše umorna za bilo šta osim da ukloni šminku i opere zube. Uvukla se u postelju, cmoknula Lea i zaspala u roku od nekoliko minuta. U snovima su joj se vrtela sećanja na zabavu.

Toliko ljudi, toliko čestitanja, toliko šampanjca. Svi su se složili da će *Buduća obećanja* odlično proći na blagajnama i kako će mladim glumačkim zvezdama doneti svetsku slavu.

Shodno tome, Helena i Rupert su postali miljenici Kana. Ana je, oduševljena zbog toga, uživala u njihovom uspehu.

Tema zabave nakon projekcije bila je – *Buduća obećanja – koja su tvoja?* – i pokazala se kao veoma uspešna. Prostor, uređen i ukrašen poput tajanstvenog šeikovog šatora, s horoskopskim znacima, ogromnim srebrnim mesecima i zvezdama koji su visili s reljefne tavanice i velikim zlatnim suncima koja su sijala sa zidova, bio je savršeno mesto za zabavno veče maštanja i proricanja sudbine.

Tu su bili i točak sreće, *žabice* od papira, bambusovi štapići za proricanje, kineski kolačići sudbine, astrološka čitanja, pa čak i romska gatara, zajedno sa snopovima lavande i kristalnom kuglom, u odeljku sa zavesicom za one koji su želeli lično savetovanje.

Gosti su se sa zadovoljstvom uklopili u atmosferu dok su se dvorska luda i pajac motali unaokolo i pravili nestašluke ohrabrujući sve da se pridruže zabavi. Disko muziku je puštao mladi di-džej i celo veče je bilo, kako je to Leo rekao u limuzini na povratku kući „vredno pamćenja iz svih dobrih razloga".

Ana je na početku večeri videla Ciganku gataru, i bila u iskušenju da od nje čuje sudbinu iz kristalne kugle, ali odustala je zbog brojnih ljudi koji su je već čekali. Nešto posle jedan ujutru dok su ona i Leo plesali uz poslednji stiskavac, ugledala je „Kasandru" kako sedi sama u svom separeu.

– Znam da je blesavo – rekla je, pogledavši u Lea. – Ali hoćemo li da probamo? Zabave radi.

Držeći je za ruku i sa osmehom na licu Leo ju je odveo do separea. – Uđi i poslušaj šta će ti reći, a ja ću nam organizovati prevoz do kuće.

Kasandra je podigla pogled dok je Ana oklevala da uđe, iznenada ne znajući da li to želi.

– Izvinite, da li sam zakasnila?

Kasandra se nasmešila, odmahnula glavom i pokazala joj da uđe. – Molim vas, sedite.

Ana je sela ispred okruglog stola s grimiznim stolnjakom od baršuna i bojažljivo posmatrala Kasandru, koja je kao u zanosu zurila u kristalnu kuglu pre nego što je počela da govori.

– Iako vam nešto iz prošlosti trenutno uzburkava život, ulazite u veoma srećan period. Vidim muškarca koji vas voli i želi da se u budućnosti brine o vama. On će vam pružiti porodični život o kojem ste oduvek sanjali, vidim unuke – devojčicu koja drži mališana za ruku – porodice se okupljaju. Neka vrsta putovanja. Prošlost koja podržava budućnost. – Kasandra je zastala i pogledala Anu pre nego što je tiho dodala. – Ne tugujte za prošlošću i ne brinite o budućnosti, živite u sadašnjem trenutku mudro i svim srcem.

Sledećeg jutra, kada se Ana natenane razbudila posle samo nekoliko sati sna, sećanja na uzbudljive događaje sa sinoćne zabave preplavila su joj misli. Ubrzo se prisetila prizora s Kasandrom, koja joj je rekla da ne tuguje za prošlošću.

Ana je bila svesna da joj je gatara rekla uglavnom ono što je već znala. Znala je da voli Lea onoliko koliko se nadala da i on voli nju. Znala je da mogu biti srećni zajedno, da njegova porodica može postati njena, a njegovi unuci i njeni. Ali – prošlost koja podržava budućnost – šta li je to značilo?

Dok joj je prizor proročice u separeu bledeo iz glave, i znajući da neće ponovo zaspati, Ana se izmigoljila iz postelje. Ogrnula je kućni ogrtač, na prstima se išunjale iz sobe i sišla niza stepenice.

Mobilni joj je bio na radnoj površini u kuhinji. Uzela ga je, a zatim otključala vrata i izašla na terasu. Sedeći na jednoj od tršćanih stolica koje je Popi rasporedila, Ana je otključala telefon i skrolovala nadole dok nije pronašla broj telefona koji je tražila i na ekranu pritisnula zelenu slušalicu za pozivanje.

Dok se uspostavljala veza, Ana je postala napeta, celo telo joj se ukrutilo od iščekivanja, prsti su joj se igrali lančićem s medaljonom koji joj je ponovo bio oko vrata.

– *Bonjour.*

– Bernare, Ana je – rekla je brzo. – Moramo da porazgovaramo.

– Slušam te.

– Nisi mi rekao da Filip ima tajnu porodicu u Americi.

– Zato što je nema – rekao je Bernar.

– A onaj novinar sinoć, u *Palati*?

Ana je preko telefona čula Bernarov duboki uzdah.

– Ana, mediji su, po običaju, pogrešno protumačili situaciju. Čuli su da će možda doći do tužbe u vezi s nasledstvom, i preuranjeno doneli zaključke. Filip *nije* imao porodicu koju je čuvao u tajnosti. Rekao sam ti da je u životu najviše žalio zbog toga što nema porodicu. Bio bi presrećan da je imao decu.

– Bernare – oklevala je Ana. – Hoćeš li mi, molim te, reći ime osobe koja je pisala Filipu?

Bernar nije odmah odgovorio.

– Oh, Ana. Mislim da to ne mogu da uradim bez dozvole Kambonovih. Nisam siguran da bi želeli da se ime javno objavi.

– U redu. Ako ti drugačije postavim pitanje, možda ćeš moći da mi odgovoriš. – Ana je duboko udahnula pre nego što je nastavila. – Da li su pisma potpisana imenom Žan-Filip? Ili da li se to ime pominje negde u tekstu?

– Žao mi je, Ana, pisma koja mi je Žak pokazao nisu potpisana tim imenom. Niti se pominje u njima – rekao je Bernar ljubazno. – Pisma je napisala žena, ne muškarac – dodao je tiho.

Ana, slomljena skrivenom porukom koja se krila iza njegovih reči, uplitala je lančić s medaljonom oko prstiju sve dok se nije urezao u njih.

Kako je, tužna i razočarana, povukla lančić pokušavajući da ga odmrsi, on je pukao i medaljon je pao na pod.

– Hvala ti, Bernare – uspela je da prošapće prekidajući vezu na telefonu pre nego što je počela neobuzdano da jeca dok je grabila po podu da nađe i pokupi medaljon.

Još je plakala kada je Leo ušao u sobu deset minuta kasnije. Lice joj je bilo crveno i u pečatima, a u ruci je držala medaljon i pokidani lančić.

– Žao mi je – jecala je dok ju je Leo uzimao u naručje da je uteši. – Svim srcem sam se nadala da je Žan-Filip kontaktirao s Filipom. Bernar mi je upravo rekao da je u pitanju bila žena. Što znači da mu nije pisao moj sin. A još sam i pokidala lančić od medaljona.

17.

– Dobro jutro, Popi – rekla je Dejzi, sjurivši se niza stepenice u kuhinju u ponedeljak ujutru. – Izgledaš zauzeto.

Sestra joj je sedela za kuhinjskim stolom okružena ceduljicama, kuvarima i šoljom hladnog čaja. Popi je progunđala podižući pogled sa spiska za kupovinu koji je sastavljala.

– Sutra ćeš sigurno biti tu da mi pomogneš, zar ne? Ova zabava izmiče kontroli. Užasavam se pomisli da slučajno zaboravim nešto važno i sve upropastim.

– Obećala sam da ću ti pomoći, zar ne? – rekla je Dejzi, uzevši bananu iz posude s voćem na stolu i brzo bacila pogled na razne spiskove po njemu. – A šta ti inače pravi problem?

– Sve! Ostatak jutra provešću spremajući slano posluženje koje ne mogu sutra da kupim na pijaci – a popodne ću napraviti slatkiše. Ima još toliko toga da se organizuje, počinjem da paničim. Oh, i Leo želi da nabavim tortu, kao i da unajmim zvaničnog fotografa – u roku od jednog dana. – Glas joj je utihnuo.

– Koju tortu? – upitala je Dejzi radoznalo.

Popi je slegla ramenima. – Rekao je samo da bude dobra, sočna i s kremastim filom.

– Ne zvuči kao uobičajeno posluženje za festivalske zabave – rekla je Dejzi zamišljeno. – U svakom slučaju, smiri se. Pronalaženje fotografa nije problem. Markus me je već pitao može li da dođe, pa sada može – i to zvanično. Što se torte tiče, seti se da smo u Francuskoj. Svaka poslastičarnica na svakom uglu ima predivne torte, da ne pominjem supermarkete. Kupićemo kremastu tortu u nekoj od njih. U redu? Videću se ovog jutra s Markusom, pa ću mu reći da može da dođe, a onda se u podne nalazim sa Anom i Leom. Ana je ljubazno pristala da mi pomogne s mojom reportažom *Nekad i sad* – objasnila je, naslućujući Popino neizgovoreno pitanje. – Ali sigurno ću se vratiti sredinom popodneva i počećemo s pripremama za zabavu. U redu? Naručiću tortu dok sam u gradu, a onda ću sutra ujutru poći s tobom na pijacu po sveže namirnice, i onda možemo da je pokupimo. Sve je sređeno. – Dejzi je bacila koru od banane u kantu i nasmešila se sestri.

Kasnije, šetajući po gradu, Dejzi je razmišljala o reportaži koju je planirala da napiše na osnovu Aninih sećanja na dvadeset prvi festival. Već je pronašla nekoliko arhivskih fotografija Kana iz šezdesetih godina dvadesetog veka, koje će uklopiti s nekim od Markusovih savremenih fotografija. Nadala se da će joj Ana ispričati neke nostalgične dogodovštine o svojoj prvoj poseti festivalu. Ako ih ne bude, napraviće od toga foto-reportažu, s pokojom rečenicom kako bi uporedila stare i nove prizore.

Pre nego što je potražila Markusa u Međunarodnom selu na pristaništu, Dejzi je pronašla praznu klupu u vrtu kod Gradske većnice, izvadila laptop iz torbe i počela da kuca.

Kišni oblaci su nestali i nebo je opet uobičajeno bistro, azurnoplave boje. Teško je poverovati da je već ponedeljak i da počinje poslednja nedelja festivala. Dani su jednostavno proleteli, ali posetioci su i dalje zaokupljeni odlascima na zabave i poslovnim susretima u kafićima i barovima. Duž Kroazete neotkriveni talenti očajnički pokazuju šta umeju znajući da im vreme ističe.

Uručenje Zlatne palme u nedelju sve je bliže, ali uzbuđenje ne jenjava. Da li će se ponoviti slučaj kada je film koji je poslednji premijerno prikazan dobio prestižnu nagradu? Ili smo možda već odgledali pobedničko ostvarenje?

Dejzi je podigla pogled kada je začula aplauz, i nekoliko trenutaka posmatrala kako gutač vatre zabavlja grupicu ljudi pre nego što se ponovo usredsredila na ekran laptopa.

Danas je sahrana Filipa Kambona, čuvenog filmskog re-
žisera, rođenog u Kanu, koji je prošle nedelje iznenada pre-
minuo. Očekuje se da će ovog jutra zastave biti spuštene na
pola koplja, ali će važne ličnosti u filmskoj industriji i javnost
morati da sačekaju sa odavanjem počasti jer će komemoracija
biti održana nakon završetka festivala.

Dejzi je pažljivo sačuvala beleške i isključila računar. Poslaće danas izveštaj za novine, večeras će napisati reportažu *Nekad i sad*, a sutra će ceo dan pomagati Popi, i uveče uživati na zabavi. Sada treba pronaći Markusa. Morala je da se uveri želi li još da dođe na Aninu zabavu i da li je slobodan – ukoliko nema strastveni sastanak s plavušom.

– Odlično. Dolazim sigurno – rekao je kad ga je Dejzi pronašla u američkom šatoru u Međunarodnom selu.

– Jesi li se lepo proveo na večeri u *Palm Biču* pre neku noć? – raspitivala se Dejzi neobavezno.

– Da, hvala na pitanju. Jeste li se ti i Net lepo proveli? – uzvratio je Markus podjednako ležerno.

Dejzi je klimnula glavom. – Markuse, mislim da ćemo morati da preskočimo tu večeru na Bilov račun. Ne mogu da stignem. Ovde je ludnica. Baš kao što si rekao, stalno se nešto dešava. Osim toga, mislim da je bolje da naš odnos bude strogo poslovan. U redu? Ostajemo prijatelji?

– To, dakle, nema nikakve veze s tobom i Netom?

Dejzi je odmahnula glavom. – Net i ja smo samo prijatelji. – Nije želela da stavi Neta u nezgodan položaj u odnosu na Markusa dok su u Kanu; ono što će se dogoditi nakon festivala potpuno je druga priča. – Čula sam se s Benom – rekla je tiho. – Želi da mu se pridružim u Sidneju i trenutno razmišljam o tome.

Eto, to bi trebalo biti dovoljno da Markus prestane s nagađanjima o njoj i Netu.

Ana je pokušala da sredi svoje misli dok je opušteno plutala na leđima u bazenu vile pripremajući se da uđe unutra, istušira se i nađe se s Dejzi u gradu.

Umorna posle premijere i zabave i emotivno iscrpljena nakon razgovora s Bernarom, očajnički je želela da se usredsredi na sadašnjost i budućnost s Leom. Da pravi planove. Još joj nije rekao o čemu želi da razgovaraju, ali sjajan je organizator, tako da se verovatno radilo o nekim porodičnim okupljanjima sa Alison tokom leta, koje je Ana morala da ubeleži u planer.

Međutim, bilo je nemoguće skrenuti misli s trenutnih dešavanja u porodici Kambon. Možda je uspešno zakopala prošlost duboko u dubinama uma, ali s njenim dolaskom ove godine u Kan pajac je iskočio iz kutije, i sada joj je bio za petama.

Krhka emotivna brana koju je godinama gradila štiteći sebe sada je bila probijena, i prizivala je iz sećanja poplavu misli i osećanja. Da samo Filip nije umro, da se srela s njim i da su se izmirili licem u lice kao što je planirala, mogla bi staloženije da planira budućnost s Leom. Zar ne bi?

Ili bi bilo potpuno suprotno? Da li bi otkrila da je njena neugasla ljubav prema Filipu jača od one prema Leu? Predaleko je otišla s hipotetičkim pitanjima. Ana se okrenula na stomak i polako otplivala prema stepenicama bazena. Sva ta – *ako*. I baš tada joj je u mislima nepozvano iskrslo novo glavno – *ako*. Ako ne bude oprezna, njena mrtva prošlost mogla bi da napravi razdor između nje i Lea. A o toj mogućnosti nije smela ni da razmišlja.

Izašavši iz bazena, Ana je ogrnula bademantil i čvrsto vezala kaiš oko struka. Nema povratka u prošlost, i što pre prihvati da je Filip mrtav, a da Žan-Filip nikada neće biti deo njenog života, ma koliko ona to želela, to bolje.

Današnju šetnju po Kanu posmatraće kao vežbu pročišćenja – kopaće što dublje po sećanjima, pažljivo ih preispitati i naposletku ih se osloboditi.

Onda će provesti ostatak života s Leom. Gurnuće Filipa i porodicu Kambon duboko u prošlost, gde im je i mesto. Oni svakako nemaju nikakvog značaja u njenom sadašnjem životu.

* * *

Kada su Ana i Leo stigli, Kroazeta je bila puna turista i trebalo im je nekoliko trenutaka da pronađu Dejzi, koja je razgovarala s Markusom u podnožju stepeništa *Palate festivala i kongresa*.

– Zdravo svima. Ovo je Markus, pristao je da bude vaš zvanični fotograf na zabavi – rekla je Dejzi predstavljajući ih.

– Zvanični fotograf? – reče Ana iznenađeno. – Mislim da nam nije potreban.

– Zamolio sam Popi da nam ga pronađe – objasnio je Leo brzo. – Siguran sam da bi Rik i ostali zaposleni takođe želeli da imaju neku uspomenu na zabavu. Može da bude korisno i za promotivne svrhe.

– Vidimo se onda u utorak – rekao je Markus. – Upravo su mi javili da će se Madona isckrcati na obali kod *Palm Biča*, pa moram što pre da odem tamo.

Kada je Markus otišao, Ana se okrenula Dejzi i tiho upitala: – Dobro, gde ćemo da počnemo ovo putovanje u prošlost i uspomene?

– S druge strane puta ispred hotela koji se nalazi na mestu nekadašnje *Palate*, i odatle ćemo krenuti ka unutra prema centru grada – predložila je Dejzi.

Dok su izbegavali automobile, skutere i turistički autobus sa otvorenim krovom kako bi prešli ulicu, Ana je, pokušavajući da se uživi u priču, rekla: – Nekada je bilo manje saobraćaja, to je sigurno. I posetioci festivala su drugačiji.

– U kom smislu?

– Stariji su i više pripadaju srednjoj klasi. Šezdeset osme bilo je mnogo studenata, i ja sam bila jedna od njih. Tada ni izbliza nije bilo ovako živo – rekla je Ana, gledajući u posebno upadljiv izlog sa zlatnim i srebrnim ukrasima. – Sve mi je to bilo prilično zastrašujuće, posebno pošto su do nas dospele vesti o neredima u Parizu, a i ovde su organizovane demonstracije. Filip je želeo da im se pridruži – a to je i uradio – ali ja sam bila previše uplašena, posebno nakon što su me zamalo pregazili.

– Filip? Pregazili? – upitala je Dejzi.

Ana je duboko udahnula i počela da objašnjava. – Moj posao na festivalu bio je da budem *devojka za sve* i kurir između različitih kompanija i filmskih studija koji su bili ovde. Jednog jutra, dok sam pokušavala da isporučim neke rolne filma, uletela sam u studentski protest. Zapravo, bilo je to baš ovde, pored *Karltona*. Skliznula sam s trotoara, izvrnula zglob i pala kada su studenti probili barikade koje je postavila policija i nagrnuli prema *Palati*. Filip je izleteo iz gomile kada me je video da sedim na trotoaru trljajući nogu i pomogao mi je da se premestim na sigurno. Odbijao je da me ostavi samu – nasmešila se Ana.

– Filip, mislite na Filipa Kambona? – upitala je Dejzi polako.

– Da. Žao mi je, Dejzi. Nisam te slagala kada si me pitala da li sam ikada radila s njim – jer nisam. Ali trebalo je da budem iskrena i kažem ti da sam ga poznavala u to vreme. – Ana je lagano odmahnula glavom pre nego što je nastavila.

– To što sam upoznala Filipa promenilo mi je život. Tokom deset dana pokazao mi je potpuno drugačiji svet. Odrastajući u mirnom selu u Devonširu, nikada nisam imala priliku da posetim mesto kao što je Kan. Nisam ni razmišljala o tome koliko život drugih ljudi može biti različit.

Pogledala je u Lea. Njena sećanja na Kan krajem šezdesetih godina upetljana su u zamršen čvor, a u sve je bio upleten i Filip. Ni u kom slučaju nije želela da uznemiri Lea pričom o drugom muškarcu. Ali imao je zainteresovan izraz lica, pa je nastavila.

– Filip se ponašao kao pravi Francuz u vezi s podrškom studentima i vodio me je na nekoliko sastanaka, želeći da se uključim. – Slegnula je ramenima. – Kako sam mogla? Za početak, nisam govorila jezik, a drugo, putovala sam kući odmah po završetku festivala. Vraćam se roditeljima, umetničkom koledžu i drugačijem životu.

Nekoliko opštinskih radnika spremalo se da s druge strane ulice podigne privremene blokade i pokazivali su im da ubrzaju korak.

– Uprkos nemirima i protestima, tih dana je bilo mnogo lakše približiti se ljudima. Obezbeđenje je bilo na veoma niskom nivou, praktično nepostojeće. Videla sam – a u nekim slučajevima čak i upoznala – ljude poput Ringa Stara i Džordža Harisona. Filip me je upoznao i s nekoliko zvezda u usponu. Brižit Bardo je bila ovde te godine, kao i Orson Vels.

Ana je zastala pošto grupa japanskih turista samo što ih nije pregazila u nastojanju da prođu ulicom pre nego što se postave blokade.

– Kada je neko na visokom položaju u Parizu pokušao da otpusti popularnog Anrija Langloa, direktora Francuske kinoteke, izbili su neredi i na festivalu. Odjednom su svi protestovali i bojkotovali sâm događaj, članovi žirija su davali ostavke, a bilo je i poziva da se festival prekine – što se, naravno, i dogodilo.

– Pronašla sam arhivsku fotografiju na kojoj Džeraldina Čaplin navlači zavesu na platno tokom projekcije – rekla je Dejzi. – Da li je to označilo kraj festivala te godine?

Ana je klimnula glavom. – Kraj festivala, da, ali državni štrajkovi su ljudima onemogućili da napuste Kan. Morala sam da ostanem još četiri dana.

– Šta ste radili za to vreme?

– Većinu vremena provela sam s Filipom. Satima smo razgovarali, planirali karijere i život u narednih nekoliko godina. – Ana je zaćutala na trenutak, prisećajući se tih dana ispunjenih napetošću.

Još jednom je na brzinu pogledala Lea.

– Te godine su svi ponavljali frazu „Život bez ograničenja“. Filip i ja smo obećali jedno drugom da ćemo se i mi time upravljati u zajedničkom životu.

– Zajedničkom? – upitala je Dejzi.

Ana joj se tužno nasmešila.

– To se nije dogodilo. Filip je već bio potpisao jednogodišnji ugovor za posao u Americi. Kada su štrajkovi okončani, vratila sam se u Englesku i živela neki drugi život. Život koji je, sve u svemu, bio dobar i u kojem sam naposletku upoznala Lea – rekla je Ana, uhvatila Lea za ruku i stegnula je. Postupila je ispravno što je Leu rekla za bebu, ali bilo je prerano da bilo kome drugome saopšti tajnu koju je čuvala sve ove godine – posebno nakon događaja u poslednjih nekoliko dana.

– Smeši nam se divna budućnost – rekao je Leo, privukao je k sebi i, nesvestan okolne gužve koja se izlivala na ulicu, nežno je poljubio.

– Možda je najbolje da se nekako probijemo do Ulice Antib? Izgleda da su iz nekog razloga potpuno zatvorili ovaj put. Ne znam zašto. To nema nikakve veze s festivalom – rekla je Dejzi, trudeći se da im ne zavidi na bliskosti i još razmišljajući o skrivenim značenjima reči „zajednički".

– Mislim da je ovo možda odgovor na tvoje pitanje – rekao je Leo tiho, približavajući se Ani i posmatrajući kako se iza prepreke crna pogrebna kola dovoze do kitnjastog ulaza u crkvu. Stegao je Aninu ruku osećajući kako drhti.

– Filipova pogrebna povorka – prošaputala je Ana. – Zaboravila sam da je to ovoga jutra.

– Ići ćemo ovim putem – rekao je Leo odlučno i poveo ih u uličicu. – Nadam se da ćemo izaći kod stanice i nastaviti obilazak.

18.

– Vidi šta sam sve nabavila – rekla je Dejzi, ispraznivši kesu na kuhinjski sto ispred Popi. – Na brzinu sam prozujala po prodavnicama i pijaci nakon šetnje sa Anom i Leom. Pogledaj šta sam pronašla da obučemo sutra uveče. Šta misliš? – rekla je, stavljajući na glavu somotsku traku ukrašenu perlicama. – Baš je u stilu dvadesetih, za ne? Mislila sam da ćeš izgledati sjajno u ovoj haljini s nepravilnim rubom – rekla je, protresla je i dodala Popi. – Ponudila sam se da Anu i Lea odvedem na ručak, ali rekli su da moraju u kupovinu, a onda su planirali da pojedu sendvič u vrtu. Jesu li se vratili? – upitala je Dejzi, pogledavši preko vrta prema vili.

– Pre oko pola sata. Ana je otišla pravo u kuću, a Leo se sunča pored bazena – odgovorila je Popi, prislanjajući haljinu na sebe. – Divna je, hvala ti. Da li se Ana prisetila nečega što možeš da iskoristiš?

Dejzi je klimnula glavom. – Dosta toga, ali priča se naglo završila ubrzo nakon što smo videli pogrebnu povorku Filipa Kambona. Ana posle toga nije mogla da se usredsredi. – Dejzi je ogrnula crni blejzer s perlicama. – Ovo mi se mnogo sviđa! – Pogledala je ka Popi. – Sećaš li se kako mi je Ana rekla da mi ne može pomoći oko članka o Filipu Kambonu? Pa, jutros je priznala da ga je poznavala, i ubeđena sam da je u njihovoj vezi bilo još nečega što ona ne govori javno. Trebalo je da vidiš kako je prebledela kad smo videli pogrebna kola. Leo je bio tako zaštitnički nastrojen.

– Moram malo kasnije da skoknem do njih kako bi dovršili poslednje pripreme za sutra – rekla je Popi. – Nadam se da je dobro. Sviđa mi se Ana. – Pogledala je u sestru. – Ali prvo moram nešto da ti kažem. – Popi je oklevala. – Kada je Net svratio da pokupi Toma da bi se igrao sa Sindi, bojim se da sam tokom razgovora spomenula Bena.

– Kako? – Dejzi je skinula blejzer i pogledala sestru.

– Oh, Net je rekao nešto o tome da si novinarka, i ja sam ne razmišljajući izbrbljala: da, ako sve to ne batali da bi se pridružila Benu u Australiji. Izgleda da ga je to uzdrmalo. Pretpostavljam da mu nisi pomenula Bena?

– Ne. Nekako mi se činilo da nije bilo pravog trenutka za to. Rečenicu: *Uzgred, imam bivšeg dečka u Sidneju koji iznenada želi da mu se pridružim tamo* nije baš tako lako ubaciti u razgovor.

– Ne zvuči mi tako teško ako ti se neko dopada. Najbolje je od početka biti iskren – rekla je Popi.

– Dobro, to jeste. Nije kraj sveta. Reći ću mu uskoro. Obećavam. – Dejzi je složila blejzer i stavila ga u kesu. To što je Markus stekao pogrešnu predstavu o njoj je jedno, ali Net je bio drugačiji, stvarno joj se sviđao. – Odneću ove stvari na sprat, a onda ću malo da radim na laptopu, i posle sam slobodna da ti pomognem oko priprema. Da li je u redu da radim na tremu? Ne želim da ti smetam.

– Počeću da pravim ukrase za sto i cvetne aranžmane pre nego što se Tom vrati – rekla je Popi. – Dobro bi mi došla tvoja pomoć kad završiš. Oh, a šta se dešava s tortom?

– Naručila sam jednu u supermarketu blizu pijace. Možemo da je pokupimo ujutru, tako da ne moraš da brineš.

Dejzi je poslala imejl s dnevnim izveštajem i dovršila reportažu *Nekad i sad*, a onda duboko udahnula i napisala još jedan imejl Bilu, svom uredniku. Brzo je pritisnula prozorčić pošalji pre nego što je sišla dole da se pridruži Popi u kuhinji.

– Pa, to je to, onda. Upravo sam poslala imejl redakciji u kojem prihvatam sporazumni prekid radnog odnosa. Biću slobodnjak. U novinama je situacija ionako već krenula nizbrdo, tako da je bolje izvući se na vreme. Nadam se da si bila ozbiljna u vezi sa iznajmljivanjem kućice?

Popi je podigla pogled sa ukrasa za sto koju je pravila. – Naravno da jesam.

Kada se Net vratio s Tomom i uzbuđenom Sindi, sestre su bile zauzete pravljenjem poslednjeg ukrasa za sto za naredno veče.

– Tom dolazi na moju rođendansku čajanku u sredu, a u subotu je Net obećao da nas oboje vodi da vidimo kitove, i kaže da će i Dejzi možda ići s nama – rekla je Sindi uzbuđeno Popi.

– Festival će se završiti do tada i svi će samo čekati proglašenje dobitnika Zlatne palme. Nećeš morati da se brineš da li ćeš nešto propustiti – rekao je Net.

– Ne brinem se – rekla je Dejzi. – Dolaziš na zabavu sutra uveče, zar ne? Dogovorila sam se sa Anom. Rekla je da će te upoznati s nekim ljudima.

– Sjajno. I Tedi Vikam je napokon pročitao jedan od mojih scenarija i želi da ga pročita i njegov prijatelj producent.

– Nete, to je divno – rekla je Dejzi.

– To bi moglo značiti da ću, ako im se dopadne, na nekoliko dana ili nedelja nestati odavde i otputovati u Ameriku. Hoćeš li da pođeš sa mnom? – upitao je Net, zureći u nju.

– Zar ne trčiš malo pred rudu, Nete? – rekla je Dejzi, smešeći se.

– Siguran sam da ćeš pronaći mnogo zanimljivih priča o kojima možeš da pišeš iz Los Anđelesa. Osim ako nemaš druge planove. Popi – i Markus – izgleda misle da ih imaš.

– Ah, možemo li da o tome pričamo drugi put? – rekla je Dejzi, primetivši napetost u Netovom glasu. Napetost koju ranije nije čula.

– Večeras? Hajde da se nađemo posle na piću.

– Oh, rekla sam Popi da ću joj večeras i sutra biti na raspolaganju kako bih joj pomogla oko priprema za zabavu. Ne znam da li...

– Najveći deo smo već završile. Ne brini se za mene.

– U tom slučaju, doći ću po tebe oko pola devet. Opuštena varijanta. Hajde, Sindi. Vreme je da se vratimo u vilu.

Popi je pogledala Dejzi dok su se vrata zatvarala iza njih dvoje.
– Net je dobar momak.

– Znam. Stvarno mi se sviđa, ali tek smo se upoznali. Ne mogu da verujem da...

– Znala sam da je Den pravi muškarac za mene dan nakon što smo se upoznali – prekinula ju je Popi. – Bar jednom veruj svojim instinktima.

Dejzi uzdahnu. Sećala se kako se Popi vratila kući nakon prvog sastanka s Denom blistajući od sreće i pouzdano znajući šta oseća prema njemu. Ali to što je Ben na onakav način pobegao od nje uzdrmalo je Dejzinu veru u sopstvenu moć rasuđivanja. Mesecima je mislila da je Ben pravi muškarac za nju – istina, sigurno nije sijala od sreće kao Popi s Denom, ali imala je utisak da se dobro slažu. Trebalo je da ona kaže Netu za Bena. Sama je kriva što je veza okončana pre nekoliko meseci preuveličana do krajnjih granica preteći da pokvari njen odnos s Netom koji se brzo razvijao. Zaista joj se sviđao Net, i instinktivno je shvatila, čak i da Popi nije to rečima definisala, da je on poseban.

Leo i Ana su kasno popodne sedeli na terasi kada je Leo posegnuo u džep i stavio kutijicu na sto. – Da ne zaboravim... Kupio sam ti nešto u gradu. Gde ti je medaljon?

– Gore u tašni – odgovorila je Ana, otvarajući kutijicu uvijenu u ukrasni papir, u kojoj se ugnezdio zlatni lančić. – Oh, hvala ti. Doneću medaljon.

Vraćajući se nekoliko trenutaka kasnije s medaljonom u ruci, Ana se iznenadila videvši da Leo razgovara na njen mobilni, koji je ostavila na stolu.

– Evo je, Bernare, daću ti je sad.

– Zdravo – rekla je Ana. – Kako je prošlo jutros? Videli smo automobile – dodala je.

– Bila je divna služba, ali još ne mogu da verujem da Filipa više nema – Bernar je oklevao pre nego što je nastavio. – Rekao sam Žaku da si u gradu zbog festivala, i on želi da te dovedem sutra ujutru kod njega da se vidite.

– Zbog čega?

– Voleo bi da te ponovo vidi.

– Stvarno ne vidim svrhu – rekla je Ana.

– Molim te, Ana. Mislim da bi trebalo da odvojiš malo vremena za to. Kaže da ima nešto što treba da ti dâ. To je važno Žaku – i tebi. Naći ćemo se u deset sati kod Kambonovih, ako je to u redu?

– Još imam posla oko sutrašnje zabave – negodovala je Ana. – Nisam sigurna da ću uspeti da stignem. Sreda mi više odgovara.

– Žao mi je, Ana, Žak u sredu ide u Pariz. To neće trajati duže od pola sata. Mogu da organizujem automobil da dođe po tebe i vrati te, ako će ti to olakšati?

Ana je uzdahnula pre nego što je nevoljno pristala i pozdravila se. Okrenula se da pogleda Lea.

– Žak Kambon želi da sutra ujutru dođem s Bernarom kod njega. Hoćeš li da pođeš sa mnom?

Leo odmahnu glavom. – Ne.

Ana je zurila u njega, iznenađena odlučnošću u njegovom glasu.

Ispružio je ruku. – Daj mi medaljon da ga stavim na lančić. – Leo se usredsredio na provlačenje lančića kroz malu petlju na vrhu medaljona, pre nego što je pogledao Anu. – To je tvoja prošlost – moraš sama da se suočiš s njom. Suočićemo se s budućnošću zajedno, ali oboje moramo sami da se oslobodimo tereta prošlosti. Naravno da ću te podržati na sve moguće načine, ali naposletku ćeš morati sama da izađeš na kraj sa određenim izazovima. Mogu li da otvorim medaljon?

Ana je klimnula glavom. Leo je ćutao dok je gledao izbledele fotografije Ane i Filipa i blago dodirnuo prstom nekoliko paperjastih pramenova kose uvijenih oko unutrašnjosti medaljona.

– Žan-Filipova?

Ana je klimnula glavom, ne mogavši da odgovori dok su joj se oči iznenada napunile suzama. – Oduvek sam čeznula da mu ažuriram sadržaj.

– Dođi ovamo – reče Leo, zatvarajući medaljon i držeći ga u ruci kako bi ga stavio oko Aninog vrata. – Pomoći ću ti.

Pričvrstio je kopču, a onda pognuo glavu i usnama joj blago dodirnuo obraze.

– Ana, mnogo te volim, ali ove duhove prošlosti moraš da potisneš tamo gde im je i mesto. Nadam se da će ti sutrašnji susret sa Žakom pomoći u tome.

– Ne mogu ni da zamislim zbog čega Žak želi da se ponovo sretnemo – rekla je Ana. – Videla sam ga samo jednom nakratko. Možda i on želi da ostavi iza sebe priču o Filipu i prošlosti.

19.

Dejzi je obukla najbolji par uskih belih farmerki i bledoplavu duksericu, a preko nje Popinu kožnu jaknu koju je pronašla u ormanu. Ona i Popi su oduvek pozajmljivale odeću jedna drugoj, pa je znala da to neće biti problem.

Iako joj je Net rekao da se ne doteruje, svejedno je želela da izgleda dobro. Uzgred se pitala gde li će otići na piće. Biće teško pronaći neko mirno mesto u Kanu ovog ponedeljka uveče, to je sigurno.

Net je u kuhinji razgovarao s Popi kada je Dejzi sišla niza stepenice.

– Zdravo. Dakle, gde ćemo? – upitala je.

– Idemo putem uz obalu do Žuan le Pena. Naime, ako ti odgovara prevoz – rekao je i pružio joj kacigu.

Dejzi se nasmejala kada je ispred kuće videla vespu. – Nete, pun si iznenađenja.

– Imam harlija kod kuće, ali čini se da je ovde skuter najpopularnije prevozno sredstvo za vozikanje unaokolo.

Sedeći iza Neta i čvrsto ga stežući oko struka, Dejzi je uživala u vožnji putem duž obale dok se Net vešto probijao kroz saobraćaj. Kada su stigli, centralne ulice Žuan le Pena, iako manje zakrčene ljudima nego u Kanu, bile su prepune meštana i turista koji su uživali u provodu. Pošto je parkirao motor u blizini luke, Net je uhvatio Dejzi za ruku dok su se vraćali prema centru grada.

Prolazeći pored oronulog hotela *Provansa*, skrivenog iza skela i cerade, Net je rekao:

– Dopada mi se to mesto. Voleo bih da mogu da se vratim u prošlost i vidim ga na vrhuncu slave, s Ficdžeraldovima, Marfijima, Kolom Porterom i ostalim poznatim gostima. Mora da je to bilo zaista nešto posebno. Divno je videti da ga obnavljaju – čak i ako ga pretvaraju u još više apartmana.

– Kada postaneš poznati holivudski scenarista i obogatiš se, možeš ga kupiti i pretvarati se da si reinkarnacija Skota Ficdžeralda – zadirkivala ga je Dejzi.

Net je odmahnuo glavom. – Ne bih, pošto želim da živim na selu. Nisam baš ljubitelj gradova. Neko zabačeno imanje ovde bi mi više odgovaralo. Mir i tišina za stvaranje. A ti? Da li si ti gradska devojka?

– Odrasla sam na obodu grada, s poljima i šumom u nastavku vrta. Popi i ja smo uvek lutale tuda, gradile bivake i uletale u pustolovine. Tako da pretpostavljam da volim mešavinu grada i sela, ali zasigurno više volim stare kuće od savremenih. Volela bih da uradim nešto slično kao Popi i Den. Da preuredim neku kuću. – Dejzi je pogledala Neta. – To je izgleda prestravilo Bena – to i posvećenost vezi.

– Dobro, pričaj mi o Benu. Markus mi je rekao da ćeš mu se pridružiti u Australiji.

Dejzi uzdahnu. – Za to sam verovatno ja kriva. Markus je počeo da mi se nabacuje, ništa napadno, samo mi je dosađivao, poput tog stalnog ljubljenja u obraz ili grljenja. – Dejzi slegnu ramenima. – Znaš i sam. Želela sam da mu dam do znanja kako nisam zainteresovana za njega, pa sam nagovestila da ćemo se Ben i ja verovatno pomiriti samo da bih ga skinula s grbače – a i da bih skrenula pažnju s toga koliko smo se ti i ja sprijateljili. Nisam htela da pravi podrugljive opaske o nama. Ali malo mi se to obilo o glavu.

– Znam kakav je Markus – rekao je Net, stisnuvši joj šaku. – Koliko dugo ste ti i Ben bili zajedno?

– Skoro osamnaest meseci kada smo došli ovde na odmor s Popi i Denom. Noć pre nego što smo otišli kući, našalila sam se kako možemo da sledimo njihov primer i pronađemo kuću koju ćemo zajedno renovirati. Ta jednostavna opaska očigledno je bila dovoljna da kod njega uskomeša taj ogroman strah od vezivanja.

Net joj je pustio ruku jer je grupa turista zauzela trotoar.

Nekoliko minuta kasnije, dok su se približavali prodavnicama i restoranima načičkanim duž puta uz obalu Žuan le Pena, prepuni trotoari su se suzili i njih dvoje su bili prinuđeni da neko vreme idu ulicom. Dejzi se osećala zaštićenom u Netovom zagrljaju – za razliku od situacija kada je Markus učinio isto. Pošto su se dokopali šireg trotoara iznad plaže i mogli lako da hodaju, bila je i dalje u Netovom zagrljaju kada je progovorila.

– Nedelju dana nakon povratka kući Ben je izjavio da ga naša veza guši. Nije bio spreman ni na kakvo obavezivanje. Ono što je zaista želeo bio je prostor. Ispostavilo se veliki kao Australija. – Dejzi se ućutala. – Bilo je to pre šest meseci. Prošle nedelje mi je stiglo prvo pismo od njega, u kojem predlaže da mu se pridružim tamo ako mi nedostaje onoliko koliko i ja njemu.

– Hoćeš li to uraditi? Na osnovu Markusove priče, samo što nisi rezervisala kartu.

– Kao što sam rekla, namerno sam obmanula Markusa. Razmišljala sam o odlasku na odmor. Da vidim Australiju i konačno odlučim šta osećam prema Benu kada se uživo vidimo, ali shvatila sam da ne moram to da radim. – Dejzi se nasmešila Netu. – Ben je nesumnjivo prošlost. Žao mi je što ti nisam ranije rekla za njega.

– Zašto nisi?

Dejzi se ugrizla za usnu. Zašto mu nije kazala? Da li je to bilo isključivo pitanje traženja pravog trenutka za tako nešto? Ili zato što se još poigravala idejom da ona i Ben ponovo budu zajedno? Ne, to sasvim sigurno nije.

– Nisam baš znala kako. Bilo mi je malo neugodno da ti pričam o bivšem dečku samo što smo se upoznali. Mnogo si mi se dopao, ali nisam znala koliko si ozbiljan u vezi s nama.

– Oh, veoma ozbiljan – rekao je Net. – Od prvog dana.

– Oh, to je baš lepo. – Istog trenutka se osetila šašavo što je upotrebila tako neodgovarajuću, običnu reč. Bilo je više nego lepo. – Ozbiljno lepo – dodala je dok ju je Net posmatrao, smejući se.

– Hajde da probamo jedan od ovih italijanskih sladoleda. I oni takođe izgledaju *ozbiljno lepo*! – rekao je Net.

Dok su sedeli u restorančiću na plaži, nutkajući jedno drugo kašičicama ukusnog sladoleda različitih ukusa, Dejzi je shvatila da su njena osećanja prema Netu daleko prevazišla ona prema Benu. A uverila se u to i četiri sata kasnije nakon posete džez klubu u brdima iznad Kana, kada ju je Net otpratio kući i poljubio je za laku noć.

Dejzi je zadrhtala. Ponovo su bili tu. Ti slatki trnci koje je u njoj samo on uspevao da probudi. Ali šta će se desiti kada se festival završi, i njih dvoje odu svako na svoju stranu?

20.

Bernar je čekao ispred restorana *Še Kambon* kada je u utorak ujutru auto dovezao Anu. Roletne su i dalje bile spuštene, što je onemogućavalo da se vidi unutrašnjost. Gomila buketa i cveća u znak sećanja na ulazu u restoran pažljivo je pomerena na jednu stranu.

Vrata su bila odškrinuta, i kada ih je Bernar otvorio, oglasilo se zvono. – *Jacques, nous sommes arrivés*[12] – viknuo je, zatvarajući čvrsto vrata za sobom.

– *J'arrivé.*[13] – Žak Kambon se iznenada stvorio pred njima iz tame restorana blizu šanka. – *Bonjour*, Ana – rekao je ozbiljno, uhvativši je za ruku.

Ana, spremajući se da je ovaj muškarac, koji ju je toliko podsećao na Filipa, poljubi u obraz kao što nalaže običaj, osetila je kako joj ruka drhti u njegovoj.

– Hvala vam što ste došli. Izvolite sedite. – Žak je rukom pokazao prema trima stolicama oko stola s bokalom kafe i poslužavnikom s keksom.

Ana je pažljivo posmatrala Žaka dok je sipao kafu. Iako su bili identični blizanci, nikada ga ne bi pomešala s Filipom. Što se nje tiče, bilo je nekog sjaja u Filipovoj harizmi kojom je nadmašivao svog brata.

Sada se, međutim, zapitala da li je Žak i dalje ličio na Filipa kao jaje jajetu. Da li je Filipu kosa bila posedela na slepoočnicama kao Žaku? Da li su mu bile potrebne naočare za čitanje poput onih koje je Žak stavio na fasciklu ispred sebe? Da li su mu se i dalje pravile bore kad se osmehne?

---

[12] Fr.: Žak, stigli smo. (Prim. prev.)
[13] Fr.: Dolazim. (Prim. prev.)

Naravno da je tokom godina viđala Filipove fotografije s raznih festivala, ali u poslednje vreme je najveći broj njih dorađivan, ne bi li se održao privid mladosti kako žena tako i muškaraca.

Prošlonedeljni stres je jasno se urezao na Žakovom licu dok je Ani dodavao kafu preko stola.

– Žao mi je što se ponovo srećemo pod ovako tužnim okolnostima – rekao je tiho. – Šteta što se nisi ranije vratila u Kan. Filipu bi bilo drago da te je ponovo video.

Ana je ćutke prihvatila prebacivanje i kafu, želeći da joj Žak kaže zašto ju je pozvao, želeći da je Leo pošao s njom, i želeći da je bilo gde drugde osim tu.

– Našao sam nešto među bratovljevom imovinom što mislim da pripada tebi. Takođe – Žak je zastao – Filip ti je ostavio neke papire.

Ana je zurila u njega dok je posezao za fasciklom iz koje je izvadio dve koverte.

Jedna, manja i požutela po ivicama, sa starim pečatom, očigledno je davno poslata. Ana je prepoznala očev rukopis naškraban preko precrtane adrese: *Na drugoj adresi. Vratiti pošiljaocu.* Suzbijala je suze shvativši da je to Filipov odgovor od pre mnogo godina na vest o njenoj trudnoći. Koverta nikada nije otvorena. Druga je bila nova, bez pečata i adrese, osim njenog imena ispisanog preko poleđine koverte. Anini prsti zadrhtaše dok je pružala ruku da uzme dva pisma.

– Filip je počeo da piše pisma i ostale beleške koje ćeš naći unutra nakon što je primio prvo pismo od svog... mogućeg srodnika – rekao je Žak.

Ana se ugrizla za usnu i pokušala da zaustavi suze koje su joj klizile niz obraze.

Zahvalno je prihvatila maramicu koju joj je Bernar pružio.

– Žao mi je. Nisam to očekivala – pogledala je Žaka. – Šta se dešava? Možeš li da mi kažeš ko mu je pisao? Bernar mi je rekao da je u pitanju žena.

Bacila je pogled na Bernara, nadajući se da Žak, pošto sada zna da su ona i Bernar već razgovarali na ovu temu, neće Bernaru praviti probleme.

– Felisiti Hauel je pisala u ime svog muža, koji veruje da je Filipov sin. Pozvaće me danas popodne. Nadam se da ću tada saznati nešto više od nje – rekao je Žak.

Ana je postala napeta. – Da li se u pismu pominje ime njenog muža? Ili njegove majke?

Žak je odmahnuo glavom. – Ne. Samo je pisalo da je njen muž usvojen po rođenju i kako nikada nije upoznao biološke roditelje. Kada budem razgovarao s njom, naravno da ću pokušati da izvučem što više informacija od nje, Ana – reče Žak blago. – Ima još nešto. Filipov advokat želi da se sastane s tobom. Predlaže sutra ujutru u jedanaest sati ako ti to odgovara? Pre nekoliko meseci, Bernar i ja smo kao svedoci prisustvovali sastavljanju Filipove oporuke – trebalo je da ti budeš naslednica ako te pronađu u trenutku njegove smrti.

Ana je zurila u njega. – Ja? Naslednica?

Žak klimnu glavom. – Da. Advokat će ti sve objasniti kada se sutra sastanete. Zašto ne uzmeš koverte i ne pročitaš nasamo Filipova pisma, pa možemo da se nađemo kasnije tokom nedelje, kada ću verovatno imati više podataka, i više vremena – predložio je Žak, ustajući. – Bojim se da moram uskoro da pođem.

– Drago mi je što smo se ponovo videli. – Ana je ustala i ispružila ruku. – Hvala ti za ovo – rekla je, pokazujući na koverte.

– Pozvaću vozača – rekao je Bernar, posegnuvši za mobilnim telefonom.

Ana ga zaustavi. – Bernare, nemoj zbog mene. Radije bih da se prošetam i provetrim glavu. – Situacija je postajala prilično nestvarna. Advokati. Žak. Naslednica. Felisiti Hauel.

– Mogu li malo da prošetam s tobom? – upitao je Bernar. Ne sačekavši da odgovori potvrdno, pridržao joj je vrata i izveo je kroz njih.

Oboje su ćutali nekoliko minuta, idući Kanom izgubljeni u mislima. Bernar je prekinuo tišinu.

– Znaš ono pismo koje si poslala Filipu u kojem si mu napisala da si trudna? Dao mi ga je da ga pročitam onog dana kad ga je primio. Bio je potpuno oduševljen, i jedva je mogao da obuzda uzbuđenje zbog vesti. – Bernar se okrenu i pogleda je. – Moram da ti postavim pitanje, na koje mislim da već znam odgovor, ali potrebno mi je da čujem istinu od tebe – rekao je Bernar, duboko udahnuvši. – Da li si se porodila ili...

Ana zastade, zaprepašćena. – Da li sam prekinula trudnoću? Oh, Bernare, kako uopšte možeš da mi postaviš takvo pitanje. Volela sam Filipa svim srcem. Nije bilo šanse da to ikada uradim. Dakle, da odgovorim na tvoje pitanje, da, rodila sam našeg sina. Nazvala sam ga Žan-Filip pre nego što sam morala da ga dam na usvajanje. Mogućnost da bi muž ove Felisiti Hauel mogao da bude... – utihnula je.

– Bio sam siguran da će to biti tvoj odgovor – rekao je Bernar. – Oh, Ana. Ne znam šta da ti kažem.

– Bilo je to davno, tako da zapravo više i nema šta da se kaže – reče Ana tužno. – Osim da mi je žao što Filip nije imao priliku da upozna svog sina, ni kao bebu niti kao odraslog čoveka.

– Da, bilo bi mu drago – složio se Bernar gledajući je. – Hteo sam još nešto... da ti kažem. Znaj da te Filip nikada nije zaboravio, nikada nije prestao istinski da te voli, nikada nije imao posvećenu vezu s drugom ženom, ali nije živeo kao monah. Postoji šansa da ko god da je ovaj čovek – ne mora nužno biti tvoj sin.

Ana se setno nasmešila. – Razumem. I Leo mi je to predočio. Ali ne mogu reskirati da ne saznam. Moram da znam.

– Sve dok si svesna činjenice da je to rizik šta god da se ispostavi na kraju – rekao je Bernar dok su prelazili Kroazetu i krenuli u pravcu luke. – Dobro, da li ti je svež vazduh razbistrio glavu? Bojim se da moramo ovde da se rastanemo. Imam sastanak za deset minuta.

– Dobro sam. Zaista – dodala je, videvši zabrinut pogled na Bernarovom licu. – Volela bih da budem malo sama pre nego što se nađem s Leom. Vidimo se večeras na zabavi. – Nagnula se i blago ga poljubila u obraz. – Hvala ti, Bernare.

Nakon što je Bernar otišao, Ana se progurala kroz gomilu koja se muvala po luci i krenula duž keja Sen Pjer sa samo jednom misli u glavi. Mora da pobegne od svih tih ljudi. Da pokuša da sagleda situaciju.

Zapao joj je za oko plakat za trajekte koji su saobraćali između Kana i ostrva Lerin. Potrčala je duž keja Lobef, kupila kartu za sledeću plovidbu i poslednja se ukrcala na prepuno plovilo.

Dvadeset minuta kasnije, Ana je pratila saputnike duž keja sve do malog puta bez saobraćaja koji je išao oko ostrva Sveti Onore. Videvši kako svi ostali kreću u smeru kazaljke na satu, Ana je namerno skrenula u suprotnom smeru i pošla stazom pored obale prema gotovo napuštenoj plaži.

Smestivši se na maloj steni, Ana je konačno otvorila pismo koje joj je Filip poslao pre skoro četrdeset godina.

Draga moja...

Kakva divna vest! Gde ćemo se venčati – u Francuskoj ili Engleskoj? Gde ćemo živeti dok se ne završi kuća na ostrvu? Kako ćemo nazvati bebu? Hoćete li da pođete sa mnom u Ameriku? (Obećavam da ćemo se vratiti na vreme da se beba rodi u Francuskoj – ili Engleskoj, šta god da odlučiš.) Ne mogu da verujem da ćemo tako brzo postati porodica. Obećavam da ću se brinuti o vama najbolje što mogu.

S ljubavlju, Filip

Ispod njegovog potpisa sledila je rečenica *Jedan život, jedna ljubav* praćena nizom poljubaca.

Ana je zurila u Sredozemno more prema Kanu, dok su joj se suze slivale niz obraze. Zašto nije imala više poverenja u njihovu ljubav? Bez obzira na to šta su njeni roditelji tada mislili i govorili o tome kako je to bila „letnja avantura", i da je Filip iskoristio njenu lakovernost, nisu bili u pravu. Filip je želeo nju i Žan-Filipa. Jedino je ona kriva što nije verovala u njega i što je dozvolila roditeljima da je nateraju da uradi ono što su tražili od nje i smatrali ispravnim.

Porodica koja je nekoliko metara od nje protrčala ka moru da bi se međusobno jurili i prskali u pličaku prenula je Anu iz neke vrste transa u koji je bila zapala. Posmatrala ih je nekoliko trenutaka, zavideći im na vidljivoj bliskosti, pre nego što je drhtavim prstima izvukla sadržaj druge koverte.

Oklevajući, Ana je prelistala stranice beležnice sa spiralom i podigla parče presavijenog papira koji je ispao na šljunak pored njenih nogu. Podigavši ga, počela je da čita:

Ma chérie, *ovo je pismo za koje se nadam da ću ti dati kada ponovo budemo zajedno.*

Ne mogu da ti opišem koliko sam uzbuđen što mi je stiglo pismo od supruge čoveka za koga bi se moglo ispostaviti da je naš sin. Kad samo pomislim da ću, posle svih ovih godina, uskoro upoznati sina i preko njega, nadam se, videti i tebe, ponovo.

Vodiću dnevnik o tome kako se razvija situacija, tako da ćeš, kada se napokon sretnemo, moći da vidiš kako se sve odvijalo. Usrdno se molim da ovo nije lažna uzbuna i da ćemo konačno moći našem sinu da poželimo dobrodošlicu u njegovu porodicu.

Poštujem činjenicu da nakon svih ovih godina sigurno živiš drugačije, i možda će te uznemiriti što se prošlost obznanjuje u sadašnjosti, ali ako ništa drugo, nadam se da se možemo prijateljski sastati i deliti deo života u budućnosti.

Ispod teksta ovoga puta samo jednostavan potpis *Filip* na dnu stranice. Bez citata i poljubaca.

Ana je ponovo savila parče papira i pažljivo ga gurnula prema poleđini sveske dok ju je otvarala. Filip je započeo dnevnik pre šest nedelja. Brižljivo je ubeležio datum na prvoj stranici – dan kada je primio prvo pismo.

Čitajući Filipov dnevnik na čijim stranicama je bilo očigledno njegovo oduševljenje mogućnošću da upozna svog sina, Ana je ponovo čula glas mladića kojeg je volela. Stranice su bile pune njegovih misli i nade za budućnost – i zapitanosti kakva će ona, Ana, biti.

Hoću li te prepoznati – i ti, mene? Mnogo sam bio ljut na tebe kada si nestala. Jedino što sam želeo bilo je da te pronađem i brinem se o tebi. Godinama sam pokušavao da te nađem. Nadao sam se da ćeš mi se javiti. Video sam te jednom u publici na predavanju u londonskom Filmskom institutu, ali napustila si zgradu pre nego što sam uspeo da stignem do tebe. Video sam te kako ulaziš u taksi i ponovo nestaješ iz mog života. Godine i život su uzeli maha i odjednom je prošlo trideset godina. Shvatio sam da je, čak i ako te pronađem, prekasno da budemo ta srećna porodica, ali nisam mogao – i nisam – prekinuo potragu za tobom. Ali ti si se svojski potrudila da nestaneš.

Poslednji unos počinje sa:

Danas smo Žak i ja razgovarali o mom susretu sa sinom. Veoma je sumnjičav kako će sve to ispasti, ali verujem da će uspeti. U dubini duše osećam da je konačno došlo vreme kada ću biti u stanju da ispravim nepravde učinjene pre toliko godina. Sutra odlazim u Ameriku, a kada se vratim, Kanski filmski festival biće u punom jeku – ko zna, dok se završi, možda ću imati sigurne vesti o našoj porodici. „Naša porodica". Oh, kako mi se dopada taj izraz.

Ne mogavši da zadrži plač, Ana je grozničavo tražila maramicu u torbi. Bila je svesna da je porodica koja se igrala u blizini posmatra. Trudili su se da sakriju zabrinutost. Naterala je sebe da im se osmehne, moleći se da joj ne priđu. Pokušala je da prestane da drhti. Plavkasto svetlo obaveštenja o propuštenom pozivu na mobilnom bleskalo joj je na dnu torbe. Leo.

Drhtavim prstima pritisnula je oznaku za ponovno biranje i sačekala da se Leo javi.

– Ana, gde si? Izbezumio sam se od brige. Kad sam pozvao Bernara, rekao mi je da ste se rastali pre više od sat vremena.

– Ja sam na Svetom Onoreu. Ljubavi, tako mi je žao... Morala sam malo da budem sama sa sobom.

– Jesi li dobro? – upitao je Leo uznemireno. – Bernar je rekao da je susret sa Žakom bio emotivan.

– Jeste, bio je. Brzo se vraćam. Obećavam da ću doći sledećim trajektom. Jedan upravo dolazi preko zaliva. Leo, moramo da razgovaramo kad se vratim – rekla je Ana drhtavim glasom.

– Razgovaraćemo koliko god želiš – rekao je Leo odlučno. – I ja tebi moram nešto da kažem.

Ana je zamišljeno pritisnula dugme za prekidanje veze. Pažljivo je stavila dva pisma, čiji joj je sadržaj otkrio mnogo toga, u torbu. Sada je imala sve dokaze koji su joj ikada bili potrebni da ju je Filip Kambon iskreno voleo – verovatno ju je voleo i u trenutku kad je umro.

Ana je rukama pritisnula oči i dobro ih protrljala, pokušavajući još jednom da zaustavi suze. Znala je da jedino sebe može da krivi za zbrku koju je napravila. Kako će sada živeti sama sa sobom, znajući koliko je povredila Filipa sebičnim činom davanja njihovog sina na usvajanje? Nije mogla da uradi ništa drugo u ono vreme, pored roditelja koji su je stvarno i istinski primorali da to uradi, ponevši se onako neizrecivo sebično pre mnogo godina.

21.

Dejzi je u utorak ujutru ponudila da odvede Toma u školu, što je Popi sa zahvalnošću prihvatila. Kada se vratila, Popi je sedela za stolom i sastavljala spisak za kupovinu.

– Da li si za kafu na brzaka? – upitala je Dejzi.

Popi je odsutno klimnula glavom dodajući još nešto na spisak.

– Pijanista dolazi danas popodne da proveri klavir. Nadam se da će vreme ostati lepo i večeras. Imam još sveća koje mogu da stavim unaokolo i pregršt onih plutajućih za bazen. Oh! Niko neće hteti da pliva, zar ne? – pogledala je Dejzi uznemireno.

– Ne kad su svi obučeni u skupocene krpice – odgovorila je Dejzi umirujuće. – Mada na osnovu nekih od priča koje sam čula o ovdašnjim zabavama, s ljudima koji skaču u bazen potpuno obučeni, nikad se ne zna. Ipak, plutajuće sveće bi trebalo da ih odvrate od toga – dodala je, videvši Popin zabrinut izraz lica.

– Misliš li da sam nabavila dovoljno čaša? Ljudi se drže svoje čaše, zar ne, umesto da svaki put uzimaju novu?

– Naravno da si obezbedila dovoljno čaša. E sad, prestani više da se brineš, zaboga, i hajdemo na pijacu Forvil po sveže namirnice i da pokupimo tortu – rekla je Dejzi.

Šetali su po pijaci kad je Popi upitala: – Umalo da zaboravim. Kako je prošlo veče s Netom? Čula sam te da si došla u dva.

– Oh, nadam se da te nisam probudila.

– Nisam mogla da spavam – rekla je Popi kratko. – Da li si rekla Netu za Bena?

– Jesam. Bilo je divno veče. Izgleda da smo po mnogim pitanjima Net i ja na istoj talasnoj dužini. Odveo me je u džez klub koji voli u Valbonu, u brdima iznad Kana. Zapravo mu se sviđa i Džejmi

Kalum. Sećaš se kako je Ben stalno kukao što ga slušam? I da – rekla sam mu sve o Benu. – Dejzi je pogledala sestru. – Možeš li da veruješ da je i Markus umešao prste u sve to? Iz njegove priče Net je stekao utisak kako jedva čekam da otperjam i budem ponovo s Benom. Ti barem nisi to rekla kada si pomenula Bena. Jel' dovoljno dva tuceta jaja?

– Sasvim. Sledeća je tezga sa sirom. Kako je reagovao?

– Dobro – ispričao mi je sve o Džuliji, ljubavi svog života u osnovnoj školi – nasmejala se Dejzi.

Sinoć je zaista uživala. Dobro se osećala u Netovom društvu. Bio je iskren o svojoj prošlosti. Smatrao je da su njeni planovi za budućnost – status slobodnjaka i preseljenje u kućicu – sjajni.

Dok je Popi stajala pored tezge sa sirom i očajavala nad tim koliko veliki bri da kupi i da li je gorgonzola popularan izbor za zabave, Dejzi je odlutala do dela pijace sa cvećem kako bi pogledala nekoliko vaza punih razigranih i srećnih suncokreta – jednom od njoj omiljenih vrsta cveća. Baš to joj je bilo potrebno – vidljivi podsetnik na srećno raspoloženje u kojem je bila.

Mobilni joj je zavibrirao zbog pristigle poruke dok je birala tri suncokreta i plaćala ih.

– Da li si negde videla šparglu po razumnoj ceni? – upitala je Popi pridruživši joj se. – Na sledećoj tezgi tamo i onoj pored nje imaš masline i tapenadu koju si htela. Mislim da je to onda sve sa spiska. Ne, treba nam još malo dimljenog lososa. A onda idemo po tortu.

Vraćajući se do automobila, s Popi koja je pažljivo nosila veliku kutiju za tortu, Dejzi je na brzinu pogledala od koga joj je stigla poruka. Nije prepoznala međunarodni broj i tek kada su smestile bakaluk u automobil i krenule kući kliknula je na poruku.

Izvn bo sm bdl. Vrćm se u Eng sldć ndlj d s venčamo. Vlm t. ben

Dejzi se udarila po kolenima stisnutom pesnicom. – Ne mogu da verujem – rekla je čitajući poruku Popi. – Šta sad da radim?

– Trebalo je da mu još pre nekoliko dana odgovoriš na pismo, i napišeš da je prekasno – rekla je Popi, uobičajenim zapovednim tonom starije sestre. – Moraćeš da mu odgovoriš na poruku i kažeš da to ne dolazi u obzir.

– Mada, svojstveno je Benu da pretpostavi da nemam pametnija posla nego da čekam na njega. – Dejzi je bacila telefon u torbu.

– Zar nećeš odmah da mu pošalješ poruku?

– Ne. Poslaću mu imejl čim se vratimo – rekla je Dejzi. – Nisam baš ljubiteljka poruka. Sve te skraćenice mogu dovesti do nesporazuma. Moraću sve do detalja da mu pojasnim. Da se pobrinem da shvati poruku. Možeš li da voziš malo brže? Moram ovo što pre da završim.

– Ne, ovde je ograničenje brzine trideset. Ne želim kaznu za prebrzu vožnju i kaznene bodove na vozačkoj dozvoli, moliću lepo. Šta ćeš reći Benu?

– Da ako misli kako može tek tako da ušeta u moj život misleći da se ništa nije promenilo, onda ne samo da greši nego je i glup. Osim toga, nisam sigurna da ću se vratiti u Englesku sledeće nedelje. Mislila sam još malo da ostanem ovde s tobom.

Kada se vratila u kuću, sela je ispred laptopa i kliknula na Benovu imejl adresu. Hvala bogu da ga u naletu ljutnje nije izbrisala iz adresara. Dakle, kako da bude pristojna i odlučna, ali ljubazna?

Dragi Bene, da odgovorim na tvoju nedavnu poruku. Bojim se da brak ne dolazi u obzir, pa predlažem da ostaneš tu gde si. Nisam sigurna da li ću biti u Engleskoj sledeće nedelje. Želim ti sve najbolje u životu. Dejzi.

Pažljivo je pročitala ono što je napisala. Da nije prekratko? Ili previše okrutno? Šta tu još ima da se kaže? Nije želela da Ben gaji lažne nade o pomirenju. Otkako je upoznala Neta prošle nedelje, shvatila je kako zasigurno ne želi da joj se Ben vrati u život. Pripadao je prošlosti – što je sâm odabrao. Net je bio budućnost – njen izbor.

P.S. Nadam se da ćeš uskoro upoznati neku posebnu osobu. Ja jesam i veoma sam srećna.

Eto, to bi trebalo da bude dovoljno jasno.

Dejzi pritisne dugme za slanje pre nego što bi mogla da se predomisli. Računar joj se oglasio. Pristigli su joj imejlovi – jedan iz redakcije, dva od prijatelja novinara. Dejzi ih je zbunjeno pročitala pre nego što je zatvorila laptop. Samo joj je to trebalo.

Popi ju je pogledala dok je ulazila u dnevnu sobu. – Jesi li mu rekla? Dobro si? Izgledaš pomalo potreseno.

– Glavni izveštač je otpušten iz novina. Dvoje mojih prijatelja koji su bili zaposleni na određeno vreme neće moći da obnove ugovore. Jedan je već otišao i priča se da će najmanje deset posto zaposlenih biti otpušteno. Hvala bogu da sam na vreme pristala na sporazumni prekid radnog odnosa. – Dejzi je pogledala Popi, s tužnim osmehom na licu – Barem ću, nadam se, dobiti nešto novca za otpremninu kako bih mogla da otpočnem sa samostalnim radom. Mislim da ću možda početi da živim ovde ranije nego što sam očekivala.

– Meni odgovara – reče Popi. – Možemo li sada da nastavimo s pripremama za zabavu? Volela bih da je Ana ovde. Leo je rekao da ona ima važan sastanak u gradu i da će se vratiti kasnije.

22.

Ana je videla Lea kako je čeka na keju dok je trajekt pristajao uz ponton. Pošto je poslednja zakoračila na obalu, Ana je potrčala prema njemu. Dok ju je čvrsto držao u zagrljaju nekoliko sekundi bez reči, preplavilo ju je olakšanje.

– Jesi li dobro? – upitao je konačno, držeći je za ruke i proučavajući njeno lice. – Tako sam se zabrinuo kad se nisi vratila.

– Izvini, Leo. Samo sam morala da budem sama kako bih pročitala pisma koja mi je Žak dao i da razmislim o onome što je rekao. Zapravo, da dobro razmislim o svemu.

Leo ju je upitno pogledao primetivši koverte koje su joj virile iz torbe.

– Ispričaću ti šta se desilo jutros dok se budemo vraćali u vilu – rekla je Ana. Uvukla je ruku u Leovu. – Da li pripreme za zabavu teku po planu?

Leo klimnu glavom. – Mislim da je Popi pod stresom jer mora da donosi odluke za koje smatra da bi ti trebalo da imaš poslednju reč, ali osim toga sve ide po planu za večeras.

– Zaista mi je krivo što sam jutros morala da odem. Mada mi u životu nije bilo manje stalo do zabave – dodala je tiho. Dok su šetali duž morske obale, Ana je rekla Leu ime žene koja je pisala Filipu. – Felisiti Hauel. Ali to ime ništa ne znači Žaku, Bernaru ili meni.

Ispričala mu je i o davno izgubljenom Filipovom pismu i dnevniku koji joj je Žak dao.

– Volela bih da sam se pre mnogo godina vratila u Kan i pronašla Filipa. Da sam mu rekla istinu. Moj život je mogao da bude toliko drugačiji. Mnogo bolji – uzdahnula je. – A sada je prekasno.

Leo je ćutao, a Ana ga je zabrinuto pogledala. Očigledno ga je danas uznemirila, prvo nestankom, a sada nagoveštavajući koliko bi joj život bio bolji da se pre mnogo godina udala za Filipa. Ugrizla se za usnu. Najmanje od svega je želela da povredi Lea. Isuviše ga je volela. Pre nego što je uspela bilo šta da izusti, Leo je počeo da govori.

– Mislim da tvoj dolazak u Kan ove godine nije bio dobra zamisao – rekao je Leo polako. – Uskočila si u emocionalni rolerkoster i u opasnosti si da te pregazi. Ne želim ni da pomislim šta bi se desilo da je Filip bio ovde. – Leo je pokazao na praznu klupu s pogledom na plažu i Sredozemno more. – Hajde da sednemo nakratko. Moram nešto da ti kažem. Mislim da to ipak ne može da sačeka do kraja zabave, kao što sam se nadao.

Ana je poslušno pratila Lea do klupe i sela. Leo ju je uhvatio za ruku i blago se poigrao njenim prstima pre nego što je progovorio.

– Počinjem da se pitam šta bi se desilo da Filip nije umro i da ste se ponovo sreli ove nedelje, da li bismo ti i ja i dalje bili zajedno. – Ćutao je na trenutak, zagledan u more pre nego što se okrenuo ka njoj. – Ana, ovaj žal za nečim što je moglo biti mora da prestane, ako želimo da imamo bilo kakvu zajedničku budućnost. – Rukom koja je držala njenu stegnuo ju je tako čvrsto da je Ana pomislila da će joj otpasti prsti. – Oboje smo dovoljno stari da znamo i prihvatimo da ništa nije samo crno ili belo – posebno s teretom koji svi gomilamo idući kroz život. Kada dođemo u naše godine – slegnuo je ramenima Leo. – Pa, obično ga ima mnogo.

Ćutao je nekoliko sekundi pre nego što je nastavio.

– Ana, moramo da budemo potpuno iskreni jedno prema drugom pre nego što nastavimo našu vezu. Volim te svim srcem – osećam da smo srodne duše. Ali bojim se da sam ti tek na drugom mestu posle Filipa. I brinem se da će iznad našeg odnosa uvek lebdeti prisustvo seni treće osobe. Prisustvo koje mi neće dozvoliti da ti se približim onoliko koliko želim. A to zaista ne bih mogao da podnesem.

Ana je zurila preko zaliva, znajući da šta god ubuduće bude rekla Leu to neće biti važnije od onoga što će mu sada kazati.

– Leo, nikada više ne smeš pomisliti da si na drugom mestu u mom životu. Ovih nekoliko meseci koliko smo zajedno najsrećniji su u mom zrelom dobu. Nisam očekivala da ću ikada voleti i biti voljena – mislila sam da je prekasno za to. Volim te, Leo, i ne mogu da zamislim svoj život bez tebe u njemu. – Ana zastade. – Istina je ono što si rekao da smo srodne duše. Žao mi je što sam svoj bol zbog prošlosti i Filipa prenela na tebe povređujući te. Ne želim njegove seni između, kao ni ti. Ali ovde je u pitanju Filipovo zaveštanje. – Ruka joj je i dalje počivala u Leovoj, stisnuta u pesnicu. – Mogućnost da konačno upoznam svog sina, Žan-Filipa, zapravo je ono što počinje da me razdire u svemu ovome.

Ana se okrenula prema Leu, i rekla očajničkim tonom: – Imaš decu. Zamisli da više nemaš nikakav kontakt sa Alison. Ili tvojim Lukom? Da postoji mogućnost kako nikada nećeš videti unuče pošto se rodi. Kako bi se osećao? Znam da sam kriva zbog ove tužne priče – ja sam Filipu uskratila mogućnost da postane otac kada sam se odrekla Žan-Filipa – ali sada, ako postoji i najmanja mogućnost da objasnim šta se desilo, da se nekako iskupim, onda moram to da pokušam. Molim te, Leo, pomozi mi da prebrodim ovo.

– Ana, obećavam da ću ti pomoći na sve moguće načine, ali kada će prestati ovo mučenje? Kada krajem nedelje budemo otišli odavde, ili ćeš nastaviti da kažnjavaš sebe zbog prošlosti? Izjedaćeš se krivicom? Nemoguće je znati šta je Filip zaista osećao prema tebi pre toliko godina, ili da li bi sve ispalo dobro da ste ostali zajedno. Što se tiče Žan-Filipa... – odmahnuo je glavom. – Ko zna kako će njegovo pronalaženje uticati na tvoj, na naš, život?

Ana mu je pružila pismo koje je Filip napisao. – Ne, nije nemoguće znati koja su bila Filipova prava osećanja. Pročitaj ovo i reci kako ne treba da osećam krivicu zbog svega.

Piljila je u Leovo bezizrazno lice dok je čitao pismo, pokušavajući da proceni njegovu reakciju na osećanja koja je Filip tako davno izrazio.

– Sada vidiš zašto ne mogu da se odreknem ovog emocionalnog rolerkostera, kako si ga nazvao, dok nekako ne zaokružim priču? – upitala je tiho dok joj je Leo vraćao pismo.

Klimnuo je glavom. – I dalje mislim da grešiš što preuzimaš stopostotnu krivicu na sebe. Bilo je još ljudi koji su u svemu tome učestvovali.

– Znam – rekla je Ana. – Ali ja sam poslednja koja može pokušati nešto da ispravi.

Leo uzdahnu. – L. P. Hartli je i te kako bio u pravu kada je rekao da je prošlost strana zemlja. To svakako nije mesto koje ću želeti skoro da posetim. Jedino što hoću jeste da se vratimo na pravi put i zajedno uživamo u ostatku života.

– Hoćemo, obećavam. Toliko se radujem budućnosti s tobom – rekla je Ana. – Moraš još nešto da znaš. Nešto što mi nikada ne bi palo na pamet da se može desiti.

Leo ju je oprezno pogledao i čekao da nastavi.

– Filip me je imenovao za naslednicu u testamentu. Sutra ujutru moram da se nađem s njegovim advokatima kako bi mi objasnili šta to zapravo znači. Hoćeš li ovoga puta poći sa mnom, molim te, Leo?

– Hoću, ali moraš nešto da mi obećaš, Ana. Šta god da se desi, molim te nemoj dozvoliti da se to ispreči između nas i uništi ono što sada imamo.

– Obećavam – rekla je Ana i, ne primećujući prolaznike, nagnula se napred i strasno ga poljubila.

23.

– Uzela sam i prskalicu za tortu – rekla je Dejzi dok su se ona i Popi divile ukrašenoj torti s ružicama od šlaga i čokoladnim srcima koju su pokupile iz poslastičarnice. – Za svaki slučaj.

– Slučaj čega? – upita Popi.

Dejzi slegne ramenima. – Ne znam tačno, ali prskalice na torti uvek izgledaju veselo. Mislila sam da bi lepo stajala... ovde – pažljivo ju je zabola u sredinu torte. – Možemo da je upalimo neposredno pre zvanične zdravice.

– Bolje vrati tortu u frižider – rekla je Popi. – Ne želim da se istopi šlag pre nego što je poslužimo.

– Tako je – rekla je Dejzi. – Dobro, gde nam je spisak? Šta nam je još preostalo da uradimo?

Popi je pogledala u svoj podmetač za papir na kojem je bila lista. – Mislim da smo završile. Samo još moramo da postavimo hranu na sto. Šta misliš, petnaestak minuta pre nego što ljudi počnu da pristižu? – rekla je, pogledavši na sat. – Moramo da upalimo sveće i pustimo ih da plutaju po bazenu, ali takođe tek kasnije. Net će uskoro vratiti Toma. Hoćemo li da prezalogajimo nešto s njim, ili da sačekamo večeru?

– Oh, hajde da pojedemo nešto lagano s Tomom. Ne treba piti šampanjac na prazan stomak. A Ana i Leo izgledaju kao da još razrešavaju svetske probleme – rekla je Dejzi, gledajući ka vili, gde su Ana i Leo sedeli pored bazena. – Ana izgleda tako snuždeno. Pitam se šta li ju je uznemirilo? Večerašnja zabava bi trebalo da bude radostan događaj.

– Izgledalo mi je kao da je plakala kada sam je videla po njihovom povratku – rekla je Popi. – Bila je veoma utučena kada sam otišla do njih da dovršimo nekoliko stvari. – Okrenula se kada je Net otvorio kapiju. – Ah, Tom i Sindi su se vratili. Spremiću nešto za jelo. Da li biste ti i Sindi želeli da ostanete? – pitala je Neta.

– Hvala. Nisam siguran koliko će ovo dvoje biti gladni. Mnogo šećerne pene i drugih poslastica bilo je danas u ponudi na Kroazeti, zajedno s balonima – rekao je, preuzimajući Sindin ružičasti balon ispunjen helijumom koji samo što joj nije iskliznuo iz ruke i vinuo se u nebo.

Dejzi je pomogla Tomu da zaveže svoj plavi balon za naslon stolice pre nego što je sledila Popi do kuhinje da joj pomogne oko hrane.

– Kako ti je protekao dan? – upitao je Net dok je Dejzi stavljala kriške dinje na sto da bi deca mogla da se posluže.

– Pa, više nemam posao kojem bih se vratila, ali čekaće me otpremnina posle sporazumnog prekida radnog odnosa – objasnila je dok ju je Net posmatrao. – Dakle, postaću slobodnjak i pre nego što sam mislila.

– Što možeš da radiš sa bilo kog mesta na svetu – reče Net zamišljeno.

– Tačno, ali prvo ću morati ozbiljno da se povežem s ljudima iz branše kako bi znali da sam im na raspolaganju. Popi se složila da budem u kući dok budem ovde tražila neki smeštaj.

– Novi početak na razne načine – rekao je Net. – Baš uzbudljivo.

– Da, jeste – odgovorila je Dejzi, odlučivši da ne pomene drugo današnje dešavanje – Benovu prosidbu. Reći će mu kasnije, naravno, kad budu mogli zajedno da se nasmeju tome.

– Sindi, Tome, kada završite s kišem i salatama, napraviću vam po mali čokoladni milkšejk. Jel' može? – dovikivala je Popi iz kuhinje.

Pola sata kasnije deca su završila čajanku, a Net je gurnuo stolicu unazad. – Vreme je da krenemo, Sindi – rekao je.

Dok su se opraštali i odvezivali Sindin balon, Ana je idući kroz vrt vile došla do kuće.

– Zdravo, Tome i Sindi. Sviđaju mi se vaši baloni.

– Hoćeš imati i balone za svoju proslavu? – upitala je Sindi.

– Ne, potpuno smo zaboravili da ih naručimo – rekla je Ana.

– To je tužno – odgovorila je Sindi ozbiljno. – Možeš da pozajmiš moj balon ako želiš – ponudila je, pružajući ga Ani. – Ne zauvek. Samo za proslavu.

– Hvala Sindi. To je veoma lepo od tebe – rekla je Ana. – Uskoro ti je rođendan, zar ne? Tada će ti biti potreban balon za čajanku, pa ga bolje ponesi kući sa sobom.

– Važi – rekla je Sindi. – Da li moja mama dolazi na tvoju proslavu?

– Dobrodošla je da dođe, ali pretpostavljam da je zauzeta obavezama na festivalu. Mislim da će Net doći – rekla je Ana, pogledavši ga.

– Mama nije zauzeta. Čula sam je kako govori tati da nema šta da radi večeras.

– Pa, reci joj ako želi da pođe s Netom, veoma je dobrodošla – rekla je Ana. – Volela bih da je upoznam.

– Hajde, Sindi, krećemo – rekao je Net. – Vidimo se kasnije.

– Zdravo, Sindi, želim ti da divno proslaviš rođendan. Baš je slatka – rekla je Ana pre nego što se okrenula Popi. – Kako napreduje? Sve izgleda veoma organizovano.

– Mislim da smo sve obavili – rekla Popi. – Upalićemo plutajuće sveće pre nego što gosti stignu, a onda i ostale tokom večeri kako bude padao mrak, ako je to u redu? I, naravno, biće uključena solarna svetla.

– Zvuči savršeno – odgovorila je Ana. – Leo je predložio da oko petnaest do devet bude zvanična zdravica sa šampanjcem. Do tada bi svi trebalo da stignu, a posle možemo da se zabavljamo bez prekidanja.

– U redu, Dejzi i ja ćemo tada izneti šampanjac – rekla je Popi. – A sada je najbolje da svi polako počnemo da se spremamo.

Vraćajući se u vilu, Ana je videla Lea kako nervozno korača gore-dole na terasi pored bazena, i požurila je ka njemu.

– Da li se nešto desilo? Izgledaš zabrinuto. Da li je Alison dobro? A Luk?

– Sve je u redu. Samo moram da razgovaram s tobom pre zabave. Da te pitam nešto – rekao je Leo tiho, uhvativši je za ruku. – Samo što više nisam siguran kako ćeš mi odgovoriti.

Ana se umirila i čekala. Mislila je da je njihov nedavni razgovor razjasnio mnoge zablude, ali nikada nije videla Lea tako nesigurnog u sebe.

– Ana, ljubavi, toliko te mnogo volim. Znam da bi trebalo da kleknem dok ovo radim, pa mi oprosti što neću moći, ali nadam se da će ovo veče biti mnogo više od festivalske zabave. Nadam se da ćeš ga pamtiti kao noć kada si pristala da mi budeš supruga. Molim te, reci mi da ćeš se udati za mene?

Iako je već nedeljama čeznula da čuje Lea kako joj postavlja to pitanje, nije očekivala da će izabrati baš ovo veče da ga izgovori. Ana ga je začuđeno pogledala pre nego što je tiho odgovorila: – Oh, Leo, tako mi je žao što sam ti dala povoda da sumnjaš u mene – i ja tebe mnogo volim. Najviše na svetu želim da se udam za tebe. Dakle, da, udaću se za tebe. – Nadala se da će blistavi osmeh koji mu je uputila uspeti da prenese koliko je srećna pri pomisli da će postati gospođa Hanter.

Leo je izvadio kutijicu iz džepa. Prsten s rubinima i dijamantima koji joj je stavio na prst savršeno joj je pristajao, i Ana je zadivljeno gledala u njega.

– Hvala ti na predivnom prstenu – rekla je kada ju je Leo zagrlio, uzevši je u naručje.

– Predivan je kao i moja buduća supruga – rekao je pre nego što je njihovu veridbu zapečatio poljupcem.

24.

Sunce je zašlo za planinski masiv Esterel sa desne strane vile dok je Dejzi palila plutajuće sveće i gurala ih po vodi bazena koja se lagano mreškala. Nešto ranije pozvao je Den i razgovarao s Tomom i Popi, a sada je Tom bio u kućici ušuškan u postelji s novom knjigom Doktora Susa, koju mu je Dejzi kupila.

Nežna melodija Kola Portera kružila je vrtom, njome je pijanista započeo izvođenje odabranih pesama za zagrevanje, nadmećući se s kreketanjem odomaćenih žaba.

Leo je zagrlio Anu i ona se, stojeći s čašom šampanjca u ruci, srećno nasmešila. Bazen s plutajućim svećama izgledao je očaravajuće, a neke od solarnih svetiljki u vrtu vile već su se uključile. Znala je da se Leo raduje što će kasnije objaviti veridbu. Bacila je pogled na prsten na ruci. Bio je prelep. Uprkos nesigurnosti koja je obavijala njenu prošlost, njen život je u ovom trenutku bio dobar i obećavao da će od sada biti još bolji s Leom pored nje. Jedino je budućnost bila zaista važna, a ne tajne iz prošlosti.

– Oh, evo stižu prvi gosti. Vreme je da zabava počne – rekla je.

Dejzi je dovršila paljenje sveća za bazen i krenula ka Popi, koja je stajala pored stola s pićem i delila čaše šampanjca.

– Markus je stigao – reče Dejzi. – S prijateljicom. Odmah se vraćam da ti pomognem. Moram samo nešto da mu kažem – rekla je i otišla do Markusa i njegove plavokose pratilje, koji su razgledali sto s posluženjem. – Šta će ona ovde? Ana je nije pozvala.

– Ovde svi upadaju na zabave. Ako ste želeli da izbegnete nezvane goste, trebalo je da imate obezbeđenje koje će proveravati pozivnice.

– Ovo nije takva vrsta zabave – rekla je Dejzi. – Osim toga, ti nisi gost nego zvanični fotograf.

– Dakle, ona je moja pomoćnica. – Markus slegne ramenima.

– Onda idi i fotografiši i pobrini se da te asistentkinja ne ometa. A ja idem da se izvinim Ani zbog nepozvane gošće.

U tom trenutku pristiglo je još nekoliko ljudi, i Dejzi je, videvši da je Ana zauzeta pozdravljanjem i upoznavanjem, odlučila da izvinjenje ostavi za kasnije i umesto toga se vratila kod Popi, koja je brojala čaše na stolu za piće.

– Nadam se da nam neće ponestati čaša. Misliš li da su svi stigli? – upita Popi.

– Ana je rekla da očekuje oko trideset pet gostiju, zar ne? – reče Dejzi, gledajući unaokolo i pokušavaju ugrubo da prebroji zvanice.

– Znači da, mislim da je većina ljudi ovde. Mada, Net nije. Nadam se da će stići pre nego što ponestane hrane. – Dejzi se poslužila predjelom s tanjira na švedskom stolu. – Da li si već videla nekog slavnog? – upitala je, nudeći Popi blini s dimljenim lososom. – Probaj. Poznajem kuvara. Veoma su ukusni.

– Hvala ti. Ne, ne prepoznajem nikoga. Ne, lažem – rekla je Popi. – Zgodni muškarac koji je upravo stigao s plavušom i drugim muškarcem veoma liči na tvog Neta. Mada, ne znam taj par.

Dejzi se okrenu da pogleda niz prolaz. – Popi, kako možeš da ne prepoznaš Veriti Rejmond? Sindi joj je očigledno ispričala da joj je Ana rekla da je dobrodošla na zabavu. Muškarac s njom je Bernar. Velika zverka u filmskom svetu što se finansija tiče.

Posmatrale su kako Ana pozdravlja Bernara kao starog prijatelja, dočekuje Veriti s dobrodošlicom na zabavu, pre nego što ih oboje upozna s Leom.

– To je zanimljivo – rekla je Dejzi tiho. – Bernar je bio veliki prijatelj Filipa Kambona. Pitam se da li je Ana i njega poznavala. Moram da je pitam.

Popi je zabrinuto pogledala sestru. – Molim te, nemoj večeras ništa da je zapitkuješ. Neka Ana uživa u svojoj zabavi. Mislim da joj je poslednjih nekoliko dana iz nekog razloga bilo veoma teško. Večeras je vedrija, ali poslednjih nekoliko puta kada sam je videla bila je veoma utučena.

– Popi, kakvo ti to mišljenje imaš o meni? Naravno da večeras neću gnjaviti Anu. Možda bih ipak mogla da porazgovaram s

Bernarom – rekla je Dejzi nestašno, prenebregavajući Popin dubok uzdah i smeškajući se Netu koji je krenuo prema njima. – Nete. Kasnite. Jel' sve u redu? – upitala je Dejzi kad ju je Net zagrlio i poljubio.

– Mislim da jeste. Veriti i Tedi su se žestoko posvađali. Zato kasnimo. Da budem iskren, iznenađen sam što je Veriti posle toga i dalje želela da dođe, ali je rekla da mora da izađe iz vile. Takođe, želela je da upozna Anu. Hvala ti – rekao je prihvatajući čašu šampanjca od Dejzi. – Sviđa mi se tvoja traka za kosu. Vrlo lepršavo. Divno izgledaš – rekao je, ponovo poljubivši Dejzi i obgrlivši joj ramena. – Hoćeš li kasnije da plešeš sa mnom?

– Naravno. Mada, mislim da nisam dorasla čarlstonu – rekla je Dejzi, gledajući kako par pored bazena daje sve od sebe dok pijanista prebira po dirkama pesmu „Ain't She Sweet" – Oduvek mi je izgledao zahtevno. Sve to mlataranje nogama i držanje za kolena.

– Ne brini. To je jedan od plesova koji umem da plešem – kazao je Net. – Rekao bih da sam pomalo i stručnjak. Baka mi je bila sjajna plesačica u doba regtajma, i naučila me je svemu što je znala.

– Prvo harli, a sad i stručnjak za čarlston – pun si iznenađenja, Nete – nasmejala se Dejzi.

– Mislim da će Leo sada da nazdravi – prekinula ju je Popi. – Idemo po tortu i da spremimo dodatne čaše šampanjca.

– Vraćam se za pet minuta – rekla je Dejzi, dodajući Netu čašu šampanjca. – Spremi se za zdravicu.

– Biću kratak – rekao je Leo, zamolivši prisutne za pažnju. – Dobro došli. Večeras imamo dva razloga za slavlje. *Buduća obećanja* su dobro primljena na festivalu, i nazdravljamo Heleni i Rupertu – budućim zvezdama.

Zastao je dok su Helena i Rupert zahvaljivali na klicanju i aplauzu.

– Drugi, lični razlog za slavlje – nastavio je Leo – jeste taj što mi je Ana učinila čast i pristala da postane moja supruga.

– Znači za to je bila torta – Popi je tiho promrmljala Dejzi.

– Vidiš – znala sam da će prskalica biti korisna!

Dok su svi uzvikivali čestitke, Dejzi je donela tortu i pažljivo je iznela sa sve prskalicom.

Leo je uzeo Anu u naručje. – Sve što želim da kažem, Ana, ljubavi. moja, jeste da te volim i da ću dati sve od sebe da te usrećim do kraja života.

Nežna melodija pesme „Come F.y With Me" plutala je večernjim vazduhom dok se srećni par blago njihao, a gosti podigli čaše i nazdravili. – Za Anu i Lea.

25.

Sat vremena kasnije, kada je zabava bila u punom jeku, a Leo i Rik bili udubljeni u razgovor o problemima u izdavačkom i filmskom svetu, Ana se nakratko iskrala sa zabave kako bi se osamila.

Toliko ljudi ovde je Leu i njoj želelo sve najbolje: neki su joj bili prijatelji, drugi poslovni poznanici, a za ostale nije imala pojma ko su. Videla je Bernara na terasi. Stajao je izdvojeno od gostiju i pričao na mobilni. Nadala se da će imati priliku da porazgovara s njim pre nego što se veče završi. Htela je da ga pita da li zna šta je Filip napisao u testamentu pre nego što sutra ode kod advokata.

Neko je sedeo na sedištu tapacirane ljuljaške sakrivene u tihom uglu pri vrhu vrta. Ne želeći društvo, Ana je htela da se okrene i ode kad je začula jecanje. Približavajući se, tiho je upitala: – Jeste li dobro? Mogu li da vam pomognem? Ili biste više voleli da budete sami?

Kada se Veriti Rejmond okrenula ka njoj, videvši da joj je lice umrljano suzama Ana je požurila napred, sela kraj nje, nežno je zagrlila i sačekala da se mlađa žena sabere.

– Tedi je besan na mene – rekla je Veriti, boreći se da kontroliše jecaje. – Mislio je da sam odustala od nečega, ali danas kada sam mu saopštila neke uzbudljive vesti, shvatio je da nisam. Čak me je optužio da pokušavam da postignem ono što sam zacrtala radeći mu iza leđa. I tokom večeri je pričao o tome i žestoko smo se posvađali. – Veriti je nadlanicom obrisala lice. – Jedino želim da bude srećan i da imamo još jednu bebu. Obožava Sindi, i sigurna sam da bi isto osećao i prema drugom detetu, ali sada jednostavno odbija da razgovara o tome.

– Sindi je divno dete – rekla je Ana. – Sigurno se ponosite njome.

– Da, ponosim se, ali se i brinem da smo je i razmazili pošto je jedinica. Nadala sam se da će dosad već imati braću ili sestre, ali...

– Veriti odmahnu glavom. – U svakom slučaju, ne želim da vam dosađujem ličnim problemima. Uostalom, šta radite ovde? Ovo je vaša zabava. Trebalo bi da ste u centru zbivanja i da uživate.

– Oh, trebalo mi je da malo predahnem – rekla je Ana. – Znate i sami kako je to.

Veriti je klimnula glavom. – Možda je ovo pogrešan trenutak, ali nadala sam se da ćemo u nekom trenutku moći da porazgovaramo o vašem novom filmskom projektu. Da li će u njemu možda biti neke uloge za mene?

Ana ju je začuđeno pogledala. – U pitanju je kostimirana drama. To zasigurno nije vrsta uloge za vas?

– Moja prva uloga u predstavi bila je Rozali, služavka u *Lepezi ledi Vindermir*. Od tada sam slaba na kostimirane drame. Savremeni filmovi koje sada radim vrlo su zabavni, ali volela bih da za promenu imam priliku da nosim duge suknje!

– Pa, reći ću direktoru kastinga da ste zainteresovani, ali ne mogu ništa da obećam – rekla je Ana. Veriti Rejmond u glumačkoj postavi već punoj filmskih zvezda svakako bi bila prednost. – Znate da snimanje počinje ove jeseni u Engleskoj? Zar ne živite trenutno u Americi?

– Kupujemo kuću u blizini mojih roditelja u Glosterširu. Sindi narednih nekoliko godina mora da ide u školu – rekla je Veriti. – Tedi i ja se barem oko toga slažemo, kao i da to bude u Engleskoj.

– Pa, naći ćemo se kada se budete smestili u Glosterširu. Leova kuća je prilično blizu, u Kotsvoldsu, a kada se venčamo preseliću se tamo. Morate doći na ručak, da se bolje upoznamo.

– To bi bilo divno. Hvala vam, Ana.

– Aha, ovde se skrivaš – rekao je Leo, iznenada se pojavivši na vrhu staze. – Ana ljubavi, Bernar te je tražio. Hoće da razgovara s tobom pre nego što ode. Možeš ga stići, ako požuriš. Ako ne, pozovi ga sutra.

– I ja sam htela da popričam s njim. Izvinite, Veriti. Vidimo se kasnije.

Ana se vratila u vrt i otišla do prilaza vili, gde je videla Bernara kako stoji pored kapije vile, čekajući taksi.

– Bernare, nije valjda da već ideš? Leo kaže da si me tražio?

– Da. Želeo sam da ti čestitam na veridbi. Iskreno se nadam da ćeš biti srećna s Leom. – Zastao je i pogledao ju je, ozbiljnog izraza lica. – I imam nešto da ti kažem.

– Nešto u vezi s Filipom?

– Žak me je upravo zvao da mi kaže za telefonski razgovor s Felisiti Hauel. – Bernar je pogledao Anu pre nego što je tiho rekao: – Usput, Žak je takođe sabrao dva i dva. Pitao je Felisiti da li zna ime suprugove majke. Potvrdno je odgovorila, pisalo je na kopiji originalnog izvoda iz matične knjige rođenih do kojeg su došli, ali se pokazalo da joj je nemoguće ući u trag. – Bernar pogleda Anu. – S pravom ili ne, kada mu je rekla ime, Harijeta En Karsters, Žak je rekao da je ženu s tim imenom davno poznavao i da je prvi put posle mnogo godina u Kanu zbog festivala. Felisiti ga je odmah zamolila da joj organizuje lični sastanak za nju i muža.

Ana je uzdahnula. Jedva je poverovala u ono što je čula. – Šta je Žak odgovorio?

– Kako nije na njemu da to odluči, ali da će videti može li ugovoriti susret. Zamolio me je da prvo razgovaram s tobom jer se sada ispostavilo da to neće biti baš tako jednostavno – zastao je Bernar. – Njen muž se predomislio u vezi sa svim tim traganjem za poreklom. Pošto je Filip umro pre nego što su uspeli da se sastanu, odlučio je da ne nastavlja potragu za majkom. – Bernar je neko vreme ćutao. – Žao mi je što ti donosim loše vesti, ali suština je da je veoma ogorčen zbog činjenice da ga se majka odrekla. Dakle, čak i ako pristaneš na sastanak, nema garancije da će se pojaviti. Moglo bi ispasti da ćete se sastati samo ti i ta Felisiti Hauel.

– Da li je i njen muž u gradu zbog festivala? Da li znamo čime se bavi? – upitala je Ana.

– Da, tu je zbog festivala i radi nešto u filmskoj industriji. Felisiti je bila nejasna u toj stvari – i to namerno, uveren je Žak. Može li Žak da organizuje sastanak?

– Ne znam – reče Ana uzdahnuvši. – Ima li to uopšte smisla ako je moj sin odlučio da ne želi da me vidi? Ako ne želi da ima bilo kakav kontakt sa mnom jer sam ga napustila?

– Zar ne bi volela da saznaš kako živi? Kakav je čovek postao? Njegova supruga bi mogla mnogo toga da ti ispriča. Možda čak i da ubedi muža da se ipak sastanete.

– Da li si upoznao tu Felisiti? Kakva je?

Bernar je odmahnuo glavom. – Ne znam. Nisam je upoznao, kao ni Žak, ali zvuči dovoljno iskreno. Žak kaže da ona očajnički želi da pomogne mužu da prihvati činjenicu da je usvojen. Veoma ga je potresla Filipova smrt neposredno pre planiranog prvog susreta. Imao je toliko pitanja koja je želeo da mu postavi. Pitanja na koja sada samo ti možeš da odgovoriš. Ako se upoznaš s Felisiti, to bi mogao da bude prvi korak koji će mu pomoći da se predomisli u vezi s tobom – dodao je Bernar ljubazno.

– Dakle, misliš da bi trebalo da pristanem na susret s tom ženom?

Bernar je uzdahnuo. – Ana, to je u potpunosti i isključivo tvoja odluka. Niko te neće terati da radiš nešto što ti ne odgovara.

– Rekla sam Leu kako moram nastaviti potragu za Žan-Filipom, ali sam mu takođe obećala da ću prestati da se opsedam krivicom. Da mi je budućnost sada važnija od prošlosti – rekla je Ana polako. – Neverovatno je koliko sam blizu upoznavanja sa Žan-Filipom, samo da bih saznala da me prezire... – Glas joj je utihnuo. – Mislim da ne bih mogla podneti da mi to kaže u lice. Možda bi bilo bolje da sve to ostavim onako kako jeste, odem kući nakon završetka festivala i nastavim svoj život s Leom.

– To je tvoja odluka, Ana – rekao je Bernar. – Samo nemoj dok si tako osetljiva da odlučuješ o nečemu zbog čega bi mogla da zažališ. Razgovaraj o tome s Leom. Razmisli o svemu. Pozovi me kad budeš odlučila šta želiš da uradiš. Ah, evo mog taksija – a evo i Lea, koji traži verenicu za poslednji ples na zabavi. Laku noć, Ana.

– Šta je Bernar hteo?

Ana je bila napeta u Leovom naručju dok su lagano plesali, a tonovi pesme „Begin the Beguine" se razlivali vrtom. Saplela se o svoje noge kada joj je postavio pitanje i Leove ruke su je čvršće stegle.

– Jesi li dobro?

Ana je odmahnula glavom. – Ne baš. Možemo li da nađemo neko mirno mesto i porazgovaramo?

Bez reči, Leo ju je odveo do napuštenog dela vrta daleko od pogleda preostalih zvanica. – Reci mi.

– Felisiti Hauel želi da me upozna, iako je njen muž odlučio da ne želi da nastavlja potragu za biološkom majkom.

– Zašto i kako ta žena zna za tebe? – Leo je tražio odgovor. – Da li joj je Žak otkrio ko si?

– Ne. Tek nakon što mu je Felisiti rekla da je ime koje su videli na izvodu iz matične knjige rođenih Harijeta En Karsters, kazao joj je da je poznavao ženu koja se tako zvala i da je u gradu zbog festivala.

– Ali ne zoveš se Harijeta En Karsters... – Leo je zaćutao. – Pa naravno, promenila si ime, kao jednu od mera predostrožnosti kako bi osigurala svoj nestanak, zar ne?

– Da. Sve sam uradila po zakonu, ali moji roditelji su insistirali da Harijeta En Karsters mora umreti onog dana kada budem dala Žana-Filipa na usvajanje. *Stavi očevo ime na krštenicu – on može da se nosi s tim ako dečak bude želeo da ga traži* rekli su, *ali ti posle toga promeni svoje i nestani.* To su bila uputstva mojih roditelja. Nisu mogli da se izbore sa sramotom zbog *posrnule ćerke* – da citiram njihove reči. A tek što se tiče priznavanja vanbračnog unuka... – Ana je na trenutak zaćutala pre nego što je nastavila. – Dakle, postala sam Ana Karson, novo ime, nov početak, ali ista stara sećanja. – Grizući donju usnu počela je da drhti.

Leo ju je čvrsto držao u naručju i čekao.

– Ali sad, najgore je to što Felisiti kaže da njen muž prezire majku što ga je ostavila i da je odlučio da prekine potragu za njom. Kaže da je dovoljno što sad zna ko mu je otac.

– Dakle, sada pričamo o mogućnosti da saznaš identitet svog sina, upoznaš se s njegovom suprugom, ali ne i da se uživo sretneš sa Žan-Filipom – rekao je Leo polako.

Ana je klimnula glavom. – Moram da odlučim hoću li se videti s Felisiti nadajući se da će i njen muž poći s njom. Ili ću otići – i ovoga puta bi to zaista bilo zauvek. – Uzdahnula je. – Ne znam šta da radim. Bernar je rekao da ne žurim sa odlukom, da dobro razmislim do sutra i s tobom porazgovaram o tome.

– Slažem se s Bernarom. Jutro je pametnije od večeri, sutra ćemo odlučiti šta je najbolje za tebe – rekao je Leo blago. – A sad mislim da bi trebalo da pronađemo Popi i Dejzi i poželimo im laku noć. Izgleda da su gosti otišli.

Popi i Dejzi su sedele za stolom na terasi vile, uživajući u poslednjoj čaši šampanjca i hrani preostaloj od zabave. Net, koji je išao po vrtu proveravajući da li su sve sveće ugašene, upravo im se pridružio.

– Hej – rekla je Dejzi. – Zabava je bila sjajna, zar ne? Hoćete li nam se pridružiti i nešto prezalogajiti u ovako kasne sate? – Pokazala je na ostatke hrane. – Uzgred, čestitam vam. Mogu li da vidim prsten?

Ana je ispružila ruku i nasmešila se srećno.

– Oh, mnogo je lep – rekla je Dejzi.

– Da li ste odredili datum venčanja? – upitala je Popi, takođe se diveći prstenu.

– Ne još – odgovorio je Leo. – Pokušavam da ubedim Anu da to bude što pre. Nadam se letnjem venčanju.

Ana se nasmeja. – Leo ne shvata koliko je organizacija čak i skromnog venčanja zahtevna – objasnila je. – Mislim da je oktobar najraniji termin, ali videćemo. Zapravo smo došli da vam se zahvalimo za veliki trud i poželimo vam laku noć, ali volela bih još jedno parče kiša – rekla je Ana, iznenada postavši gladna. – Treba mi neka hrana da upije sav šampanjac.

– Ne mogu da odolim još jednom parčetu ove divne torte – reče Leo. – Hvala vam, Popi i Dejzi. Uvek ćemo se sećati večeri naše veridbe, zar ne, Ana?

Ana se nasmešila. – Zasigurno. Činilo se da svi uživaju. Nete, moram da priznam da jako dobro plešete čarlston.

– Hvala. A i Bernarovo đuskanje uz rokenrol takođe je bilo neverovatno zar ne?

– Dosta ga je usavršio u odnosu na prvobitne pokušaje – nasmejala se Ana.

– Znači, dugo poznajete Bernara? – rekla je Dejzi, prenebregavajući Popin pogled upozorenja.

– Da, poznajemo se odavno, ali godinama se nismo videli, sve do ove nedelje – rekla je Ana. – Kao dugogodišnji Filipov prijatelj, pokušava da porodici Kambon pomogne oko dovođenja u red njegovih nedovršenih poslova. Filipova neočekivana smrt napravila je nekoliko poteškoća. – Zastala je nakratko pre nego što je nastavila. – Glavni problem se odnosi na njegovo imanje. Trenutno, Bernar pokušava da raspetlja zamršeno klupko tajni sa ženom po imenu Felisiti Hauel.

– Felisiti Hauel? – ponovio je Net, okrenuvši se da pogleda Anu.

– Da, poznajete li je? – upitala je Ana. – Pisala je Kambonovima uverena da je njen muž Filipovo vanbračno dete.

– Hoćete da kažete da zaista postoji vanbračni sin? To nije bio samo marketinški trik onog glumca Šona – rekla je Dejzi.

– Da, zaista postoji sin naslednik – rekla je Ana, ali pre nego što je uspela nešto da doda, Leo je ustao.

– Hajde, Ana, buduća gospođo Hanter, vreme je da svima poželimo laku noć.

– Idem i ja – rekao je Net, odgurnuo tanjir i ustao. – Ana, hvala vam na sjajnoj zabavi – i novim poznanstvima.

– Poći ću s tobom da ti otvorim kapiju – ponudila se Dejzi.

– Nete, pre nego što odete, niste rekli da li poznajete tu Felisiti Hauel – rekla je Ana.

Net je pogledao Anu i nakratko oklevao pre nego što je klimnuo glavom i rekao: – Da, poznajem Felisiti Hauel.

– Stvarno? Da li bi mogli da nas upoznate ako bih vas zamolila?

– Već ste je upoznali.

Ana ga je iznenađeno pogledala. – Stvarno?

– Da. Bila je ovde večeras.

Ana je začuđeno pogledala Neta otvorenih usta. – Zaista?

Net klimnu glavom. – Možda je to samo slučajnost, da je neko sa istim imenom kontaktirao s Kambonovima u vezi s Filipovim sinom, ne znam. – Net je odmahnuo glavom. – Ali znam sledeće: radim za Veriti Rejmond, što je umetničko ime Felisiti Vikam – devojačko Hauel.

Leo je na vreme uhvatio Anu dok je padala u nesvest, i tako je spasao da se ne sruši na pod.

26.

Sinoć sam bila na privatnoj zabavi koja kao da je oživela iz nekog od nostalgičnih filmova iz 1920-ih koji se prikazuju na festivalu.

Zamislite romantično okruženje: vrt osvetljen svećama u vili u bel epok stilu, pijanista na klaviru svira džez koji pluta kroz noć, šampanjac koji se toči u kristalne čaše, zgodni muškarci koji očijukaju sa elegantnim, prelepim ženama.

Najavljuje se veridba, ljudi plešu, zatim neko pomene nečije pravo ime, umesto umetničkog, a novopečena verenica i glavna junakinja priče se onesvesti. Dodajte tome vanbračno dete, nesrećnu majku, mrtvog oca i imate zaplet za sledeći blokbaster.

Dejzi je pritisnula dugme za čuvanje dokumenta i zavalila se u stolicu na tremu. Pošto se rano probudila, sišla je s laptopom niza stepenice i počela da piše dnevni izveštaj.

Sto je i dalje bio zatrpan ostacima od prethodne večeri: zgužvanim salvetama, odbačenim čačkalicama za koktele i papirnim tanjirima. Napravivši prostor za laptop, Dejzi je bacila pogled na vilu. Zavese u spavaćoj sobi bile su i dalje navučene, a u prizemlju je bila spuštena kuhinjska zavesa.

Pošto se Ana sinoć osvestila, Leo je preuzeo stvar u svoje ruke i rekao: – Mislim da je za Anu najbolje da legne. – Poželevši svima laku noć, nežno je odveo Anu do vile i zatvorio vrata za sobom.

– Oh, bože – rekla je Popi. – Nadam se da je Ana dobro. Da se nije otrovala hranom ili nešto slično. Mučna mi je i sama pomisao da se neko razboli zbog mene.

– Sestrice draga, prestani toliko da brineš – rekla je Dejzi. – Mislim da je Ana samo doživela šok, to je sve.

Nakon toga, pošto je Net otišao, Dejzi je pomogla Popi da ostatke hrane vrati u kuhinju pre nego što su otišle na spavanje.

– Ostavi sve ostalo – rekla je Popi, gušeći zevanje. – Sutra ću baciti smeće u kesu za otpatke.

– Dobro jutro, Dejzi – kazala je sada Popi, pojavljujući se s dve šolje kafe i tanjirom kroasana. – Ni ti nisi mogla da spavaš?

– Nisam, pa sam odlučila da se bacim na današnji izveštaj. Obećala sam Netu da ćemo se naći kasnije u gradu, pa moram da se organizujem.

– Tamo još nema znakova života – reče Popi, gledajući u vilu prekoputa. – Pitam se kako li je Ana jutros? Otići ću kasnije do njih da vidim šta Leo misli, da li je potrebno da je pregleda lekar. Da se baš tako onesvesti bez ikakvog razloga – Popi je odmahnula glavom.

– Ma daj, sestrice – rekla je Dejzi. – Sigurna sam da, kada je reč o Aninoj prošlosti, čak i ti možeš da sabereš dva i dva.

– Kako to misliš?

Dejzi je dobovala prstima. – Prvo: Ana dolazi na festival prvi put posle mnogo godina. Drugo: Filip Kambon, međunarodno poznat filmski režiser, neočekivano umire, a ona u početku poriče da ga je poznavala. Treće: kruže glasine o vanbračnom sinu koji polaže pravo na imovinu filmskog režisera. Četvrto: Žena koja je pod lažnim imenom stupila u kontakt s Kambonovima u vezi s navedenim vanbračnim sinom ispostavlja se da je supruga reditelja u usponu, Tedija Vikama. Peto...

– Stani – rekla je Poli. – Hoćeš da kažeš da je Ana nekako umešana u sve ovo?

– Mislim da je ona u samom centru zbivanja. I skoro sam sto posto sigurna da je ona majka Tedija Vikama – rekla je Dejzi.

Ana je podelila kroasan na dva dela i gurnula gomilu mrvica oko tanjira.

– Trebalo bi da ga pojedeš, a ne da se igraš njim – rekao je Leo.

– Nisam baš gladna. Izvini – pogledala je u Lea prekoputa stola.
– Kada danas idemo u grad? Ne mogu da se setim.

– Imaš sastanak sa advokatom u jedanaest – odgovorio je Leo.

– Želim da kupim Sindi rođendanski poklon – rekla je Ana. – Pravi poklon od bake koju ne poznaje.

Usledila je kratka tišina pre nego što je Leo uzdahnuo. – Oh, Ana, ljubavi. Zar ne misliš da prerano donosiš zaključke? Još nisi sasvim sigurna da je Tedi Vikam tvoj Žan-Filip.

– Znam, znam, ali što više razmišljam o tome, sve više sam ubeđena da jeste. U svakom slučaju, kupiću Sindi nešto posebno za rođendan – rekla je Ana tvrdoglavo. – Kao poklon od prijateljice. Ponudila mi je svoj ružičasti balon za zabavu. To je najmanje što mogu da uradim zauzvrat.

– A šta će biti s Tedom i Veriti? Da li ćeš se videti s njima? Hoćete li razgovarati o mogućnosti da uspostavite nekakav odnos? Da li ćeš im ispričati ko si bila nekada, umesto da im objašnjavaš ko si sada?

Ana je odmahnula glavom. – Da im kažem da sam u drugom životu bila Harijeta En Karsters? Ne. U ovom trenutku to nema svrhe ako će Tedi zaista odustati od potrage za majkom. Ipak, ostaću u kontaktu s Veriti i Sindi – kao ja, Ana Karson. – Pogledala je u Lea, očekujući njegovu reakciju. – Da li si znao da planiraju da se presele u Englesku? U Glosteršir. Praktično će nam biti komšije kada se budemo venčali. Možemo se sastati s njima kao gospodin i gospođa Hanter.

– Samo da razjasnim. Planiraš da se sprijateljiš s Veriti i njenom porodicom, a da im ne kažeš istinu o tome u kakvom si odnosu s Tedijem i Sindi? Zbog čega?

– Ako Tedi toliko mrzi majku koja ga se odrekla i sazna moj pravi identitet, mogao bi da spreči Veriti i Sindi da se viđaju sa mnom – rekla je Ana. – Postaću im dobra prijateljica pre nego što se odlučim da im saopštim istinu.

– Oh, znači planiraš da im kažeš jednog dana?

– Da, kada me Tedi bolje upozna i stekne poverenje u mene.

– Ako to budeš uradila, nikada ti više neće verovati, veruj mi. – Leo je provukao ruke kroz kosu. – Ana, uopšte nije pametno da to uradiš. Molim te, razmisli još jednom.

– Sve vreme samo to i radim, Leo – rekla je Ana. – Kako drugačije da ostanem u kontaktu sa Sindi? Da je gledam kako raste?

– To stvarno ne znam. Jedino što znam je da ako kažeš istinu i ne prećutkuješ greške iz prošlosti imaš daleko veće šanse za srećniju budućnost.

Ana se spustila u stolicu. – Leo, plašim se da ću, ako budem rekla istinu, učiniti da sve ponovo krene po zlu i da nikada neću zaista upoznati Tedija ili Sindi – moju unuku.

Leo ju je uhvatio za levu ruku i stisnuo je. – Ana, čak i ako si prestravljena mogućim ishodom, stvarno te molim da Veriti i Tediju kažeš istinu. Možeš im napisati pismo ako ne želiš da im to saopštiš uživo, ali kada si već došla dovde, moraš da zaokružiš priču govoreći istinu.

Ana se ugrizla za usnu, a Leo je nastavio.

– Ana, razmisli o tome. Ove godine nisi došla u Kan kako bi tražila davno izgubljenog sina. Došla si nadajući se da ćeš Filipu konačno reći istinu. Da ćeš mu kazati da negde u svetu ima sina kojeg nikada nije video. Činjenica da je Filip umro pre nego što si mogla to da mu saopštiš samo je zapetljala situaciju.

– Kako to misliš?

– Umesto da kažeš Filipu da ima sina, moraš da kažeš sinu ko mu je otac. – Leo joj je blago prstom očešao lice. – Tedi zaslužuje da zna istinu o svom rođenju i usvajanju i o tome koliko si volela njegovog oca. Nađi se s Veriti, ispričaj joj svoju priču, molim te. Ona će to preneti Tedu, a onda on može da odluči želi li da te upozna ili ne. – Nežno ju je poljubio pre nego što je ponovo progovorio. – Ana, pretpostavljam da ono što zaista želim da kažem jeste sledeće: ceo život si provela bez Filipa i svog sina. Znaš da možeš preživeti i bez njih, ali istina svejedno mora da se kaže. Onda ćemo ti i ja moći da nastavimo sa zajedničkim životom. – Dok je to govorio pogled mu se uozbiljio. – Obećaj mi da ćeš ozbiljno razmisliti o tome da li ćeš se susresti s Veriti ili ne.

Pre nego što je stigla da mu odgovori, zazvonio joj je mobilni i Leo je video kako ga je brzo zgrabila.

– Oh, zdravo – Ana je slušala neko vreme. – Spomenuću to Leu, ali sumnjam da ćemo doći, Bernare. Mislim da mi je na neko vreme dosta zabava. Hvala na pozivu. Čujemo se. – Ana je prekinula poziv. – Još jedna zabava u Kanu. Vožnja brodom do ostrva, a zatim zabava na plaži na Svetoj Margareti.

– Zvuči zabavno. Kad je to?

– U utorak uveče. Nisam se raspitivala za pojedinosti jer sam mislila da nećemo ići.

– Zaista bih voleo da vidim, ako ne oba, onda barem jedno ostrvo.

– Oh, Leo, tako mi je žao, trebalo je prvo da te pitam, a ne samo da pretpostavim da nećemo ići. – Ana je zaprepašćeno pogledala Lea kao da je iznenada nešto shvatila. – Misliš li da Bernar već zna ko je zapravo Felisiti? Da nije samo razgovarao telefonom s njom? Sigurno bi mi to i rekao, zar ne?

– Moraćeš da ga pitaš. Došao je sinoć s Veriti i Netom, ali mislim da je to bila slučajnost. Siguran sam da bi ti odmah rekao da je znao ko je ona zapravo. Čini se da si mu vrlo draga, i zaštitnički je nastrojen prema tebi. Ana, šta ćeš preduzeti u vezi sa onim o čemu smo pričali?

– U redu, obećavam da ću razmisliti o tome da li je susret s Veriti dobra zamisao, i odlučiću šta ću uraditi s tim pre kraja festivala. Možemo li sada da odemo ranije u grad? Mislim da znam koji poklon želim da kupim Sindi, ali možda ću morati da svratim u nekoliko prodavnica.

– Idi i istuširaj se. Rezervisaću taksi da nas pokupi za sat vremena – rekao je Leo. – Tako ćemo imati sasvim dovoljno vremena da odemo u kupovinu pre nego što se sastanemo sa advokatom. Ali, Ana, obećaj mi da neće sve ostati na razmišljanju o tome da li da se sastaneš s Veriti. Vreme tajni je odavno prošlo. Ako odlučiš da se upoznate, moraćeš da joj kažeš istinu.

27.

Ana se veoma trudila da se usredsredi na ono što je advokat govorio, ali pogled joj je bežao ka maloj kesi za poklone koju je držala u krilu. Pronašla je savršen poklon već u drugoj radnji u koju su ušli. Tanana upletena zlatna ogrlica na kojoj vise zlatna slova ispisujući ime Sindi. Sada kada je poklon bio umotan i spakovan u kesu, Ana je pokušavala da smisli kako da ga pošalje Sindi. Zaista je želela da ga ona dobije danas, na rođendan, ali to bi značilo da mora da svrati u vilu u kojoj su Vikamovi odseli. Šta ako Veriti – ili čak Tedi – budu tamo?

– Gospođice Karson?

Ana je iznenađeno pogledala advokata. – Izvinite. Rekli ste...

– Testament Filipa Kambona. Nedavno ga je izmenio u vašu korist, ali postoje određene neobične klauzule na koje moram da vam skrenem pažnju.

– Neobične klauzule? – upitala je Ana.

Advokat klimnu glavom. – Ukratko, Filip vam je ostavio veliku sumu novca, kuću, brodić *Jedan život, jedna ljubav* i kućicu za čamce na ostrvu. – Zastao je i pogledao papir u rukama. – S brodićem možete uraditi šta god želite, mada je Filip izrazio želju da ga, ako se odlučite za prodaju, prvo ponudite njegovom dugogodišnjem prijatelju Bernaru Odiberu.

Advokat je ponovo oklevao.

– Situacija s kućom je malo zapetljanija. Zakonski, ona će biti u vašem vlasništvu do kraja života, ali vam nije dozvoljeno da je prodate. Nakon vaše smrti, vratiće se porodici Kambon i neće je naslediti niko iz druge porodice koju možda imate. Osim ako – i u ovoj prilično osetljivoj stvari je Filip Kambon bio izričit – pre vaše smrti ne bude dokazano da ste imali zajedničko dete. U tom slučaju ono će biti priznato kao njegov naslednik i, prema francuskom zakonu, od vas će se tražiti da mu zaveštate kuću.

Dok je Ana pokušavala da shvati srazmeru svega onoga što joj je advokat govorio, on joj je gurnuo svežanj ključeva preko stola.

– Možda biste želeli da pogledate svoje nasledstvo, a zatim se vratite da razjasnimo pitanja koja ćete verovatno imati za mene. Naravno, biće tu i uobičajene francuske birokratije koju treba savladati i papirologija koju u dogledno vreme treba potpisati.

Ana je zbunjeno uzela ključeve i stavila ih u tašnu, pa ustala i zahvalila advokatu na izdvojenom vremenu. Dok su ona i Leo napuštali zgradu i išli ka obližnjoj taksi stanici, tiho je rekla: – Filip se očigledno nadao da će upoznati sina kojeg nije poznavao.

Leo je uhvati za ruku i stisnu je. – Tako je.

– Meni ne treba brodić. Misliš li da će ga Bernar hteti? A što se tiče te kuće. Nikada nećemo živeti tamo, zar ne? Da li da jednostavno odbijem nasledstvo i prepustim ga Kambonovima? Neka oni to rešavaju sa advokatom?

– Ana, Ana, smiri se – reče Leo. – Zašto ne odemo na ostrvo i sve lepo ne pogledamo pre nego što odlučiš?

– Bernarova zabava je sutra uveče – rekla je Ana iznenada. – Možemo tada da se iskrademo i razgledamo na brzinu.

– Zar ne bi radije išla sama? Bez gomile ljudi oko sebe?

– Možemo tokom vikenda i sami da odemo. Moram da popričam i s Bernarom takođe. Samo želim da vidim kuću – i brodić. – Brodić nazvan po rečenici koja je tako davno opisala njen i Filipov odnos.

– Vratimo se onda u vilu – rekao je Leo, dok se taksi približavao. – Možemo da pozovemo Bernara da nam objasni pojedinosti.

Kada su se vratili u vilu Popi je radila u vrtu, uklanjajući uvele i požutele cvetove u ružičnjaku. Ostavljajući Lea da telefonira Bernaru, Ana je ponela sa sobom malu kesu i prošetala do Popi.

– Zdravo, znači nema nekih neprijatnih dugotrajnih posledica od zabave? – upita Popi gledajući Anu.

– Ne, dobro sam – uveravala ju je Ana. – Da li će Tom popodne ići na rođendansku čajanku kod Sindi? Ona je tako slatko dete, kupila sam joj poklončić. Da li bi, molim vas, Tom mogao da joj ga odnese?

– Nema problema – rekla je Popi, brišući ruke pre nego što je pažljivo uzela i uhvatila kesicu za ručke. – Uneću ga unutra i staviti uz poklon koji sam kupila da joj ponese.

Net je sedeo sa Sindi kad je Dejzi po dogovoru stigla u kafić na početku Ulice Sent Antoan, daleko od najveće festivalske gužve.

Sindi je već bila navalila na veliku činiju punu raznobojnih kugli sladoleda, ukrašenih šlagom i čokoladnim mrvicama, a na vrhu su bila dva hrskava vafla.

– Srećan rođendan, Sindi. To izgleda veoma ukusno – rekla je Dejzi.

– Drago mi je da ti se sviđa, jer sam i nama naručio po porciju da proslavimo – rekao je Net, privukao je bliže sebi i poljubio pre nego što ju je pustio i klimnuo glavom konobaru koji je nadgledao situaciju. – Spremni smo za naš sladoled *s'il vous plaît*.

– Proslavimo? – upita Dejzi. – Sindin je rođendan. Ima li još nešto?

– Moj scenario će biti ponuđen producentima i filmskim studijima na prodaju. Tedi ga je pokazao još dvojici producenata, i obojici se dopao. Kaže da mi je sada najvažnije da pronađem vrhunskog agenta koji može da izađe na kraj sa svim tim. Preporučio me je ljudima u vodećoj londonskoj agenciji koji su voljni da me zastupaju. Već sam dobio imejl od njih da kontaktiram s njima i ugovorim sastanak za početak sledeće nedelje.

Dejzi ga je zagrlila. – Nete, to je divno. Čestitam. – Dejzi je strpala u usta punu kašiku sladoleda. – Mogla bih da se navučem na ovo – rekla je pre nego što je pogledala Neta. – Odlučila sam da prvo skinem festival s dnevnog reda, a onda sledeće nedelje počnem da planiram budućnost.

– Koja će nadam se, uključivati i mene – rekao je Net, stežući joj ruku. – Uvek možeš da pođeš sa mnom u Ameriku.

Dejzi je klimnula glavom. – Mogla bih – nasmešila se Netu. – Ako to zaista želiš.

– Zaista, zaista to želim. Zapravo ja...

– Mama kaže da ćemo uskoro živeti u Engleskoj – prekinula ga je Sindi. – Kako ćeš se onda brinuti o meni, Nete?

– Neće biti potrebe za tim, bićeš u školi – rekao je Net. – Ali, obećavam da ću ti dolaziti u posetu.

– Hoćeš li povesti Dejzi?

Net i Dejzi su se nasmejali, istovremeno odgovorivši: – Da.

– Obećavamo – rekao je Net. – A sad jedi taj sladoled.

Dejzi pogleda Neta. – Šta si hteo da kažeš?

– Znam da smo se tek upoznali, ali kao što sam ti rekao pre neko veče, ne mogu da zamislim svoj život bez tebe u njemu. Ne mogu da podnesem pomisao da nakon završetka festivala svako od nas krene svojim putem. Želim da budemo zajedno, a ne na različitim kontinentima. Da se volimo – dodao je tiho, pažljivo je gledajući dok je govorio.

– Oh, Nete. Da li si siguran...

Nagnuo se i ućutkao je nežnim poljupcem. – Veoma sam siguran.

– Uh, vas dvoje ste bljak – rekla je Sindi.

Kasnije, dok su prepunim ulicama šetali prema Kroazeti, Dejzi je pitala Neta: – Kakva je danas situacija kod tebe u vili?

– Sve se vratilo u normalu – reče Net, pogledavši Sindi, koja je držala Dejzinu drugu ruku, pre nego što je tiho rekao. – Ispričaću ti više kasnije. Kako je Ana danas?

– Nisam je videla. Popi je htela da ode i proveri da li joj je potreban lekar, ali... – Dejzi slegnu ramenima.

– Da li je Ana bolesna? – upitala je Sindi. – Sviđa mi se Ana. Baš je dobra. Da li je previše jela na svojoj zabavi?

– Izgleda da jeste – rekla je Dejzi. – Sindi, malopre sam u prodavnici videla ružičastu torbu. Želiš li da ti je kupim za rođendan?

– Oooh, molim te. Ružičasta mi je omiljena boja i treba mi torba za školu – rekla je Sindi uzbuđeno videvši torbu sa srebrnim zvezdama i natpisom *Kan*.

– Nisam baš sigurna da je ovo školska torba – nasmejala se Dejzi. – Ali mama može da donese odluku o tome.

Malo kasnije, kada je uzbuđena Sindi dala Dejzi da joj pričuva njenu dragocenu torbu i popela se na vrtešku, Dejzi je pitala Neta: – Pa, kako su Vikamovi? Da li su sinoćni problemi zaboravljeni?

– Ako nisu zaboravljeni, bar se o njima ne galami. Veriti je zasigurno Felisiti Hauel koja je kontaktirala s Kambonovima. Čuo sam Tedija kako joj govori da nema nameru da nastavlja potragu za majkom sada kada je Filip mrtav, i tražio je od Veriti da mu obeća da će prestati s pokušajima ugovaranja sastanka između njega, Kambonovih i te nepoznate žene za koju bi se moglo ispostaviti da mu je majka.

– Popi mi ne veruje, ali počinjem da slažem kockice – rekla je Dejzi. – Mislim da je majka Tedija Vikama...

– Ana – reče Net tiho.

– I ti to misliš?

Net klimnu glavom. – Pomislio sam da bi to mogla biti ona kada se sinoć onako onesvestila nakon što je čula ko je zapravo Felisiti Hauel.

– Glavno je pitanje – da li da iznesemo Veriti svoje pretpostavke? – upitala je Dejzi. – Ili da sačekamo i vidimo kako će se situacija razvijati?

– Mislim da je najbolje da ćutimo kao zaliveni – rekao je Net. – Za početak, to se nas ne tiče, i kao drugo, nemamo nikakav dokaz. Osim toga, čini se da se naposletku sve najbolje reši samo od sebe.

Dejzi uzdahnu. – Zaista želim da se sve srećno završi, posebno za Anu. Stvarno mi je draga.

Kada su došli po Toma u vilu da ga povedu na Sindinu rođendansku čajanku, Popi je dala Sindi poklon koji joj je Ana ostavila.

– Mogu li sada da ga otvorim? – upitala je Sindi.

– Zašto da ne – reče Net.

Sindi je ciknula od oduševljenja kada je videla zlatnu ogrlicu na kojoj je visilo njeno ime i navalila je da je odmah stavi.

– Da li je Ana tu? – Net upita Popi. – Ako jeste, Sindi, mislim da bi trebalo odmah da odeš i zahvališ joj se za tako divan poklon.

– Poći ću s tobom – rekao je Tom, i dvoje dece potrčaše preko vrta ka vili.

Ostavši sami, troje odraslih se pogledaše.

– To je skupocen poklon za dete koje jedva poznaješ – rekla je Dejzi. – Tako nešto se kupuje veoma posebnom detetu.

– Hm, pitam se šta će Tedi i Veriti misliti o tome – reče Net zamišljeno.

– Oh, prestanite više vas dvoje – rekla je Popi. – Meni ovo počinje da zvuči kao neka teorija zavere. To je jednostavno lep poklon od nekoga ko može da ga priušti za dete koje mu je drago.

Dejzi je pogledala sestru. – Samo se strpi i videćeš.

28.

Kan je još bio u slavljeničkom raspoloženju dok su Ana i Leo šetali uz morsku obalu prema keju u četvrtak uveče.

Paparaci su se okupili, kao i obično, u podnožju stepenica *Palate festivala i kongresa*. Restorani i barovi bili su puni. Glamurozne žene u cipelama s vrtoglavo visokim potpeticama ulazile su u limuzine da bi ih šoferi odvezli do nekog prestižnog lokala duž obale na večeru i piće. Međunarodne televizijske ekipe snimale su svuda unaokolo, reporteri su ozbiljno govorili u kamere, pokušavajući da publici na različitim kontinentima prenesu uzavrelu atmosferu koja ih okružuje.

Bernar, ležerno odeven u čino pantalone i crnu polo majicu, poželeo im je dobrodošlicu na velikoj jahti koju je iznajmio za to veče dok im je stjuardesa nudila čaše šampanjca.

– Ana. Leo. Drago mi je da ste se predomislili. Trebalo bi da bude zabavno veče. – Oklevao je gledajući Anu. – Leo mi je rekao šta se desilo sinoć nakon što sam otišao. Jesi li dobro? Trudim se da to prihvatim, ali divno je što, uz naknadnu pamet, definitivno vidim sličnost između Tedija Vikama i Filipa – i tebe takođe. – Bernar zastade. – Veriti i Tedi će nam se verovatno kasnije pridružiti.

Ana je osetila kako je obuzima panika. – Ništa nisi rekao Veriti o meni, zar ne? Niti da znaš da je ona Felisiti Hauel?

– Ne, naravno da nisam. Sad je malo kasno, ali želiš li da ih zamolim da ne dolaze? – upitao je Bernar.

– Koji bi uopšte razlog mogao da im navedeš, Bernare? Ali još nisam spremna za susret s Tedijem Vikamom, pa ćemo se Leo i ja potruditi da se držimo podalje. Kada stignemo na ostrvo... otići ćemo za sebe i propustiti roštilj. Ionako nisam ni gladna.

– Ako ste sigurni – rekao je Bernar. – Postaraću se da Tediju i Veriti zaokupim pažnju na jahti.

– Hvala ti. – Ana je oklevala. – Hoćeš li Tediju reći nešto o Filipu? O tome koliko ste bili bliski?

Bernar je odmahnuo glavom. – Neću neposredno. Naposletku, Tedi misli da je njegov pravi identitet skriven i ne mogu da mu kažem, a da ne iznevertim poverenje nekoliko ljudi. Ali kada bude pored mene mogu glasno da pričam o tome koliko smo Filip i ja bili bliski prijatelji. Obratiću pažnju na njegovu reakciju. – Bernar je zavrteo šampanjac u čaši pre nego što je otpio gutljaj i ozbiljno pogledao Anu. – Ti si verovatno jedina osoba koja s njim može da započne tu temu – ako tako odlučiš.

Ana je napravila grimasu. – Na osnovu Veritinih reči, čini se da za to nema mnogo svrhe, pa mislim da je najbolje bataliti sve. Mada je Filipov testament zapetljao situaciju – uzdahnula je.

– Bili smo jutros kod advokata – objasnio je Leo. – Ana neće samo doći u posed francuske kuće, već će postati i ponosna vlasnica brodića.

– Filip ti je ostavio *Jedan život, jedna ljubav*? A i kuću? – Bernar ju je pogledao.

– Sa određenim klauzulama – rekla je Ana. – O jednoj moramo da razgovaramo, ali ne večeras. Ponela sam ključeve kuće sa sobom. Leo i ja se nadamo da ćemo je večeras na brzinu malo razgledati.

– Filip je tokom godina uložio dosta novca u tu kuću – uvek se nadao da će naposletku u njoj živeti. Sviđalo mu se da provodi vreme tamo.

Ana je klimnula glavom. – Znam. Rekao mi je šta mašta da uradi s tim mestom kada me je jednom odveo tamo – pogledala je Bernara. – Zar nisi znao sadržaj testamenta?

– Ne. Kao svedok, trebalo je samo da potpišem duž isprekidane linije. Kada sam to uradio, advokati su ga, kao imenovani izvršitelji, odneli sa sobom na sigurno.

Sve više gostiju je počelo da se ukrcava i Bernar je otišao da ih pozdravi, ostavivši Anu i Lea da se probiju duž palube kako bi se sakrili među gomilom ljudi. Tedi i Veriti su stigli poslednji i Ana je uhvatila vazduh kada ih je videla da prelaze preko mostića za ukrcavanje, jedva uspevši da skine pogled s muškarca za kojeg je sada znala da joj je sin. Leo se, shvativši to, pomerio i stao ispred nje, odmahnuo glavom i bez reči joj zaklonio pogled. Nekoliko minuta kasnije, začulo se brujanje motora i jahta je isplovila iz pristaništa zaputivši se ka ostrvu.

Bernar je rekao kapetanu da proveze jahtu duž zaliva. – Dajte svima priliku da uživaju u šampanjcu i zakusci. – Prošlo je sat vremena kada se jahta zaustavila pored javnog pontonskog mosta na ostrvu i ljudi su se iskrcali. Ana i Leo su se držali u pozadini i sačekali da vide Tedija kako pomaže Veriti da siđe s jahte i pridruži se grupi koja je krenula ka plaži.

Nekoliko stotina metara duž plaže poslužitelji su umešno raspalili roštilj, dok su gosti pristizali i vrlo brzo su mogli da navale na odreske od tune, jagnjetinu sa začinskim biljem iz Provanse i svinjske kotlete koji su bili u ponudi.

Prekoputa na kopnu, zasijala su svetla kako se bližio sumrak.

– Vreme je da odemo i pronađemo kuću, dok su ostali zauzeti jelom – rekao je Leo. – Ne želim da bauljamo po mraku. Sećaš li se gde je, ili treba da pitamo Bernara za put?

– Moramo da pronađemo stazu koja ide oko ostrva i to je jedna od retkih kuća tamo koja ima kućicu za čamce – odgovorila je Ana. Lokacija kuće joj se urezala u pamćenje još od one čarobne večeri koju je provela tamo s Filipom.

Kada su pronašli kuću deset minuta kasnije, lako su otvorili kapiju i krenuli putićem prema ulaznim vratima. Leo je čekao da Ana gurne ključ u bravu i okrene ga pre nego što joj je stavio ruku na rame i zaustavio je.

– Otići ću da vidim kućicu za čamce. Da pogledam tvoj brodić, ako se slažeš? Ostaviću te pet minuta nasamo sa uspomenama. Volim te. – Leo je nežno poljubi u obraz, pre nego što ju je pustio da otvori vrata i uđe u kuću.

Ana je pritisnula prekidač za svetlo, a svetiljke na tavanici su zlatastom svetlošću obasjale hodnik i dnevnu sobu u produžetku, stvarajući očaravajuću atmosferu. Prostorija je bila topla i dopadljiva zahvaljujući odabiru provansalske palete boja i tradicionalnog nameštaja.

Na zidu su visile originalne slike. Fotografije u srebrnim ramovima raspoređene na klaviru u uglu. Na kaminu je stajala statueta Oskara.

Ana je gotovo mogla da oseti Filipovo fizičko prisustvo u toj prostoriji: kako stoji ispred francuskih vrata, posmatra jahte u zalivu, svira klavir za prijatelje, izvlači cepanice iz korpe pored granitnog kamina i baca ih u vatru, okreće se da joj se nasmeši pre nego što sipa čašu vina sa stola u uglu, sedi na udobnom trosedu i čita detetu.

Iz hodnika su stepenice vodile gore i dole. Pokušavajući da se otarasi prizora Filipa u dnevnoj sobi, Ana se popela na sprat. Tri spavaće sobe, savremeno kupatilo. Sobica, zidova ukrašenih izbledelim dečjim junacima, prazna, osim staromodne kolevke u uglu izrađene od drveta.

Ugušivši jecaj, Ana se okrenula i zatvorila vrata, pre nego što je užurbano sišla dole u hodnik i ponovo dole, u kuhinju koja je zauzimala celo prizemlje kuće.

Ana je uzela čašu iz ormarića, napunila je vodom iz česme i pijuckala je polako, pokušavajući da se sabere. Kuća je bila prelepa, Filip ju je majstorski uredio, ali da li bi ikada mogla da živi u njoj – čak i tokom kratkih odmora – s Leom? Zar sećanje na Filipa i ono što je moglo biti ne bi prožimalo sve što bi radili zajedno?

Začuli su se koraci u hodniku iznad nje. Da li će se Leu dopasti kuća?

– Dole sam u kuhinji. Upravo sam pošla gore – doviknula je kao odgovor na prigušeno „ujaaa" odozgo.

Ana je isprala čašu i vratila je u ormarić.

– Da li ti se dopao brodić? – upitala je Ana penjući se uza stepenice do hodnika. – Kakav je brodić u pitanju? Oh!

Na trenutak je pomislila da joj se priviđa dok je gledala muškarca koji je stajao pred njom. Stranac, ali bolno poznat na toliko mnogo načina.

– Izvinite što smetam, ali video sam upaljena svetla i nisam mogao odoleti da ne pitam mogu li da bacim pogled unutra?

Bez reči, Ana je pokazala rukom prema dnevnoj sobi i muškarac se nasmešio pružajući joj ruku.

– Pretpostavljam da bi trebalo da se predstavim, ja sam...

– Vi ste Tedi Vikam – reče Ana. – Prepoznala sam vas s... televizijskog prenosa festivala – dodala je sva van sebe. – Zašto hoćete da razgledate kuću?

– Naprosto... bio sam veliki obožavatelj rada Filipa Kambona i želeo sam da izrazim svoje poštovanje. Jeste li vi njegova kućepaziteljka?

– Na neki način – rekla je Ana, shvatajući da je on jednako štedljiv sa istinom kao i ona.

Iznenada joj je pao na pamet Leov savet kako je jedino pravo rešenje da istina izađe na videlo. Laganje prilikom prvog susreta s Tedijem Vikamom bio bi pogrešan potez. Pre nego što je išta rekla, Tedi je ponovo progovorio.

– Kuća je prelepa. Neverovatan pogled. Bio bi to divan porodični dom – rekao je, šetajući prema prozoru. – Znate li šta će se desiti s njom sada kad je Filip mrtav?

Ana je odmahnula glavom. – Potrebno je razrešiti još neke pojedinosti. – Barem to nije bila laž. – Hoćete li da pogledate kako je na spratu?

– Molim vas.

Dok joj je srce udaralo u grudima, Ana ga je povela uza stepenice.

– Ovo je najveća spavaća soba, pa pretpostavljam da bi je nazvali glavnom spavaćom sobom – rekla je. – Poslednji put kada sam je videla, zasigurno nije izgledala ovako. Tu je bio samo... – zastala je, shvativši da je htela reći da je pre mnogo godina jedini komad nameštaja u sobi bio bračni krevet. Previše podataka odjednom. Prenebregavajući Tedijev zbunjeni pogled, otvorila je vrata sobice. – Izgleda da je ovo jedina prostorija koju Filip nije preuredio – rekla je. – Možda je bila sledeća na spisku.

– Hej, dopadaju mi se ovi stari dečji junaci – odgovorio je Tedi, zagledan u izbledele slike na zidu. – Izgleda da je Vini Pu bio glavna tema. Što se ove kolevke tiče, prelepa je. – Zaćutao je i pažljivo gurnuo lučnu ogradicu kolevke koja se blago zaljuljala na nogarama.

Dok ga je posmatrala, Ana oseti ogromnu knedlu u grlu i s mukom je proguta. Znala je da stoji na metar od muškarca koji je, kao beba, trebalo da spava u toj kolevci, u to je bila sasvim uverena. Ako je ikada bio trenutak da mu nešto kaže, to je zasigurno moralo biti sada, zar ne?

– Zapravo, ja nisam kućepaziteljka – rekla je zamuckujući, kad se Tedi okrenuo da je pogleda. Kako li bi reagovao da mu sada saopšti istinu?

– Oh?

– Ja sam... Filip je moj stari prijatelj.

– Trebalo je da se prošle nedelje prvi put susretnem s njim – rekao je Tedi, s tužnim izrazom lica. – Nažalost, suviše sam to odlagao. Svi s kojima sam razgovarao kažu da je bio pravi gospodin – u svakom smislu te reči.

– Da, bio je – rekla je Ana tiho. Duboko je udahnula pre nego što je nastavila. – Upoznala sam vašu ćerku Sindi u vili u kojoj sam odsela. Divno dete. Sigurno ste ponosni na nju. Vašu suprugu takođe – Veriti – nedavno je bila na mojoj zabavi.

– Samo malo. Jeste li vi Ana Karson? Žena koja je Sindi za rođendan poklonila onu divnu ogrlicu?

Ana je klimnula glavom. – Jesam. Ponudila je da mi pozajmi svoj balon s helijumom za moju zabavu.

Tedi ju je pogledao s nevericom. – I zbog toga ste joj kupili zlatnu ogrlicu za rođendan?

Ana je ustuknula od siline njegovog pogleda. – Ne, ne samo zbog balona. Želela sam da joj poklonim nešto posebno, ona je tako divno dete i... – Još jednom je duboko udahnula nakon što je donela odluku. – I zato što je u drugom životu moje ime bilo Harijeta En Karsters – a tvoje Žan-Filip – i najverovatnije je Filip Kambon nameravao da ta kolevka bude tvoja.

U tišini koja je usledila nakon njenih reči, Ana je čvrsto stezala medaljon oko vrata, moleći se da je izabrala pravi trenutak da progovori. Da je uradila pravu stvar. Da će Tedi dobro reagovati.

Ali on je koraknuo unazad, udaljavajući se od nje. Potpuno bezizraznog lica, rekao je: – Vi ste Harijeta En Karsters?

Ana mu se nesigurno nasmešila. Telo joj je bilo u grču od iščekivanja da je sin prihvati.

– Znači, to te čini majkom koja me se odrekla i lišila me mogućnosti da upoznam biološkog oca.

Ana je polako klimnula glavom, dok joj je uznemirenost grčevito stezala telo. Njegov odgovor na reči koje mu je uputila bio je potpuno pogrešan. Nije želela da je gleda tako, s čistim prezirom u očima. Očima koje su je malopre podsećale na njegovog oca. Želela je da mu objasni i da je razume, čak i ako ne može da joj oprosti.

Prošlo je nekoliko sekundi pre nego što je Tedi ponovo progovorio. – Što se mene tiče, nemaš pravo da sebe nazivaš mojom majkom, a moja ćerka već ima baku. Ne treba joj niti želi još jednu.

Okrenuo se i ostavio je samu u prostoriji koja je trebalo da bude njegova dečja soba. Ana je slušala korake kako odjekuju kroz kuću kada se sjurio niza stepenice i izleteo na puteljak, zalupivši vrata za sobom.

29.

– Hvala – rekla je Ana, umotavši se u peškir koji joj je Leo pružio dok je izlazila iz bazena u petak rano ujutru. – Hoćeš li da plivaš?

– Neću sad. Skuvao sam nam kafu – odgovorio je Leo, pokazujući na *cafetière* i šoljice na stolu u dvorištu. – Moramo da razgovaramo.

Prenebregavajući njegove poslednje reči, Ana je krenula ka stolu. – Razmišljala sam, šta misliš da u narednih nekoliko dana odemo malo u obilazak? Mislila sam da danas odemo u Monako i malo procunjamo tamo. Možda sutra do Antiba? Ovde ima toliko toga da se vidi, bilo bi glupo da ne istražujemo kad smo već u okolini. Mogli bismo čak i da pređemo italijansku granicu. San Remo, možda? Nikada nisam bila u tom delu Italije. Šta misliš?

– Mislim da pokušavaš da skreneš temu, ali da, mogli bismo malo da razgledamo ako to želiš – nakon što razgovaramo.

Ana je uzdahnula, znajući o čemu Leo hoće da razgovara: o prethodnoj večeri – ili bolje rečeno, o posledicama prethodne večeri. Sećanje na taj susret s Tedijem Vikamom u kući ostaće joj zauvek u sećanju. Razgovor ga neće izbrisati iz njene savesti niti izmeniti kako će to uticati na njen život.

– Mislila sam ono što sam rekla na brodu dok smo se vraćali, Leo. Tedi Vikam je doneo odluku umesto mene – reče Ana tiho. – Ta priča je završena. Nema više preispitivanja duše. Nema više nade za bilo kakvu vrstu pomirenja. – Osećala je kako joj se srce slama čak i dok je izgovarala te reči, a ruke su joj se tresle dok je uzimala šoljicu kafe koju joj je Leo sipao. – Kao što si govorio cele nedelje, moram da nastavim dalje. Da ostavim za sobom greške iz prošlosti. Nastavim sa svojim – našim – zajedničkim životom.

– Onda nećeš ni da pokušaš da se izboriš da vidiš Sindi? – upita Leo.

Ana se ugrize za usnu. – Neću.

– Znam da sam govorio da ostaviš prošlost iza sebe, ali svejedno ne mogu da se otmem utisku kako bi trebalo ponovo da pokušaš i navedeš Tedija da čuje istinu – rekao je Leo. – Onda ćeš barem znati da si uradila sve što si mogla kako bi ispravila situaciju sa Žan-Filipom. Kao i s Filipom i tobom – dodao je blago.

Leo je stavio šoljicu za kafu na sto i uzeo Aninu pre nego što ju je uhvatio za ruke.

– Volim te i znam kakva si osoba – brižna, ljubazna i saosećajna. Tedi te vidi kao ženu tvrdog srca koja od početka nije marila za njega. To je slika za koju znam da jednostavno nije tačna – zastao je Leo. – Veriti je očigledno na tvojoj strani. Idi i vidi se s njom. Nagovori je da razgovara s Tedom. Mislim da bi mu barem trebalo predočiti dokaze kako nisi jedino ti kriva. Ne mogu da podnesem pomisao kako neko tako loše misli o ženi koju volim.

– Leo, nisi video Tedijev pogled kada mi je rekao da nemam pravo da sebe nazivam njegovom majkom. Nije morao da mi kaže koliko me mrzi – sve se videlo u njegovom izrazu lica. – Ana je ćutala nekoliko sekundi pre nego što je dodala: – Mislim da ne postoji način da se takav gnev prevaziđe. Mislim da nemam hrabrosti čak ni da pokušam.

Upravo tada je zazvonio interfon na kapiji vile. Leo je odgovorio, okrenuvši se da pogleda Anu, pre nego što je pritisnuo dugme da otvori kapiju i spustio slušalicu.

– To je Veriti. Hoće da razgovara s tobom.

– Ne mogu sad da se vidim s njom. Idem da se istuširam i obučem – uzviknula je Ana. – Izvini. Moraćeš ti da razgovaraš s njom. Otarasi je se. – Ana je utrčala u vilu, ostavivši Lea da se pozabavi neočekivanom gošćom.

Na spratu, Ana nije žurila, potopila se u kadu umesto da se istušira, dvoumila se šta da obuče, a zatim se našminkala. Kada je krenula da siđe dole do Lea, videla je laptop na noćnom ormariću i naprasno ga otvorila. Sada je znala sinovljevo ime, iako je odbio da je prihvati, mogla je da ga potraži na internetu i barem nešto sazna o njegovoj karijeri i možda ponešto o ličnom životu.

Prošlo je više od sat vremena pre nego što je sišla niza stepenice, odahnuvši što ne čuje glasove.

– Leo dušo, žao mi je što sam se toliko zadržala – rekla je, izlazeći kroz kuhinju na terasu. – Spremna sam. Gde ćemo da idemo... – Glas joj je utihnuo kada je videla Veriti kako sedi s Leom. Okrenula se da se vrati na sprat.

– Ana, molim te saslušaj šta Veriti ima da ti kaže – rekao je Leo, ustao i stavio ruku na njeno rame. – Ostaviću vas da popričate.

– Leo, molim te ostani – rekla je Ana, uhvativši ga za ruku pre nego što se okrenula ka Veriti. – Da li da vas zovem Veriti ili Felisiti? Da li vas je Tedi poslao?

– Većina ljudi me danas zove Veriti i, ne nije. – Veriti je odmahnula glavom. – Nije me Tedi poslao. Ne zna da sam ovde. Rekao mi je da prekinem svaki kontakt s vama.

– Pa zašto ste onda ovde? – upitala je Ana.

– Zato što mi se sviđate, dopadate se i Sindi, a znam da bi vas i Tedi zavoleo, kada bi samo pružio sebi priliku da vas upozna.

– Da li vam je rekao za naš sinoćni susret u letnjikovcu? Ispričao vam je šta je kazao? Kako je jasno stavio do znanja da ne želi da ima bilo šta sa mnom kad sam mu rekla ko sam.

Veriti klimnu glavom. – Rekao mi je. Takođe kaže da će upoznavanje očeve porodice biti dovoljno, ali znam da neće. Duboko u sebi očajnički želi da sazna istinu o sopstvenoj prošlosti, da zna kakvi su mu bili biološki roditelji, da nađe bilo kakve porodične sličnosti koje su se nasleđivale kroz pokolenja. Da zna ko je zaista.

Ana se gorko nasmešila. – Sinoć zasigurno nije pokazao tu želju. U svakom slučaju, koji je vaš predlog da ga navedete da se predomisli u vezi sa mnom?

Veriti odmahnu glavom. – Ne ja. Vi. Želim da popričate s njim.

– Ne.

– Vidite se s njim sutra ujutru i ispričajte mu svoju stranu priče – zamolila je Veriti. – Biće sâm u vili. Net izvodi Sindi, a ja sam sebi u poslednjem trenutku obećala terapiju kupovinom u Ulici Antib. Možete da mu objasnite situaciju. Sigurna sam da će odreagovati.

– Ne – ponovila je Ana.

– Ana – rekao je Leo. – Zar ne misliš...

Ana je odmahnula glavom. – Koliko god vas dvoje želite da ga vidim, ja ne mogu. – Glas joj se prekidao dok se trudila da objasni. – Tedi bi se nevoljno našao sa mnom, a ja, kao krivac – i da ne bude zabune, kriva sam u sopstvenim očima koliko i u njegovim – morala bih pokušati i ubediti ga da sasluša. Zatim da mi oprosti nešto što smatram neoprostivim koliko i on.

I Veriti i Leo su je ćutke posmatrali.

– Žao mi je, ali napokon sam odlučila da ostavim prošlost iza sebe i u potpunosti iskoristim sadašnjost i budućnost. Naravno, najviše od svega bih volela da upoznam Tedija i žudim da kažem Sindi da sam joj baka, ali ne mogu da joj nametnem baku koju njen otac prezire. To bi samo stvorilo napetost između njih, a ne bih volela da budem uzrok tome. Već sam izazvala dovoljno nesreće.

– Molim vas, Ana – preklinjala ju je Veriti. – Pružite Tediju još jednu priliku. Znam da će naposletku odreagovati. Što se tiče Sindi, ona vas već obožava.

Ana je odmahnula glavom. – Ne. Sada Tedi mora da napravi prvi korak. Mora da bude spreman da sluša. Ali, obećaću vam nešto. Ako u bilo kom trenutku u budućnosti Tedi bude odlučio da mi se obrati, susrešću se s njim i pokušati da odgovorim na njegova pitanja najbolje što mogu. Možda u narednih nekoliko meseci možete da upotrebite svoju moć ubeđivanja kako bi on promenio mišljenje? – Ana se tužno nasmešila Veriti.

Veriti uzdahnu. – To i nameravam. Možda će se, kad budemo živeli u Engleskoj, dozvati sebi. – Pogledala je Anu. – Da li ćemo se i dalje povremeno sastajati? Ručati zajedno?

– Volela bih to – rekla je Ana. – Mada nisam sigurna da bi bilo mudro. Potpuni prekid kontakta bio bi bolji. Osim toga, mislila sam da vam je Tedi rekao da prekinete svaki kontakt sa mnom?

– Ne moramo da mu kažemo, zar ne? – reče Veriti uz osmeh. – U svakom slučaju, za nekoliko meseci situacija bi mogla da se promeni. Mogao bi poželeti da svi budemo jedna velika srećna porodica.

– Sanjam o tome – reče Ana blago. – Sanjam o tome.

30.

U subotu ujutru Dejzi je bila u kuhinji, spremna da odvede Toma da vidi kitove sa Sindi i Netom.

– Tom će biti spreman za pet minuta – reče Popi. – Vreme je za kafu. Gde ćete se naći s Netom i Sindi?

– Ispred stanice – odgovorila je Dejzi. – Taman imam vremena da pregledam imejlove i popričam s tobom o... Oh, Ben je odgovorio na moj poslednji imejl.

– I?

– Nije srećan – rekla je Dejzi. – Misli da ga kažnjavam zato što je otišao. Hoće da razgovaramo. Obećava da će mi se iskupiti.

– Izgleda da onda nije shvatio poruku.

– Ovu će ukapirati – promrmljala je Dejzi, besno kucajući.

Bene, traćiš vreme. NEĆU, ponavljam, NEĆU da se udam za tebe. Ne kažnjavam te što si me ostavio, ali sam nastavila dalje – upoznala sam nekog drugog, nekog posebnog i pravim planove za budućnost – bez tebe. Iskreno ti želim sve najbolje. Neka ti život bude dobar, ali, izvini, ja neću biti deo njega.

– Pa, sad će mu biti jasno – rekla je Popi, čitajući preko ramena.

Dejzi je pritisnula dugme pošalji i zatvorila program za imejl. Ovo će zasigurno biti kraj priče s Benom. Nije mogla biti jasnija, zar ne?

– Samo se nadam da će ovog puta shvatiti poruku – rekla je Dejzi.

– Pa, kakvi su to planovi koje praviš? – pitala je Popi.

Dejzi pogleda sestru. – Popi, moram da razgovaram s tobom o...

– Imam li vremena za kroasan? – upitao je Tom, utrčavši u kuhinju. – Umirem od gladi.

– Ako budeš brz. Imamo samo nekoliko minuta pre nego što moramo da krenemo – rekla je Dejzi.

Senka je prešla preko prozora i Ana se pojavila na vratima.

– Dobar dan, Ana. Hoćete kafu? – ponudila ju je Popi, držeći *cafetière*.

– Ne hvala. Upravo izlazim. Samo sam došla da kažem da Leo i ja kasnije idemo u Antib, tako da se ne brinete ako u vili nema znakova života.

– I mi idemo u Antib – rekao je Tom ustima punim kroasana. – Kao rođendanski poklon za Sindi. Ići ćemo vozom da vidimo kitove.

– Sigurna sam da ćete se ti i Sindi dobro zabaviti – rekla je Ana. – Dođi sutra do mene da mi ispričaš sve o kitovima.

– Mogu li da dođem i na plivanje? – upitao je Tom.

– Naravno. Sada moram da krenem, inače ću zakasniti na sastanak u gradu i Leo će se naljutiti na mene. Zabavite se lepo – rekla je Ana odlazeći.

– Danas izgleda malo bolje – rekla je Popi. – Juče mi je baš izgledala loše kada sam je videla.

– Pitam se da li je bilo nekih dešavanja u vezi s Veriti i Tedom – rekla je Dejzi. – Možda će Net imati neke novosti. – Zatvorila je laptop i ustala. – Dobro, Tome, vreme je da krenemo.

– Hej, šta si htela da mi kažeš – upitala je Popi.

– Seko, pričaćemo kasnije. Sad nemamo vremena. Hajde, Tome, bolje da požurimo da ne bismo zakasnili.

Net i Sindi su ih čekali ispred železničke stanice. Sindi je stezala ružičastu torbu s natpisom *Kan* na njoj i veselo se smeškala.

Sat vremena kasnije, tražili su svoja mesta na terasama koje su okruživale ograđeni prostor za kitove, čekajući da počne predstava. Tom i Sindi su se uskoro uzbuđeno zanimali jednim od gusara koji su ohrabrivali publiku da se uživi u predstavu koja je očekuje.

– Ovo je zabavno – rekla je Dejzi. – Baš ono što deca vole.

Net klimnu glavom. – Palo mi je na pamet da ih povedem na pravi izlet brodom za posmatranje kitova do Utočišta za kitove u zalivu, ali Veriti nije sigurna kako bi Sindi podnela dugu vožnju brodom. – Slegnuo je ramenima. – Zapravo, dvoumim se oko ovakvih mesta. Ništa me neće ubediti da kitove treba držati u zatočeništvu. – Slegnuo je ramenima. – Izvini, ne želim da kvarim raspoloženje.

– To je neprirodno okruženje – složila se Dejzi. – Menjam temu, dok su Sindi i Tom zaokupljeni gusarima, ima li vesti u vezi s pričom o davno izgubljenom sinu?

– Mahom žestoke rasprave. Izgleda da je Tedi pre neko veče na zabavi sreo Anu i pobegao od nje. Veriti je provela poslednja dva dana pokušavajući da ga ubedi da stupi u kontakt s njom i sazna istinu.

– Da li... – Dejzi je pokazala glavom na Sindi – zna šta se dešava?

– Ne – reče Net. – Zna da je Tedi uznemiren zbog nečega, ali nema pojma šta je u pitanju. Jedna od rasprava je bila oko toga što Tedi navaljuje da Sindi mora da joj vrati ogrlicu, ali Veriti mu je rekla da to nikako ne dolazi u obzir zbog Sindi. Još je nijednom nije skinula, obožava je. Jednostavno ne bi razumela zašto ne može da je zadrži. Oh, vidi, predstava samo što nije počela – stižu kitovi.

Nekoliko sati kasnije, kada su, osim kitova, videli nastupe delfina i morskih lavova i gledali kako hrane bebe pingvina, a Net ih je počastio ručkom, krenuli su da se probijaju ka izlazu.

Prolazeći pored prodavnice suvenira, Sindi je rekla: – Možemo li da uđemo tamo? Želim da kupim Ani poklon.

Dejzi i Net su se pogledali, iznenađeni, pre nego što je Net rekao: – Naravno, zašto da ne? Hajdemo.

Kada je ušla u radnju, Sindi je, uz Tomovu pomoć, odlučila da će se Ani dopasti kit u snežnoj kugli i zadovoljno stajala u redu s Dejzi da ga plati.

– Volim ogrlicu koju mi je Ana poklonila i nikada je, nikada, nikada neću zaboraviti – rekla je Sindi, gledajući Dejzi. – Misliš li da će se ona mene sećati uvek i zauvek?

– O, Sindi, dušo, sigurna sam da će te se Ana uvek sećati. Svaki put kada protrese kuglu, misliće na tebe – rekla je Dejzi, dirnuta devojčicinom očiglednom iskrenošću i pitajući se da li je Net bio u pravu kada je rekao da Sindi nema pojma oko čega se njeni roditelji svađaju.

Popi je bila u kuhinji kada su se vratili kući kasnije tog popodneva. – Zdravo, društvo. Kakvi su bili kitovi?

– Bili su sjajni, mama – rekao je Tom. – Kupio sam poster za svoju sobu i pakovanje slatkiša za tebe. Vidi, na njemu je i slika kita.

– Hvala ti – reče Popi.

– Mogu li da odem do Ane, molim te? – upitala je Sindi. – Želim da je vidim i dam joj poklon koji sam joj kupila.

– Oh, Sindi, ona nije tu – reče Popi. – Možda će se vratiti pre nego što odeš. Ako ne, uvek možeš da ostaviš poklon ovde, a ja ću joj ga dati u tvoje ime.

Sindi je energično odmahnula glavom. – Ne, hvala. Želim lično da joj ga dam.

– Tome, zašto se ti i Sindi ne poslužite s nekoliko biskvita i ne odete da gledate DVD dok vam ne donesem nešto za jelo. Ostaćete na čajanki, zar ne? – reče Popi, okrećući se ka Netu.

Net pogleda na sat. – Ne možemo ostati previše dugo. Veriti i Tedi nas očekuju. Sudeći po crnim oblacima koji su nas pratili na povratku kući, mislim da će uskoro pasti kiša, a nismo poneli kabanice.

Kada su deca nestala da bi gledala film, Dejzi se nasmešila Netu. – Mislim da je, što se tiče rođendanskih poklona, danas bio dobar dan za Sindi.

Netov mobilni je zazujao pre nego što je mogao da se javi. – Zdravo, Tedi. Ne, mi smo kod Toma na čajanki. – Ćutao je dok je slušao Tedija. – Ona ionako nije ovde – rekao je, pre nego što je ponovo ućutao. – U redu. Dvadeset minuta. – Prekinuo je vezu pre nego što je rekao: – Popi, stvarno mi je žao, ali moramo da idemo. Tedi je besan. Očigledno je rekao Veriti da se pobrine da Sindi ne dolazi ovamo – nešto što je zaboravila da mi spomene. Ne želi da Sindi više bude u kontaktu sa Anom pre nego što odemo u ponedeljak.

– Baš neučtivo – rekla je Dejzi. – Sindi obožava Anu. Izgleda da su se povezale, a da nisu ni znale u kakvom su posebnom odnosu.

– Znam – uzdahnuo je Net. – Ali Tedi je čvrsto odlučio da prekine njihovo prijateljstvo. Idem po Sindi.

Dejzi i Popi su se pogledale. – Jadna Ana – rekle su istovremeno.

– Jadnoj Sindi nije dozvoljeno da upozna rođenu baku – dodala je Dejzi.

– Još sam zapanjena takvim razvojem događaja – rekla je Popi.

– Gde deca gledaju DVD? – upitao je Net, vraćajući se u kuhinju. – Nisu u dnevnoj sobi. Da nisu u spavaćoj?

Popi je odmahnula glavom. – Ne. Tamo gore nema televizora. – Izašla je u hodnik. – Tome! Sindi! – dozivala ih je. – Gde ste? – Udar groma bio je jedini odgovor.

Dejzi otrča na sprat da pogleda.

– Gore nema ni traga od njih – rekla je. – Tome! Naljutiću se. Gde god da se kriješ, izađi, molim te. ODMAH. Net i Sindi moraju da idu kući – viknula je Popi.

– Da li su mogli da odu do vile, a da ih ne vidimo? – upita Net. – Nadajući se da je Ana ipak tamo?

– Jesu, ako su izašli kroz predsoblje – odgovorila je Popi, trčeći prema zadnjem delu kućice. – Ova vrata su obično zaključana – rekla je, zureći u otvorena vrata koja su se ljuljala na vetru pristiglom s grmljavinom i kišom koja je pljuštala kao iz kabla.

– Dobro – rekao je Net. – Izaći ću ovuda i odoh da proverim vilu.

– Evo, uzmi ovo – Dejzi je zgrabila vodootpornu jaknu s kuke. – Inače ćeš biti sav mokar.

– Čak i ako su otišli do vile, nisu mogli da uđu unutra – rekla je Popi. – Ana i Leo baš vode računa da zaključaju vilu kad izlaze.

– Ipak ću pogledati – reče Net i izjuri na kišu.

Dejzi i Popi su krenule u temeljnu pretragu kućice. Dok je Dejzi pretraživala ormane, otvarala vrata garderobe i gledala ispod kreveta, Popi se hrabro suočila s malim podrumskim prostorijama i velikim paucima u njima, među razvodnim tablama za osigurače i odbačenim koferima.

– Ima li nekih tragova? – upitala je Dejzi, skidajući paučinu sa sestrine kose kada su se našle u hodniku.

Popi je odmahnula glavom. – Ne znam šta se dešava s Tomom. Obično mi kaže gde će da se igra. Oh, dobro je – rekla je, pogledavši kroz prozor. – Ana i Leo su se vratili. Net razgovara s njima i ulaze u vilu. Brzo, idemo do njih. Oh, bože – reče Popi, ukopavši se u mestu. – Vidi ko je upravo stigao. Tedi Vikam. Pitam se kako li će reagovati kada bude čuo da su njegova ćerka i moj sin nestali.

31.

Ana je jedva primetila da je Tedi stigao, pošto joj je Net rekao da su Sindi i Tom nestali. Zajedno s Popi je pretraživala vilu, sobu po sobu, dozivajući decu. – Sindi! Tome! Molim vas dođite ako ste ovde.

Leo, uvek praktičan, preuzeo je kormilo u kuhinji. – Dobro. Utvrdili ste da nisu u kućici. Ana i Popi proveravaju ovde na spratu. Jeste proverili vrt? Šupu za alat, takva mesta.

– Nema šupe za alat ili bilo čega – rekla je Dejzi. – Samo žbunje, loђa i... i kućica na drvetu! Kladim se da su tamo! – Dejzi je istrčala u vrt, a u stopu su je pratili Tedi, Net i Leo.

Baš kad je stigla do podnožja visokog primorskog bora na kojem je sagrađena kućica na drvetu poskočila je od praska groma.

– Tome! Sindi! Molim vas siđite odmah – viknula je Dejzi. – Približava se oluja. Nije bezbedno da budete tamo gore. – Njene reči su odleпršale niz vetar. – Sigurno su gore – rekla je kada su joj se tri muškarca pridružila. – Vidite, povukli su za sobom merdevine od konopca. – Zurila je u kućicu na drvetu. – Mislim da me nisu čuli.

– Sindi – povikao je Tedi. – Silazi odmah. – Kada nije bilo odgovora, ljutito se okrenuo prema Netu. – Na šta si, pobogu, mislio, Nete, kad si ih pustio da se popnu na drvo usred grmljavine?

– Nije Net kriv – rekla je Popi, kad su im se ona i Ana pridružile pod drvetom. – Svi smo mislili da su u dnevnoj sobi i da gledaju film na DVD-ju. Niko od nas nema pojma zašto su odlučili da se iskradu i dođu ovamo.

– Pa, nadam se da sada imate ideju kako da ih spustite – rekao je Tedi. – Imate li negde merdevine? Ili moramo da zovemo vatrogasce?

Ana se približila podnožju drveta. – Sindi! Tome! – povikala je najglasnije što je mogla. – Molim vas, siđite. Znamo da ste gore. Obećavam vam da niste u nevolji. Samo želimo da budete bezbedni i u kući na sigurnom. Daleko od ove oluje.

Svi su zurili naviše, moleći se za odgovor dece, i baš kad je Ana rekla: – Mislim da ćemo morati da pozovemo vatrogasce. – Tom se pojavio na prednjem delu kućice na drvetu i svi su odahnuli.

– Mama, izvini.

– Samo prebaci merdevine, Tome, i siđi – reče Popi. – Sindi je gore s tobom, zar ne?

Tom je klimnuo glavom i gurnuo merdevine od užeta preko ivice. – Mama, Sindi se popela, ali grmljavina ju je uplašila i kaže da ne može da se spusti.

– U redu je, Tome. Dobro, ti siđi, a neko od nas će se popeti po Sindi.

Kada se Tom bezbedno spustio, Net je krenuo da se popne po Sindi, ali mu je Tedi izvukao merdevine od užeta iz ruku. – Ne, Nete. Ja ću ići. Drži čvrsto merdevine. – Tedi se brzo popeo merdevinama do kućice na drvetu da spase ćerku. Prošlo je nekoliko minuta pre nego što se ponovo pojavio sa Sindi. Lice joj je bilo zajapureno, crveno od plača i čvrsto je stezala očevu ruku dok su se spremali za silazak.

Ana je, gledajući kako Tedi nežno drži Sindi uza se dok joj pomaže da se korak po korak unazad spusti niz merdevine, osetila neobuzdani nalet ljubavi koji joj je preplavio telo: njeni sin i unuka. Kada su se oboje bezbedno spustili na zemlju, jedva se obuzdala da ne poleti ka njima i oboje ih zagrli. Umesto toga snažno je stisnula Leovu ruku i rekla. – Hvala bogu da su svi bezbedni.

– Dobro, sad pravac u kuhinju da se osušimo i popijemo po toplu čokoladu – rekla je Popi. – Onda vas dvoje možete da nam ispričate zašto ste mislili da je penjanje u kućicu na drvetu bilo dobra zamisao.

– Ana, Leo. Hoćete li da nam se pridružite na toploj čokoladi? – upitala je Dejzi.

Ana je odmahnula glavom. – Ne, hvala. Leo i ja ćemo vas ostaviti sada kada su deca bezbedna. – Znala je da će Tedi negodovati ako bude morao da bude u njenom prisustvu.

– Vidimo se sutra. Zbogom, Tome, Sindi. Tedi. – Poslednje ime rekla je prkosno, iz učtivosti.

– Tata, brzo, možeš li da mi dodaš kesu, molim te? – reče Sindi, cvokoćući zubićima.

Tedi je iz džepa jakne izvadio ukvašenu kesu i dao ju je Sindi. – Očigledno je to bio razlog što su se sakrili. Sindi je želela da bude ovde kada se Ana vrati. Da bi joj dala poklon.

– Hvala ti, Sindi – rekla je Ana, naprasno se sagnuvši da zagrli devojčicu dok joj je pružala kesu. – Tako mi je drago što si na sigurnom. A sad idi i ugrej se.

Kada su se u vili oboje osušili, Leo im je sipao po čašu vina umesto tople čokolade i Ana je krenula da otvori poklon. Kucanje na zadnjim vratima ih je iznenadilo, a Ana je osluškivala kad je Leo otišao da ih otvori.

– Mogu li da uđem? – upitao je Tedi. – Net vodi Sindi kući i... – oklevao je – voleo bih da popričam sa Anom.

– Ostaviću vas da razgovarate – reče Leo. – Ako vam nešto zatreba, biću u kuhinji. – Prenebregavajući Anin preklinjući pogled, zatvorio je za sobom vrata dnevne sobe.

Nastala je napeta tišina, Ana je rešila da sačeka Tedija da prvi progovori, usredsređena na otvaranje poklona, a Tedi je, stisnutih šaka, zurio kroz francuska vrata u vrt.

Napokon, nakon večnosti kako se Ani činilo, Tedi se okrenuo ka njoj i prekinuo tišinu.

– Bojim se da je dečja ludorija ovog popodneva bila moja krivica. Mislio sam da Veriti i ja uspevamo svoje rasprave da držimo daleko od Sindinih ušiju, ali očigledno nije tako.

– Pretpostavljam da deci malo toga promakne – rekla je Ana, ne gledajući ga i nastavljajući da odmotava poklon. – O, kako lepo od Sindi. Vidi – Podigla je snežnu kuglu da je lepo vidi. Kada je Tedi samo promrmljao: – Lepo. – Ana ga je oštro pogledala. – Dakle, šta je to Sindi načula da je toliko očajnički želela da bude ovde kad se vratim? – Pitanje koje je zaista želela da mu postavi – zašto si ovde? – ostalo je neizgovoreno.

– Načula je kako zabranjujem Veriti da dođe ovamo pre nego što odemo, i uplašila se da te više nikada neće videti. – Tedi je uznemireno provukao ruku kroz kosu. – Dok su se malopre sušili, plakala je. Bila je odlučna da ti dâ poklon kako bi je se sećala jer si joj poklonila tu ogrlicu i ona zna da će se tebe zauvek sećati. – Tedi je odmahnuo glavom gledajući u snežni prizor.

Ana je zatresla kuglu i gledala kako sneg pada oko jarkoružičastog kita na plavom ostrvu pre nego što je tiho upitala: – Da li zna da sam joj baka?

– Pa, ja joj sigurno nisam rekao. I iskreno se nadam da nisi ni ti. – Zurio je u nju, pre nego što se okrenuo i počeo da korača po sobi.

Ana ga je posmatrala nekoliko sekundi pre nego što je rekla: – Hoćeš li joj reći?

Kada je Tedi prenebregnuo pitanje, Ana je ponovo zatresla kuglu samo da bi se nečim zaokupila.

Napokon, dok se tišina između njih produžavala, Ana je uzdahnula pre nego što je spustila kuglu na sto. Od njihovog susreta u kući kada joj je Tedi jasno stavio do znanja šta oseća prema njoj, toliko se trudila da prihvati njegov stav, da ubedi sebe kako je srećna što će ga čekati da se predomisli. Kako je besmisleno da kontaktira s njim pokušavajući da ga ubeđuje da sasluša njenu stranu priče. Ali sada je stajao pred njom, očigledno nesrećan, možda bi trebalo da pokuša da probije led – objasni nekoliko činjenica? Ali odakle da počne?

– Da li si prvi put u Kanu? – upitala je kada je prestao da zuri kroz prozor, leđima okrenut njoj.

– Da.

– Onda je ironično, zar ne, da smo i ti i ja izabrali baš ovu godinu da dođemo na festival. Ja sam došla da se pomirim s Filipom i konačno zatvorim nesrećno poglavlje koje mi je od sedamnaeste godine oblikovalo život. Ti si se nadao da ćeš upoznati oca. A da se to desilo, čula bih za vaš susret jer bi se Filip pobrinuo da svet sazna za njegovog sina. Bio bi oduševljen što si krenuo njegovim stopama u filmsku industriju. Takođe, verujem da bi želeo da se ti i ja upoznamo. Umesto toga, Filip je umro, a mene su mučile glasine da je naš sin, koga sam se odrekla, u gradu. I sada moraš da se suočiš s našim susretom, s majkom za koju veruješ da joj nije stalo do tebe. – Ana je uzdahnula pošto Tedi nije ništa odgovorio. – Za nekoga ko je rekao da želi da razgovara sa mnom nisi baš pričljiv.

Tedi se konačno okrenuo ka njoj. – Ispričaj mi sve o čoveku koji mi je bio otac.

Ana je odmahnula glavom. – Žao mi je, ne mogu. Poznavala sam ga samo desetak kratkih dana. Drugi ljudi mogu da ti kažu više od mene. Moraš da razgovaraš sa Žakom, njegovim blizancem, i s Bernarom, njegovim najboljim prijateljom. Obojica su ga poznavali mnogo bolje nego što sam ga ja ikada znala. – Zastala je i pokupila odbačeni papir za pakovanje. – Mogu da ti ispričam o mladiću kojeg sam volela. Bio je jedan od najljubaznijih, najnežnijih i najhumanijih ljudi koje sam ikada upoznala.

– U redu, ispričaj mi onda o vašoj romansi – reče Tedi.

Ana je zurila u njega. – Bilo je to daleko, daleko više od romanse. Filip je bio moja prva i, dok nisam upoznala Lea, jedina ljubav. – Prstima je obmotala lančić s medaljonom oko vrata, pitajući se odakle da počne, kako da na razumljiv način objasni Tediju šta se događalo pre četrdeset godina. – Deset dana smo živeli samo jedno za drugo. Te godine bila je popularna fraza: „Život bez ograničenja", i postala je naša mantra. Bez sumnje smo znali da nam je suđeno da budemo zauvek zajedno, da živimo punim plućima. Kada sam poljubila Filipa na stanici u Kanu nakon zatvaranja festivala nisam imala razloga da posumnjam da više nikada nećemo biti zajedno. Napravili smo toliko planova za budućnost.

Ana se ugrizla za usnu i progutala pljuvačku, prisećajući se oproštaja s Filipom pre nego što je nastavila.

– Vratila sam se kući spremna da radim preko leta kako bih finansirala svoj kurs na koledžu i čekala da se Filip vrati iz Amerike. Radovala sam se što ću ga predstaviti roditeljima kao muškarca za kojeg ću se udati. Šest nedelja kasnije, shvatila sam da sam trudna.

– Jesi li rekla Filipu?

– Naravno. Pisala sam mu i rekla. Ali tek ove nedelje sam saznala koliko zadovoljstvo je osećao što će postati otac i shvatila koliko mu je bilo stalo do mene – i tebe.

– Ove nedelje?

Ana je klimnula glavom. – Kada su moji roditelji saznali da očekujem bebu, preuzeli su kontrolu nad mojim životom. Što je uključivalo presretanje mojih pisama. Pre četrdeset godina su me obmanuli da je Filip odbacio mene i tebe, našu bebu. Sada znam da je to bila laž.

– Zašto me nisi zadržala, sama odgajila – pogotovo ako si volela mog oca onoliko koliko kažeš da jesi?

Ana uzdahnu. – Moraš da imaš na umu kako je svet tada bio sasvim drugačije mesto. Imala sam samo sedamnaest godina – još maloletna u očima zakona i živela sam s roditeljima. Zakonski nisam mogla ništa da uradim bez pristanka roditelja do svoje dvadeset prve godine. Nisam mogla da otvorim bankovni račun na svoje ime, niti da iznajmim stan, a da oni ne garantuju za mene, a nisam ni imala novca da platim stanarinu. I niko me ne bi zaposlio. Taj svet je potpuno stran današnjem poimanju sveta. – Ana je posegnula za maramicom iz kutije na stolu. – Tvoji baba i deda su odbili čak i da pomisle na mogućnost kako će se Filip oženiti sa mnom. Rekli su da me je iskoristio i da sam glupa što sam verovala da će „od mene napraviti poštenu ženu“, da upotrebim njihov staromodni izraz. Obećali su da će biti uz mene, pustiti me da živim s njima i završim školovanje pod uslovom da pristanem da uradim šta kažu.

Ana je ćutala dok se prisećala teških uslova koje su joj roditelji nametnuli. – Morala sam da odem u dom za posrnule devojke, dam bebu na usvajanje i nikada više ne pominjem tu temu. Borila sam se protiv usvajanja bebe – pokušavala sam da ih nateram da se osećaju krivim što će se odreći unučeta. Kada mi se Filip nije ponovo javio, nisam imala mnogo izbora osim da pristanem na njihove uslove, što je uključivalo i promenu mog imena.

Ana je pažljivo otkopčala lanac oko vrata, otvorila medaljon i pružila ga Tediju, nadajući se da će ga uzeti i pažljivo pogledati slike i uvojak kose.

– Ovo je – do pre tri dana – bila jedina stvar koja mi je ostala da me podseća na tebe i Filipa.

Ali Tediju su ruke ostale uz telo stisnutih šaka i nije posegnuo za medaljonom, dok je ćutke gledao dve slike i uvojak kose.

– A u slučaju da se pitaš, uvojak je tvoj. Imao si gustu kosicu kada si se rodio.

Pošto Tedi nije odgovorio, Ana je ugušila još jedan uzdah.

– Nije prošao dan a da nisam pomislila na tebe, pitajući se gde si, šta radiš, kakav si postao – rekla je Ana tiho. – Da sam mogla da te zadržim, odgajim, veruj mi, učinila bih to. Mrzim što sam morala da te se odreknem i što te Filip nije upoznao, ali ni na trenutak ne žalim što sam ga volela i rodila njegovo dete.

– Ne, ja žalim zbog toga – odbrusio je Tedi, s gorčinom u glasu. – A verovatno najviše žalim zbog toga što sam za samo nekoliko dana propustio da se sastanem sa ocem. Njega sam želeo da upoznam – ne tebe, ženu koja me se odrekla.

Ana je osetila kako kopni pod oštrinom njegovog pogleda. Njegove tamnobaršunaste čokoladnosmeđe oči, bojom toliko nalik Filipovim, bile su ispunjene prezirom dok ju je gledao. Naterala je sebe da nastavi, u pokušaju da spase nešto od ovog susreta.

– Pretpostavljam da je jedna od stvari za kojima je Filip najviše žalio u životu bila ta što te nije upoznao – rekla je Ana, poigravajući se medaljonom. – Naučila sam da nema svrhe žaliti za prošlošću. To će zatrovati i upropastiti sadašnjost – a i našu novootkrivenu vezu – ako se tome predamo. Moramo da nastavimo dalje, da se upoznamo kao ljudi kakvima nas je život načinio.

Tedi je nastavio da zuri u nju dok se Ana borila da nađe prave reči. – Godinama slušam prijatelje kako pričaju o porodicama, deci, a ne mogu nikome da pomenem svog sina za kojeg ne znaju. Ne mogu da ti opišem koliko sam sada srećna što imam priliku da te upoznam. Da se konačno uključimo jedno drugom u život, da budemo prijatelji...

– Samo polako – podigao je Tedi ruku. – Zaustavi se. Nisam siguran da li sam spreman, ili čak da li uopšte želim da budem u kontaktu s tobom. Prekasno je da se igramo srećne porodice. Što se tiče prijateljstva... – Tedi je slegnuo ramenima. – Mislim da nikada ne možemo biti samo „prijatelji".

– Mogli bismo barem pokušati da se upoznamo – rekla je Ana tiho.

– Moram da razmislim o onome što si mi ispričala. Takođe moram da pokušam da ti oprostim što si me dala na usvajanje, ali nisam siguran da u ovom trenutku to mogu.

– Da li ćeš barem reći ljudima da si sin Filipa Kambona? Čak i ako ne želiš mene da priznaš za svoju biološku majku. Tako ćeš ućutkati glasine koje kruže.

– Nisam siguran. Da je još živ, bih, ali čini mi se pomalo besmislenim pošto on to nikada neće saznati.

– Da je još živ, vikao bi na sav glas s vrha *Palate festivala i kongresa* da si mu ti sin – rekla je Ana. – Znam da bi bio veoma ponosan da te nazove sinom – kao što sam i ja. Zašto bi se stideo da svima obznaniš da ti je on otac? – Ana zastade. – Osim toga, više se ne radi samo o tebi i meni, zar ne? Tu je i Sindi. Zar joj zaista nećeš reći da ima novu baku? – Ana je oklevala, ali morala je to da kaže. – Baku koja bi veoma volela da bude deo njenog života.

Ana je pogledala Tedija, pitajući se šta bi još mogla da učini da bi on reagovao. Šta bi bilo potrebno da joj oprosti i pusti je u svoj život. Pisma u kovertama koje joj je Bernar dao – ako bi ih pročitao, da li bi mu to pomoglo da je razume, i možda joj oprosti?

– Sačekaj ovde. Moram da donesem nešto što bih volela da pročitaš.

Kada se vratila, Tedi je upravo zaklapao mobilni.

– Bernar – rekao je. – Želi da zna da li bih pristao da pročitam odlomak na komemoraciji u ponedeljak.

– Hoćeš li?

Tedi je slegnuo ramenima. – Rekao sam mu da ću razmisliti. – Tedi pogleda na sat. – Moram da idem. Treba da za sat vremena budem na završnoj projekciji.

– Evo, ponesi onda ovo sa sobom, ali molim te pripazi na njih – rekla je Ana, pružajući mu veliku kovertu. – To je pismo i deo dnevnika koje mi je napisao tvoj otac. Mislim da bi trebalo da ih pročitaš. Podrazumeva se da to želim nazad. Iako su došli u moj posed tek pre nekoliko dana, ali već su mi dragoceni. Ne bih mogla podneti da ih izgubim.

– Imaš poverenja u mene da mi ih daš? Zar se ne plašiš da ih ispustiš iz vida?

– Zašto ti ih ne bi poverila? Ti si mi sin. Napisao ih je tvoj otac. Takođe se tiču i tebe. Nadam se da ćeš, kada ih budeš pročitao, moći da obznaniš da je Filip Kambon tvoj otac – a, nadam se, i da sam ti ja majka.

32.

U nedelju ujutru Dejzi je našla prazno mesto u jednom od kafića ispred Ulice Feliksa Fora. Pošto je naručila kapučino, otvorila je laptop i počela da kuca poslednji festivalski izveštaj.

Teško mi je da poverujem da je prošlo skoro dve nedelje otkako sam prvi put sedela ovde i upijala atmosferu s početka Kanskog filmskog festivala, a koji se uskoro završava.

Sada je nedelja popodne, a ceremonija zatvaranja održaće se rano večeras. Dok je prethodnih dvanaest dana ispunjavala neverovatna količina sjaja i glamura, sada vlada opšti osećaj da se sve unaokolo zatvara, zamor se oseća u vazduhu.

Gužve na Kroazeti su se proredile, a osoblje barova i konobari ponovo se smeše. Halabuka će se uskoro stišati za narednih godinu dana. Meštani se boćaju ispred restorana, a uobičajeni nedeljni popodnevni sajam rukotvorina organizovan je oko ukrašenih tezgi. Štafelaji sa slikama domaćih umetnika amatera, štandovi s drangulijama i stolovi prekriveni malim antikvitetima zbijeni su jedni pored drugih izlažući svoju ponudu, u nadi da će imati nekog poznatog kupca pre nego što se festival konačno završi.

Na sve strane se čuju italijanski, japanski, engleski, ruski i naravno francuski, ali malo ljudi i dalje nosi festivalske propusnice i pretpostavljam da su mnogi novinari i pomoćno osoblje već otišli. Mnoge filmske zvezde koje su večeras ostale na dodeli Zlatne palme provode dan u Monaku, zabavljaju se i bez sumnje piju ogromne količine šampanjca dok gledaju Gran pri.

Za sat vremena Kan će ponovo brujati na poslednjem zvaničnom glamuroznom dešavanju organizatora festivala. Slavne zvezde u svečanim haljinama i čuvenim lubuten *cipelama s crvenim đonom predodređenim za crveni tepih koračaće poslednji put festivalskim crvenim tepihom kako bi čule najave i gledale proglašenje vrhunskog priznanja Kanskog filmskog festivala – Zlatne palme.*

Mnogo se nagađa o tome ko će osvojiti Zlatnu palmu ove godine, jer se tokom festivala nije pojavio jasan favorit. Međutim, ko god da pobedi, osigurano mu je najmanje jedno veče najvećeg mogućeg publiciteta i uspeh na blagajnama – iako taj uspeh nije uvek zagarantovan, bude li šira javnost pobednički film smatrala previše umetničkim.

Dejzi je pritisnula tipku za čuvanje dokumenta kada joj je zazvonio mobilni.

– Zdravo, Nete. Počela sam da se pitam gde si. Jel' dolaziš da se nađemo?

– Nažalost ne. Nalazim se na Svetom Onoreu. Duga priča, ali Veriti je odlučila da Sindi i ja provedemo popodne ovde, van domašaja rasprave koju je planirala da vodi s Tedom.

– U vezi sa Anom?

– Da. Slušaj, videćemo se večeras u neko doba. Da li da dođem u vilu, ili ćeš biti u gradu na ceremoniji zatvaranja?

– Vrati se nazad u vilu. Planiram da gledam dodelu Zlatne palme na televiziji. Obećala sam Popi da ću spremiti lazanje za večeru, pa ću napraviti dovoljno i za tebe.

– Dobro, vidimo se onda. Oh, moram da idem. Sindi je pala. Volim te. – I Net se izgubio.

Dejzi se nasmešila dok je isključivala telefon, srećna što čuje istinsku ljubav u Netovom glasu. Ponovo je otvorila laptop, pročitala dosadašnji izveštaj i počela da kuca poslednje pasuse.

Dok ovo pišem, pet-šest helikoptera zuji unaokolo duž zaliva dovozeći zvezde iz Monte Karla. Paparaci koji su i dalje u gradu prave uobičajenu gužvu u podnožju stepenica s crvenim tepihom Palate festivala i kongresa. *Obožavaoci zauzimaju mesta iza barijera, nadajući se da će još ovaj put izbliza videti omiljenu filmsku zvezdu.*

Nakon dodeljivanja Zlatne palme, festival je zvanično završen. U roku od nekoliko sati, ulice Kana polako će ponovo početi da bivaju one stare, a grad će se vratiti uobičajenoj svakodnevici.

Do sutra u podne, kada bude počelo sklapanje šatora, a ogromni transportni kamioni krenu da ulaze u grad i izlaze iz njega, organizatori će već razgovarati o planovima za sledeći festival. C'est la vie!

Dejzi je proverila da li je sačuvala izveštaj, spreman da ga kasnije pošalje imejlom zajedno s pojedinostima o pobedničkom filmu Kanskog filmskog festivala, i isključila laptop kada je senka pala preko stola.

– Jesi li videla fotografije sa zabave koje sam ti poslao imejlom? Trebalo je da ti stignu do sada – upitao je Markus, stavio foto-aparat na sto i seo. – Pridružićeš mi se uz čašu vina da proslavimo?

– Da proslavimo?

– Završetak festivala i... – oklevao je. – Uslikao sam nekoliko zvezda „na delu", i to bi trebalo da mi donese mnogo novca. – Odmahnuo je glavom dok ga je Dejzi gledala. – Ne mogu da ti kažem. Bojim se da je narednih nekoliko dana sve strogo poverljivo.

– Oh, u redu – rekla je Dejzi. – Pogledaću fotografije kada se vratim u vilu.

– Ostale sam poslao Leu i Ani. Mislio sam kako bi volela da vidiš one na kojima ste ti i Net.

– Hvala ti. Imaš li ideju šta ćeš raditi kada se vratiš kući? Znam da si slobodnjak, ali novine su ti donosile dosta posla, zar ne?

Markus slegne ramenima. – Imam nekoliko kratkoročnih ugovora za snimanja za neke poznate časopise. Videću šta će biti posle toga. – Potapšao je foto-aparat. – Ako mi se ova fotografija bude isplatila kao što mislim da hoće, ionako neću morati da brinem narednih nekoliko meseci. Dakle, jesi li uživala u svom prvom festivalu? – upitao je Markus.

– Bilo je sjajno – rekla je Dejzi. – Pravi uvid u drugi svet. Ne onaj u kojem bih želela trajno da živim, nego zabavan za proučavanje.

– I naravno, upoznala si Neta.

Dejzi se nasmešila. – Da. Pretpostavljam da bi za to trebalo tebi da se zahvalim.

Markus slegne ramenima. – On je dobar momak. – Pogledao ju je. – Ako smatrate da mi dugujete za upoznavanje, mogli biste...

– Markuse! Zašto bih ti bilo šta „dugovala" za to što si me upoznao s Netom? U jednom trenutku si zamalo sve upropastio, ako se sećaš.

– Da, izvini zbog toga. Pomislio sam kako biste možda bili voljni da podelite neke informacije.

– Na šta misliš?

– Koliko ste naposletku saznali o davno izgubljenom sinu Filipa Kambona?

Dejzi je oklevala pre nego što je odgovorila. Da li treba da kaže Markusu šta zna?

– Ne mnogo – rekla je na kraju.

– Da li ste saznali njegovo ime?

Dejzi je ćutala dok ju je Markus posmatrao nagađajući koliko zna.

– Priča se da je to muž Veriti Rejmond, Tedi Vikam. Priča se i da mu je majka u gradu – rekao je Markus.

– I ja sam čula te glasine – rekla je Dejzi, počevši da skuplja stvari. Nije bilo teorije da s Markusom raspreda o Aninoj situaciji.

– Majka nije žena koju sam fotografisao kako stavlja cvet ispred restorana, zar ne? A čiju sam veridbu fotografisao u vili – Ana Karson?

– Sigurna sam da će istina naposletku odnekud procureti – rekla je Dejzi. – Ali stvarno, da li se to tiče bilo koga osim ljudi o kojima se radi? Emocionalni šok mora da je ogroman za oboje. Mislim da imaju pravo na privatnost koliko god dugo to žele.

Markus joj odmahnu glavom. – Imala si ekskluzivnu vest ispred nosa, Dejzi, i ignorisala si je. Stvarno nisi stvorena za istraživačko novinarstvo, zar ne?

– Ne, mislim da nisam. Moram da idem. Vidimo se, Markuse.

33.

– Jesi li sigurna da ne želiš da ideš na dodelu večeras? – upitao je Leo dok su se on i Ana opuštali na ležaljkama pored bazena, a kraj njih ležale nedeljne novine na engleskom jeziku.

– Sasvim sigurna – reče Ana. – Mnogo je lakše gledati je ovde na televiziji. Za početak, ne moramo da se oblačimo! Riku je bilo drago što će imati ulaznice za klijenta i biće tu da nas zastupa ako *Buduća obećanja* dobiju neočekivano priznanje.

– Znači, to nema nikakve veze s tim što bi morala sat vremena da gledaš Tedija na bini?

Ana je odmahnula glavom. – Ne. Kad smo već kod Tedija, nadam se da nije zaboravio da želim svoje pismo i dnevnik nazad. Sutra ćemo se svi raštrkati na razne strane sveta, i ne želim da ih izgubim – čak ni da budu kod mog sina.

– Uvek možeš da pozoveš Veriti. Zamoli je da se pobrine da budu na sigurnom dok se ne sastanete u Engleskoj.

– Mogla bih to da uradim, ako ih Tedi ne vrati pre nego što odemo. Molila sam se da mu, nakon što ih pročita, bude lakše da se pomiri sa onim što se dogodilo i da mi se javi. Prošlo je već dvadeset četiri sata, a od njega ni reči.

– Pretpostavljam da je bio zauzet – rekao je Leo. – Obaveze u žiriju i sve to.

– Nadam se da je samo to u pitanju – reče Ana. – Možda ćemo morati da ostanemo ovde još nekoliko dana kako bismo se ponovo sreli s javnim beležnikom. Ne moraš da žuriš nazad, zar ne?

– Nema problema – rekao je Leo. – Sledeći sastanak mi je tek u petak. Ali šta je s Popi? Verujem da se raduje što će vilu ponovo imati za sebe.

– Pitaću je kasnije. Uvek možemo da odemo u hotel – sutra će u gradu biti mnogo praznih soba. – Ana je zadrhtala i ustala. Idem da se istuširam. Nestalo je sunca, a meni je hladno.

Kasnije te večeri, dok su se pripremali da gledaju ceremoniju zatvaranja festivala na televiziji, Leo je rekao: – Deseti oktobar je zvanični datum početka snimanja *U senci gospođe Biton*, zar ne?

– Da, pod uslovom da sve bude kako treba – rekla je Ana.

– Dakle, možemo li da se venčamo u septembru? – upita Leo tiho. – Meni bi najviše odgovarao dvanaesti septembar.

Ana se nasmešila. – Možda je bolje kraj septembra, dvanaesti je malo preblizu.

– Dvanaesti septembar bi – ponovio je Leo – po mom mišljenju, bio savršen.

– Prerano je, Leo. Nećemo imati dovoljno vremena da sve organizujemo – rekla je Ana.

– Zakažemo termin u mojoj seoskoj crkvi – nadam se da želiš i crkveni obred, a ne samo ceremoniju građanskog venčanja – rekao je Leo. – Proslava može biti u obližnjem hotelu. Medeni mesec – moja tajna. Kraj priče.

Ana se nasmeja. – A šta ćemo s pozivnicama, deverušama, kumom, razvodnicima, automobilima, fotografima, tortama, cvećem, hranom, venčanicom, frizurom, odećom za odlazak, cipelama – i to je samo ono što mi je prvo palo na pamet. Čak i oko malih venčanja ima toliko priprema koje treba obaviti a nisu očigledne.

– Hoćemo li onda samo da pobegnemo? Venčanje na karipskoj plaži s nekoliko svedoka.

– Ne, to ne bi ličilo na nas, zar ne? – upita Ana. – Mi smo više za tradicionalno venčanje, ali tri meseca je malo za pripremu. Za početak, tvoja seoska crkva možda nema slobodnih termina.

– Oh, ali jeste dovoljno – rekao je Leo, podižući kovertu sa stola i izvlačeći parče papira. „Dvanaestog septembra u jedanaest sati u Crkvi Svete Marije održaće se venčanje Ane Karson i Lea Hantera, nakon čega će uslediti svadbeni doručak u kantri klubu *Vudlends*.

Srećni par će se u pet sati uputiti na tajno odredište poznato samo mladoženji."

Ana ga je gledala zaprepašćeno. – Kad si organizovao sve to?

– Nisam u potpunosti. Ovo su okvirne rezervacije koje sam napravio pre nego što sam došao ovamo znajući da ću te pitati da se udaš za mene. Kada si pristala, nameravao sam da ih pozovem i sve završim. Ali... – zastao je. – Okolnosti, to jest Tedi, stale su mi na put i znao sam da ne mogu to da uradim pre nego što razgovaram s tobom. Rezervacije za crkvu i kantri klub ističu večeras – dodao je tiho. – Mogu li, molim te, da ih pozovem i sve potvrdim? Toliko želim da se venčamo. Znam da ćemo moći da imamo samo kratak medeni mesec, najviše produženi vikend, pretpostavljam, ali možemo da odemo na još jedan duži u novoj godini. Važno je da se venčamo.

– Oh, Leo, stvarno te volim. – Ana je duboko udahnula. – Onda neka bude dvanaesti septembar. Ali, upozoravam te, mnogo toga mora da se organizuje do tada.

– Obavićemo to zajedno – rekao je Leo, sa srećnim osmehom na licu. – Biće čudesno. Videćeš. – Blago ju je privukao u naručje i čvrsto je držao ljubeći je. – Dobro, moraćeš sad da me izviniš. Moram da obavim neke veoma važne telefonske pozive.

Kada je Leo podigao mobilni i odlutao u kuhinju, Ana je uključila televizor. – Nemoj dugo, samo što nije počelo – doviknula mu je.

Ana je gledala kako se u uvodnoj špici programa prikazuju montirani prizori snimljeni tokom festivala: gužve na Kroazeti, zabave zvezda, ulični zabavljači koji razveseljavaju masu, raskošne jahte, poznata lica koja se smeše, a onda se kamera poslednji put okrenula ka paparacima u podnožju crvenog tepiha.

Bez obzira na to što je završno veče, filmske zvezde su bile glamurozne u punom sjaju. Na sve strane prelepe haljine, nakit koji svetluca osvetljen blicevima i blistavi osmesi, dok se publika za ceremoniju zatvaranja pela uza stepenice. Kamera je pratila poslednje zvezde kako nestaju u *Palati festivala i kongresa*, i nekoliko sekundi kasnije slika se promenila prikazujući pogled na publiku. Voditelj je predstavljao članove žirija kako su se, jedan po jedan, probijali do svojih sedišta sa strane bine i ceremonija je počela.

– Gotovo – rekao je Leo, pridružio se Ani u dnevnoj sobi i pružio joj čašu vina. – Potvrđen je dvanaesti septembar. Vidiš, rekao sam ti da je organizovanje venčanja lako.

Ana se nasmeja. – Nadajmo se da ćemo i ostalo tako lako organizovati. Oh, vidi, eno ga Tedi. – Ućutala je dok je gledala svog sina kako zauzima mesto na bini. – Znaš, što ga više gledam, sve više prepoznajem Filipa u njemu – rekla je.

– Ja u njemu vidim i tebe – reče Leo. – Nadam se da je saosećajan kao ti.

Ana uzdahnu. – Veriti misli da će on naposletku prihvatiti situaciju. Volela bih da i ja mogu da budem tako sigurna. Možda će se javiti kasnije večeras kada se sva ova halabuka završi. – Mahnula je rukom u pravcu televizora. – Ili kada advokat kontaktira s njim sledeće nedelje.

– Šta ćeš naložiti advokatu da uradi? – upita Leo.

– Mislim da kuća treba da pripadne Tediju. Po francuskom zakonu, to sada u svakom slučaju ionako mora da se desi – direktni naslednici imaju prednost nad svima ostalima kada je u pitanju nasleđivanje imovine. Razmišljala sam i o brodiću. Osim ako i on ne bude automatski pripao Tediju, volela bih da ide Bernaru, kao što je Filip predložio. Osim ako ti ne čezneš za jedrenjem? – nasmešila se Leu, koji je odmahnuo glavom.

– Šta ćeš s novcem koji ti je Filip ostavio? – upita Leo.

– Mislila sam da bismo mogli da osnujemo fond za Sindi – rekla je Ana tiho.

Leo klimnu glavom. – To mi se čini kao dobar plan.

– Jedino nasledstvo koje želim od Filipa jeste da me Tedi prihvati kao majku – rekla je Ana, okrećući se da se usredsredi na televizijski prenos, nadajući se da će kamera više snimati žiri kako se budu objavljivale nagrade.

Više od svega želela je da upije slike svog sina, upamti ih i sačuva u sećanju, da bi ih se prisetila u budućnosti, ali kamera je uporno išla na sve strane, ne zadržavajući se ni na jednom licu duže od pet sekundi, osim na pobednicima.

– Zar se to kamera nije usredsredila na Helen? – upita Leo. – Sedi pored Rika?

– Oh, Leo, ne mogu da verujem. Osvojila je Zlatnu palmu za najbolju žensku ulogu – to je sjajno za *Buduća obećanja*. Najbolja glumica.

Zajedno su posmatrali mladu glumicu kako izlazi na scenu da bi primila nagradu i održala kratak govor u stilu dobitnica Oskara.

– Pitam se da li Tedi zna koliko si se zapravo ti umešana u *Buduća obećanja*? – upita Leo.

– Pa, sada će saznati – reče Ana. – Helen je upravo pomenula moje ime u govoru zahvalnosti, dušica.

34.

Dejzi je gurnula laptop preko stola na tremu i ustala, ispruživ-ši ruke iznad glave. – Moj posao ovde je završen – unela sam ime dobitnika Zlatne palme i poslala završni izveštaj. Pitam se da li ću ikada više izveštavati o festivalu?

– Zašto da ne? – upita Popi. – Mislila sam da ima mnogo ponu-da za slobodnjake.

– Zavisi od tema o kojima ću pisati; nisam sigurna da članci o životnom stilu automatski uključuju šou-biznis i zabavu, a pretpo-stavljam da ću se valjda njima najviše baviti – dodala je Dejzi zami-šljeno gledajući Popi.

– Hej, upravo sam se setila da mi nisi rekla o čemu si juče htela da razgovaramo – rekla je Popi.

– O Netu i meni.

– Ah. Tako sam i mislila. Konačno si odlučila da je on onaj pra-vi, zar ne?

– S obzirom na to koliko se kratko poznajemo, malo me je strah da kažem da, ali mislim da jeste. I dalje ću pokušati odavde da ra-dim kao slobodnjak i iznajmljujem tvoju kuću kao bazu, ali Net želi da pođem u Ameriku s njim. Misliš li da bi trebalo? – Dejzi je zabri-nuto pogledala sestru.

– Svakako. Zgrabi priliku, i Neta, obema rukama – odgovori Popi. – Muškarci poput njega su retki. Skoro je kao moj Den.

– Toliko je dobar, zar ne?

– Slušaj, svaki muškarac koji može da usreći moju mlađu sestru kao što je on uradio poslednjih dana ima moju podršku. Nikada tako srećno kao sada nisi izgledala kada si bila s Benom.

– Suština je u sledećem, a to mu još nisam pomenula: šta misliš o tome da se Net useli u kuću sa mnom? Treba mu baza negde u

Evropi, a uskoro mu ističe zakup stana u Londonu. Moraće da pronađe smeštaj pre odlaska u Ameriku.

– Nema problema – reče Popi. – Oboje ste dobrodošli da živite ovde.

– Odlično – rekla je Dejzi. – Oh, zaboravila sam da ti ih pokažem ranije. Vidi, Markus mi je poslao neke slike Neta i mene na zabavi. Ostale je poslao Ani i Leu.

– Na ovoj ste dobro ispali – reče Popi. – Sviđa mi se ova na kojoj se nalivaš šampanjcem.

– Uopšte se ne nalivam – pobunila se Dejzi. – Kada sam se malopre videla s Markusom, pokušao je da mi iskamči informacije o Ani. Ne brini, nisam mu ništa rekla – Popi ju je gledala. – Govorkanja da je Tedi Vikam sin Filipa Kambona sve su glasnija. Biće zanimljivo čuti da li će sutra biti na komemoraciju. Dobro, pošto sam večeras dežurna u kuhinji, bolje da počnem. Hoće li Tom jesti s nama i ostati budan da gleda vatromet?

– Da. Sutra je praznik, tako da nema škole. – Popi je pogledala Dejzi. – Jesi li sigurna da želiš da ostaneš nekoliko dana i pomogneš mi da se uselim nazad u vilu pre nego što mama i tata stignu i Den se vrati?

– Sve dok imamo vremena za kupovinu. Videla sam neke cipele i torbu za kojima žudim u jednoj od prodavnica na Kroazeti. Imam potrebu da se častim pre nego što počnem da brojim svaki peni.

– Biće ti potrebno mnogo više od penija ako nameravaš da kupiš stvari iz bilo kog butika na Kroazeti – rekla je Popi.

Oglasilo se zvono na vratima kućice. – To mora da je Net – rekla je Dejzi. – Pustiću ga unutra i može da mi pomogne s lazanjama, dok mu budem saopštavala dobre vesti o kući.

Kasnije, nakon što je Tom nestao u sobi da bi gledao film na DVD-ju, njih troje su sedeli napolju i ispijali bocu vina.

– Ne mogu da verujem kako je brzo proletelo poslednjih dvanaest dana – rekla je Popi. – Drago mi je što su me ubedili da iznajmim vilu za festival. Bilo je zabavno imati Anu u blizini. I tebe – rekla je, pogledavši prekoputa ka Dejzi. – Hvala vam na pomoći oko svega.

– Zaista se radujem što ćeš se useliti ovde – nastavila je Popi. – Biće sjajno što ćete češće biti tu – između odlazaka u Ameriku zbog Netovog posla, naravno. Imate li ideju kada ćete ići prvi put?

Net je odmahnuo glavom. – Ne. Može biti za nekoliko nedelja ili nekoliko meseci. Moj novi agent samo kaže da budem spreman – i nastavim da radim na sledećoj zamisli.

– Nadam se da neće biti prebrzo – rekla je Dejzi. – Želim da uživam u tome što smo zajedno – da se malo odmorim i ne budem vezana za radno vreme.

Dok je Popi ustajala da pospremi sto, Ana i Leo su se pojavili na kapiji. – Zdravo – rekla je Ana. – Možemo li da vam se pridružimo? Želimo da podelimo vesti s vama i zajedno ih proslavimo. Helena je večeras osvojila nagradu za najbolju glumicu i... – nasmešila se Leu. – Odredili smo datum venčanja.

– Čestitke i za jedno i za drugo – rekla je Popi. – Mislim da ovo zahteva šampanjac. Doneću bocu.

– Doneli smo jednu – rekao je Leo, ispruživši je. – Samo su nam potrebne čaše.

– Popi, da ne zaboravim, da li je moguće da ostanemo još nekoliko noći? Moram da odem kod advokata pre nego što otputujem, a verovatno ću tek u utorak ili čak sredu moći da zakažem sastanak – rekla je Ana.

– Naravno. Den se vraća kući tek krajem nedelje. Moji roditelji, koji su bili u Monaku na Gran priju, odlučili su da ostanu tamo još nekoliko dana pre nego što dođu ovamo.

– Da li ste razgovarali s Helenom otkako je osvojila nagradu za najbolju glumicu? – upitala je Dejzi Anu, kad je Popi otišla po čaše.

– Ne. Rik kaže da je još pod utiskom. Odveli su je na neku veliku jahtu na intervju i namerava da se zabavlja celu noć nakon toga. Čuću se sutra s njom.

– Dakle, vaš povratak u Kan nakon svih ovih godina pokazao se poslovno uspešnim?

Ana je klimnula glavom. – Jeste. Festival je bio uspešan što se posla tiče. Na ličnom planu situacija je mešovita – napravila je grimasu i uzdahnula. – Pretpostavljam da ste čuli glasine da je Tedi Vikam sin Filipa Kambona? Pa, istinite su – a ja sam njegova majka, što dalje znači, shvatili ste i sami, Sindina baka.

Ana je zastala da razmisli pre nego što je nastavila.

– Leova prosidba je jedan od tri najznačajnija trenutka koja su mi se dogodila ove godine na festivalu – rekla je Ana tiho. – Drugi je susret s Tedijem Vikamom, mojim i Filipovim sinom. A saznanje da imam unuku je treće.

Uzela je čašu šampanjca koju joj je Leo pružio. – Nažalost, Tedi nije toliko oduševljen vestima o našem srodstvu kao ja. – Uzdahnula je dok je gledala mehuriće u čaši. – Barem je sada sve izašlo na videlo, i mada će biti potrebne nedelje, ako ne i meseci, da se situacija konačno razreši, srećna sam što najzad znam ko je on i šta radi. Sâmo saznanje da mi je sin živ i zdrav posle svih tih godina tišine je, moram vam reći, neopisiva radost.

Popila je gutljaj šampanjca pre nego što se nasmešila i pogledala Lea.

– Ako ništa drugo, sada mogu da pratim njegove poduhvate na društvenim mrežama, neću morati ništa da nagađam. Možda će jednog dana poželeti da me upozna i onda ću moći da pobliže upoznam njega i unuku. – Ana se okrenu ka Netu. – Kako je Sindi danas? Nema posledica jučerašnje vragolije kojom nas je sve isprepadala?

– Dobro je. I dalje odbija da skine ogrlicu.

Od iznenadnog pucanja vatrometa su poskočili i pogledali u nebo baš na vreme kako bi videli crvene, srebrne i zlatne zvezdane praskove kako eksplodiraju na nebu. Predstava je počela.

– E pa, ljudi, podignite čaše za Helenu, zvezdu *Budućih obećanja* – rekao je Leo. – I zabeležite dvanaesti septembar u rokovnike – očekujemo da vas sve vidimo u crkvi.

35.

U ponedeljak ujutru nije bilo odgovora od javnog beležnika kada ga je Ana pozvala da zakaže sastanak. Uzdahnula je zlovoljno kad se setila da je danas jedan od brojnih majskih praznika.

– Znam da ću verovatno morati da se vratim u nekom trenutku da potpišem i dovršim proceduru, ali zaista želim da se sve što pre pokrene. Nadam se da većina toga može da se završi preko interneta.

– Da li će oni obavestiti Tedija o njegovom nasledstvu, ili ćeš morati ti? – upitao je Leo.

– Javni beležnik će sve to zvanično uraditi – rekla je Ana. – Moram da se setim da telefoniram Veriti pre nego što odemo – kako bih se uverila da su kod Tedija moje pismo i dnevnik na sigurnom. Stalno poželim da je... – Glas joj je utihnuo.

– Još ima vremena – rekao je Leo. – Možda će ih poneti na komemoraciju.

– Ako dođe – rekla je Ana. – Možda će odlučiti da bojkotuje događaj jer se on i Filip, nažalost, nikada nisu sreli, tako da nema uspomena na njega.

Na ulicama Kana rasklapale su se užurbano festivalske skalamerije kada su Ana i Leo kasnije tog dana krenuli prema sali u kojoj se održavala komemoracija. Veliki kamioni postrojili su se na ulici ispred *Palate festivala i kongresa* dok su radnici išli napred-nazad viljuškarima na koje su utovarivali opremu potrebnu za održavanje festivala.

Uklanjani su ogromni bilbordi postavljeni na pročeljima prodavnica i hotela, dok su opštinski radnici pakovali barijere u kamione. Muškarci su vikali, čuli su se glasni udarci metala i drveta o trotoar, u kombinaciji sa saobraćajnom bukom, što je Ani i Leu onemogućavalo svaki razgovor dok su hodali zaobilazeći radnike na Kroazeti.

Kada su ušli u salu, Bernar je stajao na stepenicama i ljubazno ih pozdravio.

– Ana. Tako mi je drago što si ovde. Rezervisao sam napred mesta za tebe i Lea.

– Oh... radije bih sedela pozadi – pobunila se Ana. – Sigurno će Kambonovi sedeti napred?

Bernar je odmahnuo glavom. – Samo Žak i njegova supruga Agnes, Filipova majka nije u stanju da prisustvuje. Ostatak porodice smatra da je ovo u velikoj meri odavanje pošte filmske industrije, čiji nisu deo. Ah, evo je Veriti – rekao je Bernar.

Dok su se Veriti i Ana pozdravljale, Bernar je upitao. – Tedi ne dolazi?

– Vratio se po neke papire koje je zaboravio – odgovorila mu je Veriti, okrenuvši se ka njemu.

– Zamolio me je da vam kažem da je, ako i dalje želite da pročita neki odlomak, pronašao nešto što bi rado citirao na kraju službe.

– Tako mi je drago zbog toga – rekao je Bernar. – Sešćete zajedno, zar ne? – Bernar ih je poveo niz hodnik.

Ani je laknulo kada je videla da su sedišta, iako bliže prednjem delu nego što bi želela, bila s leve strane i malo iza stuba, koji je pružao privatnost. Žak Kambon je stajao sa strane i krenuo je napred da poljubi Anu u obraz kad ju je video.

– *Bonjour*, Ana. Drago mi je što ste došli.

S Veriti na jednoj strani i Leom, čiji ju je stisak ruke umirivao, na drugoj Ana je pokušala da se usredsredi na program memorijalne službe koji joj je Bernar dao, ali videvši Filipovu fotografiju skoro se rasplakala pre nego što je ceremonija i počela. Kad se Bernar uputio ka malom podijumu u prednjem delu sale kako bi započeo službu, još nije bilo ni traga Tediju. To što je Veriti rekla Bernaru da će Tedi pročitati nešto joj je malo podiglo raspoloženje, ali gde je sad? Da li je promenio mišljenje?

Iako komemoracija nije verski obred, počela je molitvom zahvalnosti za život Filipa Kambona. Nakon toga, Bernar je predstavio razne Filipove prijatelje, koji su izneli svoja razna sećanja na čoveka koji je očigledno veoma voleo život.

– Sve je strastveno prihvatao – rekao je poznati filmski kritičar. – Mnogo će nam nedostajati.

Sedeći i slušajući, povremeno se smejući uspomenama, Ana je osetila čudnu vrstu sreće koja ju je obuzimala od saznanja da je muškarac kojeg je tako strastveno volela pre toliko godina nadahnuo mnoge tokom svog života.

Ukočila se kad je Bernar, ponovo zauzevši mesto na podijumu ispred okupljenih ljudi kako bi komemoraciju priveo kraju, klimnuo glavom nekome iza nje koga nije mogla da vidi.

Bernar se nasmešio kada je njegove uvodne reči zaglušio glasan prasak negde u zgradi, nakon čega je u susednoj kancelariji zazvonio telefon.

– Izvinjavam se zbog zvučnih efekata „van scene“ – rekao je Bernar. – Ali siguran sam da bi ih Filip, kao filmski režiser, cenio i verovatno čak i sada viče „rez“. – Zastao je i Ana je uzela vazduh gledajući Tedija kako mu se pridružuje na podijumu, držeći kovertu koju je prepoznala. – Približavamo se kraju ove zvanične proslave života Filipa Kambona. Za mnoge od nas, on će uvek živeti u našim sećanjima. Međutim, poslednja počast danas dolazi od čoveka koji nažalost nikada nije sreo Filipa, i njemu upućujem svoje najiskrenije saučešće. Tako mi je žao što nikada nije upoznao čoveka koji mi je bio najbolji prijatelj, čoveka koji će ostaviti ogromnu prazninu u mom životu. – Dirnuti Bernar se udaljio, ostavivši Tedija samog na podijumu.

– Kao što većina vas zna, ja sam Tedi Vikam – zastao je na nekoliko sekundi, vidno pokušavajući da se pribere. – Ja sam i sin Filipa Kambona. Nažalost, kao što je Bernar rekao, nisam upoznao oca, a do pre nekoliko dana nisam poznavao ni svoju biološku majku.

Tedi je stavio koverat s papirima na sto ispred sebe i pogledao okupljene.

Ana je sedela zaprepašćena njegovim rečima, osećajući treperenje nade i nasmešila se Tediju koji je gledao pravo u nju pre nego što je ponovo okrenuo pogled ka ostalima.

– Kada sam upoznao majku, okrutno sam je odbacio, kao što sam verovao da je ona mene odbacila pre toliko godina dajući me na usvajanje. Nije bilo šanse da je prihvatim. Niti sam video ikakvu svrhu u tome da kažem svetu kako sam sin Filipa Kambona sada kad je mrtav. Majka mi je nežno skrenula pažnju da bi on od sreće svima razglasio da je znao za mene. Takođe mi je rekla koliko se raduje što će upoznati sina i unuku. Opet sam joj, okrutno, rekao da se to neće dogoditi.

Tedi je zastao i sipao u čašu vodu iz bokala, koji je neko ljubazno obezbedio, pre nego što je nastavio.

– Ali onda su se desile dve stvari. Prvo se izgubila moja šestogodišnja ćerka Sindi. Taj njen nestanak na, koliko, ne više od trideset minuta, uplašio me je i nagnao da shvatim kako bih se osećao da je stvarno izgubim. Da se svi kontakti prekinu. Kada je moja ćerka konačno pronađena, i pošto sam znao da je bezbedna, otišao sam da vidim majku. Dala mi je da pročitam ove veoma lične papire i pismo koje je nedavno dobila. – Tedi je nakratko podigao koverat pre nego što ga je stavio na govornicu. – Moram da kažem da sam plakao čitajući ih.

Ćutao je nekoliko sekundi, pre nego što je nekoliko puta vidno duboko udahnuo.

Ana je, boreći se sa suzama, stegla Lea za ruku. – Misliš li da će mi ipak oprostiti? – prošaputala je. – Da će čak i javno reći moje ime?

Leo joj steže ruku. – Samo poslušaj šta će reći.

– Drugi događaj koji se desio – nastavio je Tedi – bio je da sam juče naišao na pesmu nepoznatog autora čiji je naslov „Okupljanje". U njoj se, u različitim stihovima, nalaze dva reda koja su mi se nametnula, i naterala me da preispitam odluke koje sam donosio.

– Prva rečenica: „Otvori oči i vidi sve što je iza mene ostalo" bukvalno me je podstakla da otvorim oči i otkrijem svoje nepoznato nasleđe. Druga rečenica, dalje u pesmi, jeste ona po kojoj nameravam da živim tokom narednih nedelja dok upoznajem i pokušavam da razumem okolnosti koje mi je sudbina priredila. – Tedi je duboko udahnuo. – A rečenica glasi: „Možeš da budeš srećan zbog sutra zahvaljujući onome juče."

Tedi je prestao da govori i pogledao oko sebe u opčinjenu publiku, pre nego što je pogledao pravo u Anu dok je govorio.

– Iz onoga što je danas ovde rečeno, znam da je moj otac bio popularan čovek, dobar čovek, i radujem se što ću čuti priče o njemu od ljudi koji su ga poznavali. Moraću mnogo toga još da ostvarim kako bih mu bio dostojan sin, ali obznanjujući kao svoju majku i ženu koja je bila ljubav života mog oca, Anu Karson, nadam se da ću početi da živim u skladu sa očekivanjima za koja verujem da bi Filip Kambon imao od mene, svog sina. Hvala vam.

Podigavši kovertu, Tedi je sišao s podijuma i krenuo prema zapanjenoj Ani.

Ustala je kad je došao do nje i bez reči prihvatila kovertu s dragocenim papirima.

– Hvala ti što si mi dozvolila da pročitam ovo.

Kada joj je pružio ruku, ona ju je prihvatila i, dok su Leo i Veriti hodali iza njih, zajedno su napustili tu salu kao majka i sin.

Bez jutarnje projekcije filma ili konferencije za novinare, Dejzi je u ponedeljak ujutru mogla sebi da priušti izležavanje i bilo je skoro pola deset kada se istuširala i sišla niza stepenice.

– Dobro jutro, Popi. Mogla bih da se naviknem na ovu besposličarsku opuštenciju – rekla je. – Da postanem dama bez obaveza, ili čak dama koja ide po ručkovima. – Uključila je aparat za kafu. – Hoćeš li ti kafu?

Popi je odmahnula glavom. – Ne hvala. Net je upravo telefonirao. Krenuo je ovamo. Sindi želi da se igra s Tomom poslednji put, izgleda, pre nego što odu.

– Mislila sam da mu nije dozvoljeno da pusti Sindi da kroči preko našeg praga zbog Ane? – reče Dejzi zbunjeno. – Ili se sve to promenilo?

Popi je slegla ramenima. – Ona ionako nije tu. Net će uskoro stići, pa možeš da ga pitaš šta se promenilo. Uzgred, tvoj mobilni zvrcka već sat vremena. Verovatno više nema mesta za poruke.

Mnoge poruke su bile od prijatelja koji su čuli za otpuštanja u novinama i hteli su da je uteše. Jedna je bila od urednika koji je pre nekoliko godina radio s njom. Pitao ju je da li bi bila zainteresovana da napiše nekoliko kratkih članaka, a tu je bila još jedna poruka od Bena. Ovoga puta u pitanju je bila glasovna poruka.

Dejzi je bojažljivo pritisnula dugme za slušanje i držala telefon tako da je i Popi mogla da čuje.

– Izvini što sam zabrljao, Dejzi. Zvučiš tako zadovoljno i srećno u svojim imejlovima. Stvarno se nadam da će sve ispasti dobro. Otkazao sam let za Englesku. Ostaću ovde još malo da vidim mogu li da započnem neku ozbiljnu priču. Želim ti lep život. Možda se jednog dana sretnemo kao prijatelji. S ljubavlju, Ben.

– Pa, izgleda da je taj problemčić nestao – rekla je Popi. – Da li ti je laknulo?

Dejzi je klimnula glavom. – Da. Nekako sam očekivala da će se pojaviti ovde i pokušati da pokvari moj odnos s Netom.

Oglasilo se zvono na kapiji. – Evo ga Net – rekla je Popi i pritisnula dugme za otvaranje kapije. – Tome, Sindi je došla da se igrate.

– Zdravo – rekla je Dejzi nakon što ju je Net pozdravio poljupcem. – Ovo je iznenađenje.

– Sindi je jutros očajnički želela da se igra s Tomom dok su Tedi i Veriti bili napolju. Kad sam pozvao, i pošto mi je Popi rekla da Ana nije ovde, pomislio sam zašto da ne.

– Još nije baš srećan da Sindi sazna da joj je Ana baka?

– Veriti kaže da prvo on sâm mora da prihvati novonastalu situaciju.

– Bićeš u nevolji ako Tedi sazna – odmahnula je Dejzi glavom.

– Suočiću se s tim ako se desi – rekao je Net. – Ovoga jutra je komemoracija Filipa Kambona, pa se nadam, uz malo sreće, da je Ana otišla tamo i da se neće vratiti dok mi ne odemo, tako da ću moći da uverim Tedija da Sindi nije bila u kontaktu s njom.

Dok se dvoje dece srećno igralo u bazenu, Net i Dejzi su seli da ih čuvaju i razgovaraju o planovima za budućnost.

– Kada se završava tvoj posao s Vikamovima?

– Zvanično sutra kad se vratimo u Englesku. Koliko dugo ćeš ti ostati ovde?

– Mama i tata će stići kasnije tokom nedelje, tako da želim da budem tu kada dođu. Den se vraća krajem nedelje. Mislim da ću verovatno pomeriti let za petak. Pomoći ću Popi da sredi vilu, provesti neko vreme s mamom i tatom, ali ću otići u pravi čas da Popi može da uživa u tome što se Den vratio kući – rekla je Dejzi. Duboko je udahnula. – Kada budem došla, počeću da ispipavam teren u vezi s poslom, popakovaću stvari iz stana i vratiti se ovamo da živim u kući za, nadam se, manje od mesec dana. Biću spremna i čekaću te da dođeš da uživamo na letnjem suncu. – Dejzi mu se nasmeši. – Toliko se radujem tome.

– Možda ćemo deo leta provesti u Americi – rekao je Net.

– Baš uzbudljivo! Kada si ti... – Dejzi je zastala usred rečenice kada je čula otvaranje kapije vile. – Nete... Ana i Leo su se upravo vratili. Tedi i Veriti su s njima.

– Sindi, Tome. Izlazite iz vode – rekao je Net. – Mama i tata su stigli. Otrčite do kućice da vas osušimo. – Užurbano je usmerio decu u pravcu kućice gde ih je Popi čekala s peškirima i sa zabrinutim izrazom na licu.

Samo što su se deca osušila i obukla došao je Tedi.

Svi su bili napeti, čekajući eksploziju.

– Zdravo, deco. Jeste li uživali u plivanju?

Dok su ga svi iznenađeno gledali, Tedi se okrenuo ka Netu.

– Želiš li da uzmeš ostatak dana slobodno? Mislim da ćemo biti porodično zauzeti danas popodne i uveče. Sindi, pozdravi se s Tomom. Treba da pođeš do vile sa mnom – Ana i ja imamo nešto veoma važno da ti kažemo.

– U redu – rekla je Sindi. – Da li to znači da mi je sada dozvoljeno da vidim Anu?

– Da – rekao je Tedi. – Mislim da više ne možeš da je zoveš Ana. To je nešto o čemu ćete vas dve morati da razgovarate.

Gledajući Tedija kako se vraća prema vili držeći Sindi za ruku, Dejzi je rekla: – Pa, to zvuči kao da se Anina i Tedijeva situacija razrešila lakše i ranije nego što je Ana očekivala. Tako mi je drago zbog nje.

Kada su Ana i njena nova porodica nestali u vili, Net je pogledao Dejzi i Popi.

– Da li ste vas dve isplanirale nešto za danas popodne? Ako ne, da li biste ga provele sa mnom lutajući po zamku Napol? Mislim da bi i Tom uživao.

– Dobra zamisao. Poseta bajkovitom dvorcu u stilu „nekada davno" biće savršen završetak festivalske nedelje. Ali prvo ću sve četvoro da nas častim picama dole u gradu, pre nego što krenemo – rekla je Dejzi okrećući se Popi. – Biće lakše ako idemo tvojim kolima, pa možemo da idemo duž puta uz obalu pravo do dvorca.

36.

Anino srce je divlje tuklo dok su ona i Veriti spremale improvi-
zovani ručak za njih petoro u kuhinji vile. Na povratku s komemo-
racije, svratili su u omiljenu pekaru, gde je Leo uzeo stvar u svoje
ruke i kupio bagete, pice i tartove s lukom, kao i veliki *sen trope* tart,
kao poslasticu uz kafu posle ručka. Iznenađena što je Tedi prihvatio
njen snebivljiv poziv da im se pridruže na ručku, Ana nije bila u
stanju da se seti šta je, osim sira i nekoliko šnitova šunke, imala u
kuhinji.

Leo i Tedi su sada bili zauzeti raspoređivanjem stolica oko stola
na terasi, dok se Sindi vratila u bazen, veselo prskajući na sve strane.

– Ne mogu da verujem da se ovo dešava – rekla je Ana tiho,
gledajući kroz prozor u dvojicu muškaraca. – Mislim, znam da neće
sve teći glatko između nas, ali činjenica da je Tedi zaista ovde voljan
da razgovara sa mnom – pogledala je Veriti. – Ne mogu da ti opi-
šem koliko su mi značile njegove reči od jutros. Da li si znala šta će
da kaže?

Veriti odmahnu glavom. – Ne. Ali mnogo sam srećna zbog obo-
je. Biće sve u redu, videćete.

– Potražila sam ga na Vikipediji i po filmskim sajtovima, neko-
liko dana nakon što sam saznala da mi je Tedi zaista sin, ali sve je
bilo u vezi s njegovim profesionalnim životom. Saznala sam da je
snimio neke poznate filmove, ali ništa o njemu lično. Kao na primer
gde je odrastao, kada je otišao u Ameriku, koliko dugo je u braku –
zastala je Ana. – Koliko dugo ste venčani?

– Ovo nam je osma godina. Ja sam mu druga supruga – reče
Veriti tiho. – Prva je umrla od moždane aneurizme odmah nakon
što su se venčali.

Ana ju je ćutke nekoliko sekundi preneraženo posmatrala. – To nisam očekivala. Jadni Tedi.

– Oboje imate mnogo toga da saznate jedno o drugom, ali se Tedi neće suzdržavati sada kada je rešio da postupi onako kako je najbolje za sve.

– Pitala sam se šta te je nagnalo da pišeš Kambonovima baš ove godine, a ne ranije? – upita Ana tiho.

– Ah, mislim da ću to ostaviti Tediju da vam ispriča – reče Veriti.

– U redu – rekla je Ana, ne želeći da čačka dalje. O svom davno izgubljenom sinu već je znala više nego što je očekivala da će ikada saznati. Biće dovoljno vremena da sazna i ostatak. – Da li su tvoji roditelji i dalje živi?

Veriti odmahnu glavom. – Nažalost ne. Poginuli su pre tri godine u saobraćajnoj nesreći. Obožavali su Sindi, ali bila je vrlo mala kada se to dogodilo, tako da sumnjam da ih se seća.

– Sigurno ti nedostaju – reče Ana nežno.

Veriti klimnu glavom. – To je jedan od razloga što sam u poslednje vreme toliko usmerena na porodicu. Nikad ne znaš koliko dugo će biti tu.

– Hoćemo li da iznesemo posluženje na terasu? – Ana je uzela tanjire i pribor za jelo i pružila ih Veriti. – Ako ti uzmeš ovo, ja ću izneti deo hrane i vratiti se po ostatak i čaše.

Kada je sve bilo na stolu i kada je Leo otvorio bocu belog i bocu roze vina, Veriti je pozvala Sindi da izađe iz bazena, osušila je i pomogla joj da obuče šorts i majicu. Sindi je navaljivala da sedne pored Ane. – Ana je moja prijateljica, a mi uskoro odlazimo i ne znam kada ću je ponovo videti – uzdahnula je dramatično, zbog čega su se svi nasmejali.

– Ljudi, žao mi je. – Veriti odmahnu glavom. – Nemam pojma gde je naučila da se ponaša kao diva.

– Imamo nešto važno da ti kažemo o Ani – rekao je Tedi. – Nešto što znači da će od sada Ana biti deo tvog života.

Sindi ga je gledala razrogačenih očiju.

– Znaš da su me baka i deda usvojili kada sam bio mala beba jer moja prava majka nije mogla da se brine o meni i želela je da imam bolji život, pa... – Tedi je duboko udahnuo. – Ispostavilo se da je Ana moja prava majka i tvoja baka.

– Ana mi je baka kao što mi je već baka Elijen? Imaću dve bake? Ne moram da vratim baku Elijen, zar ne? Zato što i nju volim.

Tedi je prasnuo u smeh. – Ne. Možeš obe da ih zadržiš. Ipak, moraćeš da odlučiš kako ćeš zvati Anu – i Lea – jer kada se uskoro venčaju, on će ti postati deka.

Sindi stavi ruku na glavu i uzdahnu. – Dve bake i dvojica deka, doći će do zabune.

– Zato moraš da se odlučiš za različita imena – rekao je Tedi strpljivo.

– Moja ćerka Alison će se poroditi krajem godine i postaću deda – govorio je Leo tiho. – Predlaže da me zovu Pops i da bi se Ani možda dopao nadimak Loli. Moram da priznam da se navikavam na Pops, ali nisam siguran da li se Ani dopada da bude Loli, posebno kada ih kažete zajedno i dobijete – lolipops. – Pogledao je preko puta u Anu, koja je pokušavala da ostane ozbiljna.

Sindi je uzbuđeno poskakivala na stolici. – Loli i Pops, Pops i Loli. Lolipops – kao lizalice.

– U redu, to je zasigurno pun pogodak – rekao je Tedi. – Slažeš li se sa imenom Loli, Ana? Ili bi više volela nešto malo tradicionalnije?

Ana se nasmešila. – Nemam ništa protiv Loli. Sipaj malo vina, Pops, pa da nazdravimo tim našim novim imenima. – Nema šanse da bi ikome priznala da bi više volela da ju je Sindi nazvala nadimkom koji bi zaista ukazivao na njihovu vezu. Nešto poput nana, ili čak baka. Ali naposletku, to je samo ime, bitnije je da neguju to novo prijateljstvo koje će prerasti u blizak odnos.

Ručak je protekao u žamoru razgovora i s puno smeha. Ana je morala stalno da se podseća da sedi za istim stolom sa sinom. Mnogo šta će u budućnosti procureti, popunjavajući praznine u međusobnom upoznavanju, ali sada je bila zadovoljna da postavi samo pokoje pitanje i nauči nešto o njemu.

– Zašto ime Tedi? Da li je to nadimak koji se zadržao? Ili si kršten kao Tedi – ako si kršten. – Još nešto što je morala da sazna o svom sinu.

– Kršten sam kao Edmund Metju Filip – odgovorio je Tedi. – Edmund za mene, Metju za tatu i Filip jer... – slegnuo je ramenima. – Tata i mama su mislili da je to ispravno.

– Filip bi bio oduševljen da to čuje – rekla je Ana tiho.

– Tedi je deminutiv od Edmund, i takođe zato što sam... – Tedi je nastavio, široko joj se osmehnuvši. – Navodno sam bio punačak i umiljat kao meče! – Tedi se pogledao sažaljivo. – Što je nešto što izgleda nisam prerastao.

– Dakle, tvoj tata je Metju, a tvoja mama je Elijen – rekla je Ana.

– Nadam se da ćete se vas troje slagati kada se budete sreli. – Tedi je na trenutak delovao uznemireno.

– Siguran sam da hoćemo. Nameravam da pitam Elijen o svim nestašlucima koje si pravio kao dete, a o kojima ne mogu tebe da pitam – rekla je Ana, smejući se Tedijevom izrazu lica.

Nije sve bilo jednostrano. Dok su sedeli i uživali u kafi i kriškama *sen trope* tarta, Tedi je iznenadio Anu postavivši joj pitanje o njenim roditeljima.

– Da li su ikada zažalili što nisu videli unuka kako odrasta?

Ana zatvori oči i ugrize se za usne. Da li bi trebalo da zašećeri priču o tome kako su se roditelji ponašali prema njoj pre toliko godina? Ili da mu kaže istinu ne samo o njihovoj pukoj tvrdoglavosti zbog njene trudnoće i njegovog rođenja već i o tome kako su bili osvetoljubivi, zli i zaista okrutni prema njoj? Naposletku se odlučila za prečišćenu verziju, bilo je to previše davno da bi se sve ponovo izvlačilo na površinu i detaljno razmatralo. Osim toga, to se dešavalo čitavu jednu generaciju pre njega i uključivalo je ljude koje nije poznavao. Niti će ih upoznati.

– Nikada te ni na koji način nisu priznali – rekla je Ana tiho. – Nakon što si se rodio, vratila sam se kući, završila školovanje, zaposlila se kao pomoćnica u kancelariji male filmske kompanije i tajno počela da štedim novac kako bih mogla da odem od kuće i budem samostalna. Nedelju dana nakon mog devetnaestog rođendana, odselila sam se od njih – udahnula je duboko.

– Nakon toga, ograničili smo kontakte na povremene telefonske pozive i božićne čestitke. Umrli su pre deset godina u razmaku od mesec dana. – Ana nije dodala da su se nakon što je napustila dom prema njoj ophodili kao prema dalekoj rođaci, da je na prste jedne ruke mogla da izbroji koliko puta ih je posetila u narednim godinama i da joj nikada nisu čestitali na uspesima u karijeri.

– Žao mi je što ti je moje postojanje nanelo toliki bol – rekao je Tedi tiho, pružajući ruku kako bi uhvatio i stisnuo njenu. – Neverovatno je da bilo ko može da se ponaša prema svom jedinom detetu na način na koji su se oni ponašali prema tebi.

– Ali tvoji roditelji su bili dobri prema tebi?

Tedi se nasmešio. – Nisam mogao da poželim bolje. Žao mi je – protrljao je lice od muke. – Nisam mislio da ti i Filip ne biste... da su okolnosti bile drugačije, siguran sam...

– Drago mi je da tako osećaš – prekinula ga je Ana. – Nisam uvređena, samo srećna što se desilo ono za šta sam se molila. Želela sam da te odgaja nežan i brižan par koji će ti pružiti bolji život nego što sam ja mogla tada. – Ana je oklevala. – Mada, postoji nešto što bih volela da znam – zašto si baš sada pokušao da stupiš u kontakt s Filipom nakon svih ovih godina?

– Oduvek sam znao da sam usvojen, i kada sam imao oko osamnaest godina, pomenuo sam mami i tati da pokušavam da pronađem biološke roditelje. – Tedi je provrteo vino u čaši. – Tata je smatrao da je to u redu, rekao je da je očekivao da budem radoznao, ali mama – slegnuo je ramenima. – Očigledno je bila zabrinuta da ću ih odbaciti, iako nikada nije pokušala da me ubedi da ih ne tražim. Na kraju sam zaključio da bi je to previše bolelo, pa se više nisam raspitivao.

Ana je ćutala nekoliko sekundi. – Dakle, šta se promenilo ove godine?

– Novi lekar u našoj mesnoj ordinaciji, koji nije znao da sam usvojen, dijagnosticirao je tati dijabetes. Rekao mu je da postoji predispozicija da se bolest nasledi, tako da treba da kaže sinu da bude svestan toga i ide na redovne preglede. Tada smo shvatili da bi možda iz medicinskih razloga trebalo da pokušam da stupim u kontakt s biološkim roditeljima. Za svaki slučaj, ako nešto gadno vreba u genima.

– Kada budeš razgovarao sa Žakom, moći ćeš njega da pitaš. Razgovaraćeš sa stricem, zar ne? – upitala je Ana.

– Čudno je imati strica koji je cčev blizanac – rekao je Tedi. – Ali da, razgovaraću s njim i Bernarom. Moraće da sačeka dok se ne vratimo u posetu. Sutra odlazimo u Englesku, i imam baš dosta obaveza narednih nekoliko nedelja.

Tedi je dovršio vino i stavio čašu na sto pre nego što je ozbiljno pogledao Anu.

– Moram nešto da ti kažem. Nadam se da ćeš pre ili kasnije upoznati mamu i tatu, i u tome je stvar. Mama je moja mama i nikada neću prestati da mislim tako o njoj ili da je tako zovem. Što znači...

– Tedi, zaustavi se – reče Ana. – Ti si njen sin, ona te je vaspitala, ona te voli. Činjenica da te nije rodila je nebitna. Nikada ne bih poželela da stanem između tebe i nje. Drago mi je da me zoveš Ana, ili čak da se pridružiš Sindi, da me zovete Loli. – Ana se nasmeši sinu. – Zaista, stvarno mi ne smeta. Jedino do čega mi je stalo je da od sada imam tebe, Veriti i moju unuku u svom životu.

Epilog

ČETIRI MESECA KASNIJE

Lutajući kroz bescarinsku zonu aerodroma u Nici pre nego što se ukrcala na let za Englesku, Dejzi se radosno nasmešila u sebi. Toliko toga se desilo otkad je poslednji put bila tu, pomirisala parfem i kupila bočicu da se počasti nakon filmskog festivala.

Net je otputovao sa Sindi i Vikamovima dan nakon završetka festivala, dok je ona ostala još čitavu sedmicu da vidi roditelje i razgovara s njima o svojoj budućnosti. Budućnosti koja im se, u najmanju ruku, činila nesigurnom. Majka joj je rekla šta je brine.

– Potrebno je vreme da kao slobodnjak pronađeš posao. Sigurna si da imaš dovoljno novca da preživiš u međuvremenu? Tata i ja ćemo ti, naravno, pomoći ako ti nešto zatreba. I jesi li sigurna što se Neta tiče? Tek si ga upoznala, i znam da se dopada Popi, ali jedva ga poznaješ. A čak pomišljaš da tako brzo odeš s njim u Ameriku. – Njena majka je odmahnula glavom.

– Mama, znam da neće biti lako, ali imam puno kontakata i dovoljno novca za život za nekoliko meseci. Žao mi je što nisi imala priliku da upoznaš Neta, ali kad ga budeš upoznala znam da će ti se dopasti koliko i meni. Čim se vratim sledeće nedelje, dovešću ga da se upoznate, u redu?

Tokom te posete Net se dopao njenim roditeljima, kao što je Dejzi znala da hoće, iako joj je mama priznala da je još zabrinuta za nju.

– Ali vidim da se sjajno slažete i da ćete između sebe izgladiti moguće nesporazume – rekla je.

Dva dana nakon što je Neta upoznala s roditeljima, Dejzi ga je ispratila na aerodrom da bi uhvatio let za Ameriku. Narednih nekoliko nedelja imala je mnogo obaveza pa su odlučili da, ma koliko to želela, ipak neće poći s Netom na to prvo putovanje. Narednih nekoliko nedelja morala je da se usredsredi na raščišćavanje stana i da obavesti stanodavca o selidbi, da razvrsta stvari koje treba da odnese kod Popi, obnovi listu kontakata i obavesti urednike da im je na raspolaganju jer sada radi kao slobodnjak, da svoje zamisli predstavi raznim časopisima i novinama u nastojanju da dobije neki posao i naposletku, ali nikako najmanje važno, morala je da se vrati u Kan kod Popi. Otac joj je pritekao u pomoć, ponudivši da je odveze, što znači da je mogla da ponese stvari koje je želela, umesto da ih ostavi u roditeljskoj garaži.

Ona i Net su se svakodnevno čuli preko *Skajpa* – sredinom večeri za Dejzi i u vreme doručka za Neta. Kada su mu iz studija ekipe s kojom je Net radio na scenariju rekli da žele da još ostane, oboje su bili razočarani što će razdvajanje trajati duže nego što su očekivali.

– Sledeći put obavezno ideš sa mnom – rekao je Net.

Net se vratio tek sredinom jula, do tada se Dejzi već smestila u kućicu i ušla u poslovnu rutinu – iako je Popi umela ponekad da je poremeti – uživajući u svom životu na jugu Francuske. Netov povratak kući bio je poslednji sastojak koji je upotpunio njenu sreću. Dok je Net pisao drugi scenario, Dejzi je pisala honorarne članke za koje je uspevala da se izbori, a njena karijera slobodnjak postepeno se razvijala. Život je bio dobar.

– Mogu li da vam pomognem, madmoazel? – Glas prodavačice ju je prenuo iz sanjarenja.

– Ne hvala. Ostaviću ga za sada. – Dejzi je poslednji put pomirisala bočicu sa uzorkom parfema pre nego što ju je vratila na pult i okrenula se ka Netu koji joj se pridružio. Pogledala je na sat.

– Mislim da je uskoro vreme za ukrcavanje – rekla je, smešeći mu se. Net klimnu glavom.

– Imamo još malo vremena. To je tvoj omiljeni parfem, zar ne?

Dejzi je klimnula glavom. – Ostalo mi je još malo. Kada dobijem zaista veliku proviziju, častiću sebe kupovinom.

Net se nasmeši pomoćnici koja ih je posmatrala. – Molim vas...
– Izvadio je kreditnu karticu nakon što je pokazao bočicu parfema i pružio joj je. – Ja častim.

Dejzi se nagne i poljubi ga u obraz. – Hvala ti.

Nekoliko minuta kasnije krenuli su prema avionu. Dejzi je držala Neta za ruku, a u drugoj je stezala kesu iz fri-šopa. Pogledala ga je pre nego što je tiho rekla.

– Zamisli, dan nakon Aninog i Leovog venčanja bićemo na aerodromu Hitrou i hvatati avion za Ameriku – zajedno – rekla je. – Ko bi to pomislio pre svih ovih nedelja na Kanskom filmskom festivalu?

12. septembar

Stojeći u spavaćoj sobi Leove kuće, Ana je videla Dejzi i Neta, kako ruku podruku prolaze ispod ulazne kapije i stazom do Crkve Svetog Nikole u polju, gde će ona za pola sata postati supruga Lea Hantera.

Pet minuta ranije videla je Leovu trudnu ćerku Alison i njenog muža kako koračaju istim putem, a sada Popi, Dena i Toma dočekuje jedan od razvodnika. Bernar i njegov sin su sledeći nestali u crkvi.

Ana se nasmeši u sebi. Bilo je gotovo neverovatno kako je tokom proteklih nekoliko meseci sve došlo na svoje mesto, baš kao što je Leo insistirao da hoće.

– To je zato što je tako suđeno – zadirkivao ju je dvadeset četiri sata ranije, kada je otišao da prenoći u sobi u seoskom pabu kako bi sledili tradiciju da se ne vide noć uoči venčanja. Njegov sin Luk, koji mu je bio kum, doleteo je sinoć iz Dubaija i njih dvojica su proveli to vreme zajedno.

U protekla četiri meseca nije samo organizacija venčanja išla kao po loju. Sve je, čak i kada nije išlo kao po loju, bilo relativno lako dovesti u red. Prodaja kuće, useljenje kod Lea, sređivanje rasporeda snimanja za novi film, čak i kupovina venčanice prošli su popriličo bez stresa zahvaljujući Alison, koja je uporno tvrdila da je njena dužnost kao buduće pastorke da joj pomogne u izboru haljine.

Ona i Leo su čak nekoliko vikenda bili odsutni, ali za Anu je najbolji vikend bio onaj koji je Sindi provela kod njih. Zatim je išla u porodične posete Tediju i Veriti, i s Leom obišla Alison i njen narastajući stomačić. Proteklih nekoliko meseci bio je najintenzivniji i najsrećniji period u Aninom životu.

A bio je tu i telefonski poziv Tedijevim roditeljima. Ana je bila uznemirena kada je Tedi okrenuo broj, popričao s mamom i rekao:
– Mama, ovde sam s nekim koga bih želeo da pozdraviš – pre nego što je predao telefon Ani.

Ali nije trebalo da brine. Elijen je bila oličenje dobrote i njen blag, ali živahan velški akcenat ublažio je Anine strahove. Nije bilo vremena pre venčanja da odu u Karmartenšir da se uživo upoznaju. To će se desiti sledećeg meseca, kada se ona i Leo vrate s kratkog medenog meseca.

Dole su se zalupila vrata, prenuvši Anu iz sanjarenja. Trideset sekundi kasnije Sindi je uletela u spavaću sobu.

– Loli, Loli, stigli smo. Mogu li da obučem haljinu?

– Ne dok me ne zagrliš, mlada damo – reče Ana, ispruživši ruke da joj Sindi uleti u zagrljaj.

– Žao mi je što kasnimo – rekla je Veriti, prateći Sindi u sobu. – Saobraćaj. Iskreno, čovek bi pomislio da živimo osamdeset kilometara daleko, a ne dvadeset četiri.

– Nema problema. Imamo dovoljno vremena. Izgledaš veoma glamurozno. Sviđa mi se tvoj šešir – rekla je Ana. – Gde je Tedi?

– Dovezao nas je i otišao do paba da vidi kako su Leo i Luk. Da se uveri da su sve poneli – kao na primer prstenje! Uskoro će se vratiti.

– Hajde onda, Sindi, da te obučemo – reče Ana. – Onda ti i mama možete da odete do crkve i sačekate me.

Nekoliko minuta kasnije, Ana je rekla: – Sindi, ti si najlepša devojčica koja nosi cveće koju sam ikada videla. Tako sam ponosna što si mi unuka. – Stavila je venčić od svilenih belih rada na Sindinu glavu, nežno ga je zakačila na mesto, pre nego što je blago poljubila devojčicu u glavu. – Idi i pogledaj se u ogledalo, vidi kako lepo izgledaš.

– Da li je i tvoja haljina ružičasta? – upitala je Sindi vrteći se ispred ogledala toaletnog stočića.

– Ne. Pomislila sam na bledoružičastu, ali zaključila sam da je to ipak tvoja boja – rekla je Ana, prelazeći do velikog ormana iz kojeg je izvukla venčanicu.

– Hoćeš da ti pomognem sa oblačenjem? – upita Veriti.

– Molim te. Pozadi ima mnogo skrivenih dugmića koje ne mogu da dohvatim – rekla je Ana, skinula s vešalice haljinu u grčkom stilu napravljenu od bledožutog šifona i navukla je preko glave. – Šta misliš? – upitala je zabrinuto. – Želela sam nešto posebno, ali činilo mi se da sam malčice stara za tradicionalnu venčanicu. Alison je rekla da je ovo savršena haljina za mene.

– Predivna je, a i ti si prelepa. Znam da će Leo biti zadivljen kada te vidi kako ideš prema njemu. Izgledaš neverovatno – rekla je Veriti. – Da li ćeš imati nešto u kosi?

Ana je odmahnula glavom. – Ne. Samo ću nositi jednostavan bidermajer, koji je u kuhinji sa Sindinom korpom za cveće. Oh, mislim da čujem Tedija.

U prizemlju je Veriti uzela korpu s cvećem i ona i Sindi su poljubile Anu pre nego što su krenule u crkvu.

– Vidimo se tamo – reče Veriti.

Ostavši nasamo s Tedom, Ana se odjednom postidela i bilo joj je drago kada je on prekinuo tišinu.

– Daćemo im prednost, a onda ćemo krenuti – rekao je, bacajući pogled na svoj sat. – Ako hodamo polako, trebalo bi da stignemo sa očekivanih pet minuta zakašnjenja.

Gledajući Tedija, zgodnog i besprekornog izgleda u svečanom odelu, kako proverava da li su vrata i prozori kuće zaključani pre nego što su otišli, Ana je osetila iznenadni nalet sreće. Nakon kojeg je usledila potreba da izvesnu misao pretoči u reči.

– *Da* je najneizvesnija reč u rečniku, ali da smo Filip i ja uspeli da pobedimo uprkos izgledima, venčamo se i odgajimo te, sumnjam da bismo to bolje uradili od Elijen i Metjua. Tako sam ponosna što mogu da te zovem sinom i volela bih da te Filip vidi danas. Isto bi se osećao. – Ana se ugrizla za usnu u nastojanju da spreči emocije da je savladaju. – Samo želim da znaš da sam ponosna što te zovem sinom.

Tedi ju je pažljivo obujmio rukama i nežno zagrlio pre nego što ju je meko poljubio u čelo.

– Znam – rekao je tiho. – I drago mi je da si barem ti sada u mom životu. – Nakon nekoliko sekundi ju je poslednji put zagrlio, a onda se malo odmaknuo da je pogleda. – Jesi li dobro? – Kada mu se Ana drhtavo nasmešila, pustio ju je.

– Hajde onda, Loli – rekao je Tedi, srećan što koristi ime koje joj je Sindi nadenula. – Hajde da te venčamo s Popsom – dodao joj je bidermajer pre nego što ju je izveo iz kuće i čvrsto zatvorio ulazna vrata iza njih. Zajedno su polako išli stazom, kroz ulaznu kapiju i dalje u crkvu.

Stojeći na crkvenom tremu, dok je Veriti u poslednjem trenutku podešavala Aninu haljinu, a Sindi skakutala s jedne noge na drugu, očajnički želeći da počne s bacanjem latica ruža, Ana je videla Lea kako je čeka pored oltara.

Okrenula se ka Tediju. – Ne mogu da verujem koliko mi se život promenio tokom protekle godine. Kada sam upoznala Lea, nisam verovala da okolnosti mogu da se poboljšaju, a onda si se dogodio ti. – Ćutala je neko vreme. – Prešli smo dug put u poslednjih nekoliko meseci, zar ne? Ko bi pomislio da će me rođeni sin otpratiti do oltara da se udam za muškarca kojeg volim?

– Ovo je potpuno novo poglavlje naših života – rekao je Tedi. – Nakon godina zapitanosti, napokon znam svoje prave korene. Siguran sam da ćeš biti veoma srećna u braku s Leom, ali zapamti, Loli, tu sam ako ti ikada zatrebam.

Ana se drhtavo nasmešila. – Još ne mogu da se naviknem da me tako zoveš, ali mi se dopada.

Dok je orguljaš započinjao radosno izvođenje „Svadbenog marša“, Tedi ju je uhvatio podruku i, u pratnji sina i iza unuke koja joj je radosno rasipala latice ruža pod noge, Ana je krenula do oltara kako bi se udala za Lea.

Izrazi zahvalnosti

Kao i uvek, zahvaljujem se timu *Boldvud buksa*: Niji, Amandi, mojoj urednici Kerolajn, urednici izdanja Džejd i lektorki oka sokolovog Rouz – sve tri ste asovi, i hvala vam što ste od mojih knjiga napravile njihove najbolje verzije.

Zahvaljujem prijateljima koji pišu onlajn i kolegama piscima iz *Boldvud buksa*, koji me podižu i pomažu da ostanem normalna kada mi je potrebna pomoć.

Iskreno se zahvaljujem vama čitaocima – bez vas ne bih radila najbolji posao na svetu. Dobiti divan imejl od nekog ko je pročitao neku od mojih knjiga i uživao u njoj predivan je osećaj.

Beleška o autoru

Dženifer Bonet je autorka preko dvadeset bestselera. Poreklom je sa zapada Engleske, ali sad živi u divljinama seoske Bretanje u Francuskoj.

Knjige Dženifer Bonet
u izdanju Izdavačke kuće TEA BOOKS d.o.o.
(digitalna i/ili štampana izdanja)

Leto na Francuskoj rivijeri
Vila sunca i tajni
Jedno leto u Monte Karlu
Randevu u Kanu

www.ingramcontent.com/pod-product-compliance
Lightning Source LLC
Chambersburg PA
CBHW020602030726
47497CB00007B/2048